FRIEDRICH
NIETZSCHE

지금은
니체를
읽어야 할 때

지금은
니체를
읽어야 할 때

초판 1쇄 인쇄 2024년 3월 20일
초판 1쇄 발행 2024년 3월 25일

지은이 | 김옥림
펴낸이 | 임종관
펴낸곳 | 미래북
편 집 | 정윤아
본문 디자인 | 디자인 [연:우]
신고번호 | 제 2003-000057호
주 소 | 경기도 고양시 덕양구 삼원로73 고양원홍 한일 윈스타 1405호
전화 031)964-1227(대) | 팩스 031)964-1228
이메일 miraebook@hotmail.com

ISBN 979-11-92073-50-7 03800

지금은 니체를 읽어야 할 때

김옥림 지음

FRIEDRICH NIETZSCHE

MIRAE BOOK

지금 이 인생을 다시 한번 완전히
똑같이 살아도 좋다는 마음으로 살라!

프리드리히 니체

니체의 가르침에서
삶의 답을 찾다

◆

"지금 이 인생을 다시 한번 완전히 똑같이 살아도 좋다는 마음으로 살라."

이 말을 남긴 프리드리히 니체Friedrich Nietzsche는 19세기 독일의 철학자이자 시인이다. 그는 개신교 목사의 아들로 태어났다. 일찍 아버지를 잃은 그는 어머니와 함께 외가에서 지내며 피아노, 작곡, 글쓰기 등 다방면에서 뛰어나 어려서부터 주변 사람들에게 인정을 받을 정도였다. 니체는 고등학교를 졸업하고 본대학에 입학해 신학과에 적을 두었다. 그러나 기독교에 회의를 느끼고 중퇴한 후 라이프치히대학으로 옮겨 그는 심혈을 기울여 공부했다.

니체는 쇼펜하우어의 《의지와 표상으로서의 세계》를 읽고 쇼펜하우어 철학에 심취했는데, 이는 그가 철학을 연구하는 데 결정적인 계기가 되었다. 그는 24살 때 리츨 교수의 추천으로 박사 학위도 없이 스위스 바젤대학 교수로 초빙되었다. 그리고

25세 때 라이프치히대학 교수 회의 결의에 따라 철학 박사 학위를 받았다. 그는 강의를 하며 지내다 27세 때 병으로 인해 휴가를 얻고 쉬던 중《비극의 탄생》을 썼는데, 이 책은 학계로부터 크게 반감을 샀을 뿐만 아니라 학생들로부터도 외면받았다.

그 후 니체는 건강상으로도 그렇고, 대학교수에 회의를 느껴 교수직을 사임했다. 그리고 10여일 만에《차라투스트라는 이렇게 말했다》의 1부, 2부, 3부를 완성했다. 하지만 이 책은 별 반응을 보이지 못했다.

니체는 자신의 천재성을 사람들로부터 인정받지 못하자 늘 외로워했으며, 자기 책을 보다 울기도 했다. 그는 십여 년 동안 긴 방랑 생활을 하면서도 꾸준히 집필 활동을 했다. 그는 키에르케고르와 더불어 실존주의의 선구자적인 역할을 했으며, 자유주의, 힘의 논리 등의 마키아벨리즘, 권위주의, 반대주의 등에 대해 강력히 비판한 것으로 유명하다. 또한 니체는 기독교와의 대립을 통해 모든 기존의 가치를 거부했다. 그리고 이제까지의 모든 가치 기준이었던 신에 대해 그 죽음을 선고하고 새로운 개념으로써 초인사상超人思想을 피력했다.

대표적인 작품으로《차라투스트라는 이렇게 말했다》,《인간적인 너무나 인간적인》외 다수가 있다. 니체는 그의 저서를 통해 수많은 어록을 남긴 것으로도 유명한데, 최선을 다해 인생을 살아야 한다는 의미를 담은 말을 많이 남겼다. 그중 대표적인 말이 "지금 이 인생을 다시 한번 완전히 똑같이 살아도 좋다는 마음으로 살라"는 말이다. 그러니까 후회 없이 인생을 살라는 말이다.

생각해보라. 이렇게 산다는 것이 과연 가능할지를. 그럼에도 니체는 최선을 다해 살라고 말했던 것이다. 한마디로 말해 난제를 푸는 것보다 더 어려운 일이라고 할 수 있다. 그런데 니체의 말처럼 자신의 인생을 만족하게 살았다고 공언公言한 사람이 있었으니, 그는 바로 영국의 수상을 지낸 윈스턴 처칠Winston Churchill이다. 처칠은 인생의 만족함에 대해 이렇게 말한 것으로 유명하다.

"내가 인생을 다시 한번 걷게 된다면 나의 제2의 인생은 제1의 인생과 별 차이가 없을 것이다."

이런 말을 남긴 처칠은 영국 수상을 두 번이나 역임한 명연설가이자 제1차, 제2차 세계대전의 위기로부터 영국을 구하고, 연합국의 대표적인 지도자로 영국을 세계 속의 국가로 번영케 한 대정치가이며, 회고록《제2차 세계대전The Second World War》을 써서 노벨문학상을 수상했다. 이러한 처칠의 인생은 한마디로 말해 연극 같은 인생이었다. 청소년기 학창시절엔 낙제생에 말썽꾸러기였으며, 육군사관학교도 3수 만에 들어간 아주 평범한 젊은이였다. 그리고 정치가가 되어선 수많은 풍파 속에서도 굴하지 않고, 자신의 신념을 펼쳐 보임으로써 영국의 위대한 정치가로 우뚝 섰다.

지금도 그는 영국 국민들이 가장 존경하는 인물로 기리고 있다. 이런 인생을 살았기에 그는 제2의 인생을 살게 된다면 제1의 인생과 별 차이가 없을 거라고 했던 것이다. 처칠처럼 자신의 인생을 만족스럽게 살고 싶다면 니체가 말했듯이 인생을 다시 산다면 지금처럼 똑같은 인생을 살아도 좋을 만큼 열정적으로 살아야 한다. 그렇다면 어떻게 해야 후회를 줄이고 멋지게 인생을 살 수 있을까.

첫째, 자신을 사랑하고 존중하는 것이다. 자신을 사랑하고 존중하게 되면 자존감이 상승함으로써 자신을 함부로 여기지 않게 된다. 그런 까닭에 자신의 행복을 위해 스스로에게 최선을 다하게 된다. 둘째, 지성知性을 갖추도록 해야 한다. 지성을 기르기 위해서는 늘 공부함으로써 지식을 쌓아야 한다. 지식을 쌓는 가장 쉬운 방법은 폭넓은 독서를 하는 것이다. 여기서 명심할 것은 책만 읽어서는 안 된다는 것이다. 읽은 것을 거듭 생각하고 행함으로써 내 지식으로 만들어야 한다. 셋째, 덕德을 갖추어야 한다. 덕은 공자孔子의 주요 사상인 인仁, 즉 어진 마음인 까닭에 자신도 남에게도 유익함을 주기 때문이다. 덕을 갖추면 예와 품격 있는 언행으로 어딜 가든 외롭지 않고 좋은 사람들을 만남으로써 보람된 인생을 살게 된다. 넷째, 건강한 몸을 유지토록 해야 한다. 건전한 정신은 건강한 몸에서 오는 것이므로, 또 건강해야 자신이 하고 싶은 것을 맘껏 할 수 있기 때문이다. 아무리 백 가지 재능을 지녔다 해도 건강하지 못하면 귀한 재능이 무익함이 되는 까닭이다. 다섯째, 자신이 하고 싶은 일을 하는 것이다. 비록 남들이 보기에 하찮아 보이는 일이거나 그 무슨 일일지라도 자신이 좋아하는 일이라면 남의 눈치 보지 말고 후회 없이 살면 된다. 내 인생은 내가 사는 것이지 남이 대신 살아주는 것이 아닌 까닭이다.

이 다섯 가지를 몸에 습관화시키도록 해야 한다. 그러면 자신의 인생에 스스로 만족하게 됨으로써 후회 없는 인생을 살게 된다.

17세기 프랑스의 철학자이자 수학자로, 근세 철학의 아버지로 불리는 르네 데카르트Rene Descartes는 책 읽기에 대해 다음과 같이 말했다.

"좋은 책을 읽는 것은 과거의 가장 뛰어난 사람들과 대화를 나누는 것과 같다."

아주 적확한 말이다. 이 책은 니체의 저서들 중 지금을 살아가는 이들에게 도움이 될 만한 문구를 가려 뽑아 동서고금의 다양한 일화와 역사적인 사건, 세계적인 문학가, 철학자, 종교가, 예술가, 정치가, 유명 CEO 등의 생각을 담았다. 그런 까닭에 이 책을 읽는다면 동서고금 현인들의 말씀을 새겨듣는 거와 같아 인생을 살아가는 데 있어 폭넓은 지식을 쌓음은 물론 지혜의 자양분이 되어줄 것이다. 또한 더불어 나의 철학과 사상을 접목시켜 독자들이 쉽게 이해함으로써 유익함이 되도록 새로운 문장으로 탄생시켰다. 그런 까닭에 니체의 삶과 사상과 철학을 이해하는 데 많은 도움이 되리라 생각한다.

인생은 단 한 번뿐이다. 그 누구라 할지라도 이 천리天理의 법칙을 피해갈 수 없다. 그런 까닭에 오늘 죽을 듯이 배우고 영원히 살 것처럼 행복하게 살아야 한다. 그것이 자신의 인생에 대한 예의이자 도리인 것이다. 이 책을 대하는 모든 이들에게 축복과 행복이 함께 하길 기원한다.

김옥림

Contents

프롤로그

니체의 가르침에서 삶의 답을 찾다 6

Chapter 3

우리는 무엇이든
될 수 있고 할 수 있다

Chapter

4

인생을 최고로
멋지게 여행하는 법

Chapter

5

본질을 꿰뚫어 보는
눈을 길러야 하는 까닭

Chapter

6

가장 먼저
자신을 사랑하라

1
CHAPTER

제2의 인생도 지금처럼
살아도 좋을 듯이 살아라

Friedrich Nietzsche

누군가를 기쁘게 한다는 것은

누군가에게 기쁨을 선물하는 행위는
자신까지도 기쁨으로 충만하게 만든다.
아무리 작은 일이라도 다른 사람을 기쁘게 할 수 있다면
우리의 양손에, 가슴에 기쁨이 가득할 것이다.

니체 어록 01

누군가를 기쁘게 하든, 도움을 주든 의미가 된다는 것은 스스로를 행복하게 하고, 축복되게 하는 일이다. 왜 그럴까. 그것은 온전히 자신의 사랑을 내어주는 아름다운 일이기 때문이다.

누군가를 기쁘게 하고 도움을 주어 본 사람은 안다. 그때 느끼는 기분이 얼마나 달콤하고 자신을 행복하게 하고 자부심을 갖게 하는지를. 이를 증명이라도 하듯 타인을 위해 봉사하는 삶을 사는 이들이 갖는 공통점은 '남을 기쁘게 하고 도움을 주면, 자신이 너무 기쁘고 행복하다'는 것이다. 왜냐하면 그 기쁨과 행복은 돈으로도, 보석으로도, 그 무엇으로도 살 수 없는 인

생의 선물이라고 여기기 때문이다. 누군가에게 기쁨을 주는 의미에 대해 독일의 철학자이자 시인인 프리드리히 니체는 이렇게 말했다.

"누군가에게 기쁨을 선물하는 행위는 자신까지도 기쁨으로 충만하게 만든다."

니체의 말에서 보듯 누군가를 기쁘게 한다는 것은 결국 자신을 기쁘게 하는 일인 것이다. 그런 까닭에 누군가를 기쁘게 하면 이런 기쁨의 감정은 평안한 삶을 사는 사람이나 어려운 가운데 있는 사람이나 그 어떤 환경에 있는 사람일지라도 느끼는 것은 똑같다고 하겠다.

하지만 절망 중에 있던 사람이 봉사활동을 통해 삶의 기쁨을 얻고 새로운 인생을 사는 이들이 느끼는 감정은 자못 더 크게 다가온다. 그래서 지난날을 보상이라도 받으려는 듯 더 열심히 살아가려고 최선을 다한다. 다음은 이에 대한 이야기이다.

미국에서 있었던 일이다. 절망에 빠져 죽음만을 기다리며 하루하루를 사는 여자가 있었다. 여자는 먹는 것도, 노래를 듣는 것도, 좋은 옷도, 멋진 집도, 반짝반짝 빛나는 보석도 부럽지 않았다. 그저 어떻게 하면 죽을 수 있을지만 생각했다. 자신을 둘러싼 모든 것은 전부 불필요했으며 무의미했다. 그녀는 극심한 상실감으로 인해 삶으로부터 완전히 멀어져 있었다.

그러던 어느 날이었다. 그녀는 구원의 성녀 마더 테레사^{Mother} Teresa가 미국을 방문했다는 소식을 듣고 수녀를 찾아갔다.

"수녀님께 드릴 말씀이 있어서 왔습니다."

"그래요? 무슨 일인지 말씀해 보세요."

테레사 수녀는 온화한 미소를 지으며 말했다.

"수녀님, 저는 죽음을 결심했습니다. 더는 살아갈 자신이 없습니다."

그녀의 말을 듣고 테레사 수녀가 말했다.

"저런…… 왜 그런 결심을 하게 되었나요?"

"사는 게 너무 지겨워요. 하루하루가 고통스러워 견딜 수가 없어요."

그녀는 눈물을 흘리며 말했다. 연민 가득한 눈으로 바라보던 테레사 수녀가 그녀의 손을 잡고 말했다.

"그랬군요. 그렇다면 자살하기 전에 한 가지만 부탁해도 될까요?"

"무엇을요?"

그녀는 테레사 수녀의 말에 힘없이 말했다.

"인도에서 나와 같이 한 달만 일하고 나서 죽는 것은 어떨까요?"

테레사 수녀의 말에 그녀는 무언가를 결심한 듯 말했다.

"그렇게 할게요, 수녀님."

"고마워요. 내 부탁을 들어줘서."

이후, 그녀는 테레사 수녀와 함께 인도로 갔다. 그곳에는 앞을 보지 못하는 사람들, 걷지 못하는 사람들, 기아와 질병으로 고통받는 사람들로 가득했다. 마치 고통을 등에 짊어지고 사는 사람들 같았다.

'세상에 이런 곳이 있다니. 저 불쌍한 사람들은 누군가의 도움 없이는 살아갈 수 없겠구나.'

이렇게 생각한 그녀는 발 벗고 나서서 그들을 돌보는 일에 열정을 다했다. 그러던 중 신기한 일이 벌어졌다. 이른 아침부터 밤늦게까지 앉아서 쉴 틈도 없이 일했지만, 조금도 피곤하지 않았다. 자신의 도움을 받은 이들이 고맙다고 할 때는 오히려 마음 깊은 곳에서 기쁨과 희망이 새록새록 피어났다. 시간이 흐를수록 그녀의 가슴은 삶에 대한 희망으로 가득 차올랐다.

'나는 살 가치가 없어.'

'이 세상은 나에게 고통 그 자체야.'

'하루라도 빨리 죽는 것이 내 소원이야.'

이런 말을 입에 달고 다니던 그녀가 이제는 '오늘은 참 보람된 하루였어', '내가 누군가에게 도움을 줄 수 있다니 이건 기적이야', '나는 정말이지 행복해'라는 말을 스스럼없이 말하게 되었다. 그녀는 하루하루가 너무나도 감사하고 행복했다.

어느덧 그녀가 인도에 온 지도 한 달이 되었다. 테레사 수녀

는 즐겁게 일하는 그녀를 보고 사무실에 잠깐 들르라고 말했
다. 그녀는 하던 일을 잠시 멈추고 사무실로 갔다.

"오늘로써 이곳에 온 지도 한 달이 되었군요. 지금도 죽고 싶
은가요?"

테레사 수녀가 빙그레 웃으며 그녀에게 물었다.

"아니요. 전 살고 싶어요. 이곳에서 제가 살아야 할 이유를 발
견했거든요."

그녀는 이렇게 말하며 기쁨의 눈물을 흘렸다.

"잘 생각했어요. 죽는 것은 문제의 해결이 아니랍니다. 오히
려 최악으로 가는 길이지요. 그렇게 말해줘서 고마워요."

테레사 수녀는 그녀의 두 손을 꼭 잡고 기도해 주었다. 그날
이후 그녀는 테레사 수녀를 도우며 하루하루를 즐겁고 행복하
게 지냈다.

절망 중에 있던 여자는 봉사활동을 통해 누군가를 돕는다는
것은 무궁한 기쁨이자 행복이라는 걸 깨달았던 것이다. 이처럼
누군가를 도와줌으로써 기쁘게 한다는 것은 "아무리 작은 일
이라도 다른 사람을 기쁘게 할 수 있다면 우리의 양손에, 가슴
에 기쁨이 가득할 것이다"라는 니체의 말처럼 자신을 기쁨으
로 충만하게 만드는 일인 것이다. 그런 까닭에 자신이 진정으
로 기쁨의 삶을 살고 싶다면 자신의 사랑을 안으로만 품고 있

지 말고, 가슴 밖으로 꺼내 타인을 위해 나눌 수 있어야 한다.
이에 대해 마더 테라사 수녀는 다음과 같이 말했다.

"사랑은 그 자체로 머무를 수 없다. 그러면 의미가 없기 때문
이다. 사랑은 행동으로 이어져야 하고, 그 행동이 바로 봉사이
다."

그렇다. 사랑은 행동으로 옮길 때 더욱 자신을 기쁘게 한다.
특히, 자신이 힘들고 어려울수록 스스로를 기쁘게 하는 일에
몰두해야 한다. 그러면 그 기쁨은 반드시 자신에게 행복을 선
물해 줄 것이다.

스스로를 풍요롭게 만들어라

풍요로운 대상물을 찾을 것이 아니라
자신을 풍요롭게 만들어야 한다.
그것만이 자신의 능력을 높이는 최고의 방법이며,
인생을 풍요롭게 살아가는 방법이다.

니체 어록 02

◆

    마음이 풍요로운 자는 매사에 자신감이 넘치고, 매사를 긍정적으로 바라본다. 마음이 풍요로우면 너그러워지고, 그 어떤 일에도 망설임 없이 적극 시도하게 된다. 그런 까닭에 니체는 "풍요로운 대상물을 찾을 것이 아니라 자신을 풍요롭게 만들어야 한다"고 말했던 것이다.

    니체가 이렇게 말한 것은 스스로를 풍요롭게 만들면 자신의 능력을 높이는 데 큰 도움이 되고, 인생을 풍요롭게 살아가는 데에도 도움이 되기 때문이다. 말하자면 마음의 풍요로움은 자신의 능력을 높이는 최고의 방법이라고 할 수 있다.

조선 후기 최고의 학자로 평가받는 다산 정약용丁若鏞. 그는 대표적인 실학자이자 유학자이다. 그는 16세 되던 해 성호 이익의 학문을 접한 후 그에 대해 공부하고 연구했다. 그 후 그의 학통을 이어받아 개혁 사상을 주장하며 사회 개혁을 위해 노력했다. 이런 그의 사상은 조선 왕조의 질서를 새롭게 강화시키고자 하는 목적에 기반을 두었다고 할 수 있다.

정약용은 1789년 식년문과 갑과에 급제해 희릉직장이란 벼슬로 관료 생활을 시작했다. 이후 그는 병조참지, 부호군, 형조참의를 역임했다. 그는 천문, 지리, 문학 등 다방면에서 두각을 보이며 그의 이름을 널리 떨쳤다. 특히, 그는 1789년 한강에 배다리를 완공시켰으며, 1793년에는 화성을 설계하는 등 건축 기술에도 탁월한 능력을 보였다.

그러나 이벽과 이승훈을 통해 천주교에 깊이 심취했다. 그로 인해 천주교를 서학西學이라 일컬으며 비판하는 조정 신료들의 간언으로 그는 장기간 전라도 강진에서 유배 생활을 했다. 그는 유배로 인해 자신의 뜻을 펼치지는 못했지만 그의 대표 저서인《목민심서》,《경세유표》,《흠흠심서》등을 비롯해 경집 232권, 문집 260여 권 등 500권이 넘는 저서를 남겼다.

아이러니하게도 그가 많은 책을 쓸 수 있었던 것은 유배 생활 때문이었다. 그가 이처럼 많은 책을 쓸 수 있었던 것은 인고忍苦의 생활을 통해서였는데, 그는 유배 생활을 통해 마음을 풍요롭게 했던 까닭이다. 그는 외로움과 고독을 통해 마음을 담담히 다질 수 있었고, 그것은 그에게 엄청난 에너지가 되었던 것이다.

자신을 풍요롭게 만드는 것이 자신의 능력을 높이는 최고의 방법이며, 인생을 풍요롭게 살아가는 방법이라는 니체의 말처럼 정약용은 자신을 마음을 단단하고 풍요롭게 함으로써 조선 후기 최고의 학자가 됨은 물론 조선 시대에 한 획을 그은 인물이 되었던 것이다. 자신을 풍요롭게 하기 위해서는 어떻게 해야 할까.

첫째, 사색과 독서를 통해 마음의 근육을 단단하게 하라. 마음의 근육이 단단하면 마음의 중심이 반듯해 그 어떤 유혹에도 흔들리지 않음으로써 평정심平靜心을 유지하는 데 큰 도움이 된다. 둘째, 늘 공부함으로써 다양한 분야에 지식을 쌓고 지성知性을 길러야 한다. 지식이 풍부하고 지성이 뛰어나면 어디에서든 자신의 능력을 펼쳐 보이는 데 있어 막힘이 없고 사람들에게 좋은 이미지를 심어주게 된다. 셋째, 기도하고 묵상함으로써 마음을 맑고 깨끗하게 해야 한다. 마음이 맑고 깨끗하면 나쁜 생각으로부터 자신을 지켜냄으로써 몸과 마음을 바르게 하는 데 큰 도움이 된다.

자신을 풍요롭게 하기 위해서는 이 세 가지 방법을 꾸준히 실천해야 한다. 실천보다 중요한 것은 없는 까닭이다.

그렇다. 내적으로나 외적으로 자신을 풍요롭게 하면 부러울 것도 없고, 욕심도 사라지고, 모든 것에 초연해진다. 그렇게 되면 마음은 마치 잔잔한 호수처럼 평화롭고 평온해진다. 이런 마음이 되면 그 어떤 시련과 역경에도 흔들리지 않고 자신이 뜻하는 바를 물결 흐르듯 행할 수 있다. 그런 까닭에 힘들고 어려울수록 자신을 풍요롭게 함으로써 마음을 단단히 하고 평정심을 유지해야 한다는 것을 잊지 말아야겠다.

욕망에 끌려가지 말고 자신의 주인이 되어라

욕망이 이끄는 대로
끌려가지 말고 자신의 행동을
확고히 지배하는 주인이 되어라.

니체 어록 03

실패하는 사람들 중엔 자신의 욕망을 억제하지 못한 경우가 많다. 아닌 걸 알면서도 욕망의 지배를 받다 보니 절제를 하지 못해 무너지고 만 것이다. 권력이든, 물질이든, 명예든 그 무엇이든 욕망의 지배를 받지 않기 위해서는 자신의 마음을 탄탄하게 단련시켜야 한다. 마음이 단단하면 그 어떤 욕망에도 마음을 빼앗기지 않는다. 이에 대해 니체는 이렇게 말했다.

"욕망이 이끄는 대로 끌려가지 말고 자신의 행동을 확고히 지배하는 주인이 되어라."

니체 말에서 보듯 욕망을 지배하는 주인이 되어야 한다는 것은 명약관화明若觀火하다. 왜 그럴까. 그렇게 될 때 자신의 의지대로 자신을 끌고 갈 수 있기 때문이다. 다음은 자신의 욕망을 스스로 지배함으로써 자신의 인생을 자신이 원하는 대로 살았던 장량이란 인물에 대한 이야기이다.

  장량은 소하, 한신과 함께 한나라 건국의 3걸로 불린다. 이들 셋 중 장량은 유방의 책사로서 전략의 모든 것을 책임진 탁월한 지략가이다. 유방은 장량에 대해 "군막에서 계책을 세워 천리 밖에서 벌어진 전쟁을 승리로 이끈 것이 장자방이다"라고 극찬했을 만큼 신임을 했다.
  장량은 대대로 이어온 명문가 가정에서 태어났다. 장량의 할아버지인 장개지는 전국시대 한의 소후, 선혜왕, 양왕 등 3대에 걸치는 군주 아래서 재상을 지냈고, 아버지 장평은 희왕, 한혜왕을 섬기며 재상을 지냈다. 아버지가 죽고 20년 뒤인 B.C 230년에 한나라가 진나라에 멸망해 집안은 급격히 몰락했다.
  장량은 용모가 수려하고 여자같이 빈약했으며, 젊어서 공부에 전념해 다섯 수레의 책을 읽은 박학다식한 인물이었다. 샌님 같은 장량이지만 그에겐 폭풍우 앞에서도 꺾일 듯 꺾이지 않는 풀과 같은 선비의 지조와 기개가 있었다.
  장량은 한나라를 멸망시킨 진나라 시황제에게 복수를 하기 위해 자신의 전 재산을 팔아 자금을 마련하고 기회를 엿보던 중 시황제가 박랑사 지금의 하남성 양무를 지난다는 정보를 입수하고 자객을 시켜 무게가 30kg이나 하는 철퇴를 던져 시황제를 살해하려 했으나, 다른 수레를 맞추는 바람에 실패하고 말았다. 이에 장량은 도주해 이름까지 바꾸어 패국의 하비라는 곳에 숨어 지냈다.

그러던 어느 날 황석공으로부터 받은 태공망太公望의 병법서를 공부한 후 통달했다. 한나라를 멸망시킨 진나라 시황제에 대한 복수로 절치부심하던 장량은 진승이 난을 일으키자 자신을 따르는 1백 명의 부하를 데리고 진승을 찾아가다 유방을 만났다. 유방은 장량에게 말을 관리하는 구장이라는 직위에 임명했다.

유방과 장량은 뜻이 잘 맞는 동지와 같았다. 이에 장량은 자신이 익힌 병법을 유방에게 설명하자 유방은 매우 흡족했다. 이에 장량은 "패공은 아마도 하늘이 낸 사람일 것이다"라고 생각하고 유방과 함께 하기로 결심했다. 장량은 유방에게 계책을 내어 유방에게 큰 힘이 되어주었다. 그의 계책은 신기神技에 가까웠고, 유방이 어려움에 처할 때마다 빛을 발했다.

장량은 건달 출신인 유방이 가끔 주색에 빠질 때나 그가 자리를 비웠을 때 역이기가 알려준 계책에 온당치 못할 땐, 격한 반응을 보이며 직언直言도 서슴지 않았다. 그런데도 유방은 화를 내기는커녕 자신의 잘못은 인정하고 순순히 장량의 말을 따랐다. 그만큼 장량을 믿고 의지했던 것이다.

수많은 전투에서 패배만 하던 유방은 장량의 계책에 따라 한신, 팽월과 연합해 해하전투에서 항우를 격퇴시키고 승리했다. 유방은 한나라를 세우고 황제의 자리에 올랐으며, 장량을 유후로 봉하고 일러 말하기를 마음대로 제나라 땅에서 3만 호를 골라 가지라고 했다. 그러나 그는 유후로 봉해진 것만으로도 족하다며 사양했다.

그 후 장량은 유방을 떠나 은거했다. 그 어떤 욕망도 없었다. 그는 자신의 조국인 한나라의 원수를 갚은 것만으로 족했던 것이다. 하지만 욕망을 버리지 못한 한신과 팽월은 토사구팽을 당하고 말았다. 장량은 욕망을 지배할 줄 안 덕에 자신이 뜻한 바를 이룰 수 있었고, 죽음으로부터 벗어날 수 있었던 것이다.

<small>견 인 불 발</small>
堅忍不拔

이는 '굳게 참고 견디어 마음을 빼앗기지 않는 높고 의연한 기개'를 말하는 것으로, 마음을 단단히 연마해야 함을 의미한다. 마음이 단단하면 욕망에 휩싸이지 않는다. 스스로 자신을 통제할 수 있기 때문이다.

그렇다. 욕망으로부터 자신을 지키기 위해서는 욕망을 절제할 수 있어야 한다. 그러기 위해서는 자강불식自强不息, 즉 스스로 힘쓰고 가다듬어야 하는 것이다.

시작하지 않으면 아무것도 할 수 없다

모든 것의 시작은 위험하다.
그러나 무엇을 막론하고 시작하지 않으면
아무것도 시작되지 않는다.

니체 어록 04

무언가를 새롭게 시작할 땐 주저하게 된다. 처음 시작하는 일이라 마치 미지의 세계를 가는 거와 같이 두려움을 느끼기 때문이다. 하지만 시도하지 않으면 그 어떤 일도 절대 할 수 없다. 이 세상에 존재하는 것은 그것이 무엇이든 시도했기에 존재하는 것이다.

"당신이 두려워하는 동굴 속에 당신이 찾는 보물이 있다."

이는 미국의 비교신화학자인 조지프 캠벨Joseph Campbell이 한 말로, 새로운 시작을 두려워하지 말고 시도하라는 것을 의미한다. 두려움을 이기고 시도하면 내가 찾고자 하는 보물, 즉 꿈을 이룰 수 있기 때문이다.

　미국 출신으로 탁월한 자기계발 전문가이자 강연자이며 베스트셀러 작가인 데일 카네기Dale Carnegie. 그는 처음부터 처세술의 대가가 아니었다. 그 또한 평범한 사람에 불과했다. 그는 위런스버그 주립 사범대학을 졸업하고 네브레스카에서 교사로 아이들을 가르쳤다. 하지만 그는 어느 날 교사를 그만두었다. 교사를 그만둔 이유는 더 늦기 전에 무엇인가 새로운 것에 도전을 해보고 싶었기 때문이다. 가르치는 일도 보람 있는 일이지만 그보다는 좀 더 많은 사람들에게 의미 있는 역동적이고 창의력 넘치는 일을 해보고 싶었던 것이다.

　그는 소설가를 꿈꾸며 2년 동안 열심히 작품을 썼으나 출판사로부터 작가의 가능성이 없다는 말을 듣고 작가의 길을 포기했다. 그리고 나서 그는 내가 지금 무엇을 해야 가장 잘할 수 있을지를 생각하고 또 생각했다. 그리고 마침내 그는 자신이 해야 할 일에 대해 결심을 굳혔다. 그는 자기만의 강의 콘텐츠를 짜고, 거기에 맞는 프로그램을 직접 연구·개발하는 데 몰입했다. 그리고 자기만의 철학과 사상이 담긴 자기계발 및 인간관계 향상을 위한 처세술 전략을 완성했다.

　카네기는 자기의 생각을 사람들에게 전하기 위한 방법으로 대학에서 특강을 계획하고 대학을 찾아가 자신의 강의 계획에 대해 소상하게 말했다. 하지만 그의 말을 들은 담당자는 허락할 수가 없다며 거절했다. 그 이유는 간단했다. 무엇 하나 뚜렷한 결과물이 없어 안 된다는 것이었다.

카네기는 실망하거나 포기하지 않고 여러 대학에 문을 두드렸다. 하지만 결과는 역시 똑같았다. 평범하고 보잘것없는 그에게 강단을 제공하겠다는 대학은 어디에도 없었다. 하지만 그는 실망하지 않고 대안을 찾은 끝에 YMCA 측에 성인들을 대상으로 강연할 것을 제의했다. 그의 조건은 수강생 수에 따라 수강료를 YMCA와 나누는 것이었다. 이에 손해 볼 게 없는 YMCA 측에서는 그의 제안을 받아들였다. 마침내 그는 자신의 꿈의 프로젝트인 '인간관계를 위한 대화와 스피치'에 대한 강연을 시작했다. 그가 계획한 강의는 당시로서는 블루오션과도 같았다. 자신의 삶이 새롭게 변화하기를 꿈꾸던 사람들에게 그의 강연은 매우 획기적인 것이었다. 그의 강연을 들은 사람들은 열광했고, 입소문을 타고 널리 퍼져나갔다. 그러자 여기저기서 많은 사람들이 그의 강연을 듣기 위해 몰려왔다. 카네기 자신도 예상하지 못한 놀라운 결과였다. 이에 용기를 얻은 그는 〈카네기 연구소〉를 설립하고 '인간경영과 자기계발' 강좌를 개설했다.

그 후 미국, 캐나다를 비롯해 많은 나라에 〈카네기 연구소〉가 설립되었다. 놀라운 일이었다. 그는 자신에게 강의를 듣고 감동한 출판사 사장의 제의로 그동안 강의한 원고를 모아 책으로 출간했다. 이 책은 돌풍을 불러일으키며 많은 독자들에게 사랑을 받았다. 초판이 나온 지 90년이 지났지만 지금도 꾸준히 팔리는 베스트셀러 중에 베스트셀러이다. 이 책이 바로《카네기 처세술》또는 해석하기 따라《인간관계론》이라고 할 수 있다.

데일 카네기의 삶을 통해 우리는 중요한 사실을 발견하게 된다. 그것은 그가 교사를 그만두고, 전혀 새로운 일을 시도하는 데 두려워하지 않았다는 것이다. 그리고 최선을 다해 자신의 열정을 기울인 끝에 성공의 역사를 썼다는 것이다. 만일 그가 새로운 일에 대해 두려워하고, 망설였다면 어떻게 되었을까. 그것은 실패로 끝나고 말았을 것이다.

모든 것은 처음 시작할 때 위험성을 감수하게 된다. 하지만 자신이 원하는 것을 하기 위해서는 시도해야 한다. 그렇지 않으면 그 어떤 결과도 얻을 수 없기 때문이다. 이에 대해 니체는 이렇게 말했다.

"모든 것의 시작은 위험하다. 그러나 무엇을 막론하고 시작하지 않으면 아무것도 시작되지 않는다."

니체의 말처럼 그 어떤 것이든 처음 시작은 다 위험한 것이다. 왜 그럴까. 이제껏 한 번도 해보지 않은 일이기 때문이다. 그렇지만 시작을 하지 않으면 아무것도 이룰 수 없다. 그런 까닭에 데일 카네기가 그랬듯이 과감하고 철저하게 시도해야 한다. 그래야 성공의 역사를 쓸 수 있는 것이다.

"지금으로부터 20년이 지난다면, 당신은 당신이 한 일보다는, 당신이 하지 못한 일에 더 실망하게 될 것이다. 그러니 기준점을 과감하게 버려라. 안전한 항구를 벗어나 멀리멀리 항해해보라. 당신의 항해에서 무역풍을 잡아보라. 탐색하고, 꿈꾸고, 발견해보라."

이는 미국의 소설가 마크 트웨인Mark Twain이 한 말로, 이 또한 두려워하지 말고 시작하라는 의미이다. 왜냐하면 하고 싶은 것을 시도하지 않으면, 하지 못한 것에 대해 실망하게 되기 때문이라는 것이다. 그 역시 가난한 생활을 하면서도 꿈을 잃지 않고 도전한 끝에 《톰 소여의 모험》, 《허클베리 핀의 모험》, 《왕자와 거지》 등의 명작을 남기며 인생을 승리로 이끌었다. 그랬기에 그가 하는 말은 더욱 공감을 주기에 부족함이 없다 하겠다.

그렇다. 사람들 중엔 지난날 하고 싶은 것을 하지 못한 것에 대해 후회하는 일이 많다. 그렇다면 문제는 간단하다. 하고 싶은 일은 물론 새롭게 하고자 하는 일을 지금 당장 시작하라. 그것이 후회하지 않고 인생을 멋지게 사는 최선의 지혜이기 때문이다.

제2의 인생도 지금처럼
살아도 좋을 듯이 살아라

지금 이 인생을
다시 한번 완전히 똑같이 살아도
좋다는 마음으로 살라.

니체 어록 05

"내가 인생을 다시 한번 걷게 된다면 나의 제2의 인생은 제1의 인생과 별 차이가 없을 것이다."

이는 윈스턴 처칠이 한 말로, 그 스스로 자신의 인생에 대해 매우 만족해한다는 걸 잘 알게 한다. 그만큼 인생을 후회 없이 잘 살았다는 것을 의미한다고 하겠다. 영국 수상을 두 번이나 역임한 명연설가이자 영국의 대정치가이며, 회고록《제2차 세계대전》을 써서 노벨문학상을 수상한 윈스턴 처칠은 영국 명문 귀족인 말버러가의 후손이다.

하지만 처칠은 대개의 귀족 자녀들과는 달리 공부를 잘하지 못했다. 그는 해로우공립학교에 꼴등으로 들어갔고, 성적이 좋지 않아 부모의 바람과는 달리 대학 진학을 하지 못했다. 그가 고민 끝에 선택한 학교가 샌드허스트 육군사관학교였다. 그는 육군사관학교도 두 번이나 떨어지고 세 번째 도전에서 겨우 합격할 수 있었다.

그러나 처칠의 내면 깊숙이에는 그 누구보다도 강한 불굴의 의지와 신념이 숨어 있었다. 그는 자신이 무엇을 해야 자기 자신과 부모님과 민족과 조국 앞에 부끄럽지 않은 사람이 될 수 있을까를 진지하게 생각하곤 했다. 그런 생각으로 그의 가슴은 늘 뜨겁게 불타올랐다.

처칠은 개성이 넘쳤다. 그에게는 상대방이 자신에게 끌려오게 하는 뛰어난 설득력과 강한 리더십이 있었다. 그리고 사람들의 마음을 읽고 그 사람 입장에서 생각하고 배려할 줄 아는 포용력을 지닌 너그러운 성품을 가지고 있었다. 그는 공부를 못했던 대신 공부로써는 도저히 흉내낼 수 없는, 공부 외적인 조건을 두루 갖추었다.

처칠은 자신에게 숨겨진 성공적인 요건들을 위해 많은 노력을 기울였다. 육군사관학교 졸업 후 기병 소위로 임관해 보어전쟁에 참여했다. 포로로 잡혔지만 탈출해 전쟁영웅으로 각광받았다. 그는 25세 때인 1900년 보수당 후보로 출마해 하원의원에 당선됐다. 그러나 보수당의 보호관세정책에 반대해 1904

년 자유당으로 옮겼고, 1906년부터는 자유당 내각의 통상 장관, 식민 장관, 해군 장관 등 출세의 가도를 달렸다.

처칠은 제1차 세계대전 당시 해군 장관으로 활동했다. 하지만 작전에 실패해 문책을 당하고 장관직을 사퇴했다. 이후 1917년 군수 장관으로 입각해 복지를 개선하고 장병들의 사기를 높이는 등 자신의 능력을 유감없이 발휘했다. 1919년 육군 장관 겸 공군 장관이 되었으며, 1921년에는 식민 장관이 되었다. 하지만 당시의 자유당은 분열해 쇠퇴의 길을 걸었고, 또 소련에 대한 강한 반감과 점점 열기를 더해가는 노동 운동에 대한 위구심에서 보수당에 복귀했다.

처칠은 자유당으로 당적을 옮겼다가 다시 보수당에 입당해 보수당 정치인들의 비난을 사기도 했다. 하지만 처칠은 개의치 않고 자신의 신념대로 적극 정치 활동을 했다. 그는 독일이 영국을 공습할 것을 염려해 공군력을 강화해야 한다고 주장했으나 반대에 부딪쳐 뜻을 이루지 못했다.

그러나 독일이 처칠의 말대로 영국을 공격하자 그의 견해를 중시하게 되었고, 이후 처칠은 영국을 지켜내고 연합국의 승리를 이끌었다. 처칠은 조지 6세의 승인으로 총리에 임명되었다. 총리가 된 후 그는 미국의 루스벨트 대통령을 비롯한 서방 국가 지도자들과 활발하게 교류하며 세계적인 정치가로 우뚝 섰다.

영국을 강한 나라로 발전시키는 데 공을 세운 처칠은 총리를 은퇴했다. 그는 미국 웨스트민스터대학교에서 명예 법학박사 학위를 받으며 한 연설에서 그 유명한 '철의 장막'이란 말로 유럽의 단결을 호소했다. 1951년 보수당이 다시 정권을 잡고 총리에 재임명되었다.

처칠의 강한 리더십과 뛰어난 능력은 그를 제2차 세계대전 당시 연합국의 대표적인 지도자가 되게 했고, 그는 그 누구도 흉내낼 수 없는 멋진 활약을 펼쳐 보이며 전 세계에 자신의 이름을 뚜렷이 각인시켰다.

처칠의 인생은 한마디로 말해 연극 같은 인생이었다. 청소년기 학창시절엔 낙제생에 말썽꾸러기였으며, 육군사관학교도 3수 만에 들어간 아주 평범한 젊은이였다. 그리고 정치가가 되어선 수많은 풍파 속에서도 굴하지 않고, 자신의 신념을 펼쳐 보임으로써 영국의 위대한 정치가로 우뚝 섰다. 지금도 그는 영국 국민들이 가장 존경하는 인물로 기리고 있다. 이런 인생을 살았기에 그는 제2의 인생을 살게 된다면 제1의 인생과 별 차이가 없을 거라고 했던 것이다.

니체는 말하기를 "지금 이 인생을 다시 한번 완전히 똑같이 살아도 좋다는 마음으로 살라"고 했다. 이는 처칠이 했던 말처럼 자신의 인생에 만족할 수 있도록 최선을 다해 살라는 의미이다.

　그렇다. 자신의 인생에 만족하는 사람이야말로, 성공한 인생이라고 할 수 있다. 물론 이렇게 산다는 것은 각고의 노력이 있어도 힘들다. 하지만 적어도 후회하지 않는 인생이 되어야 한다. 그것이야말로 스스로를 축복되게 하는 일이기 때문이다.

FRIEDRICH — NIETZSCHE

이 순간을 온몸으로 즐겨라

가능한 한 행복하게 살아야 한다.
그러기 위해서는 현재를 즐겨라.
마음껏 웃고 이 순간을 온몸으로 즐겨라.

니체 어록 06

◆

인생은 누구에게나 단 한 번뿐이다. 이것이 인간이 지니는 한계이다. 이렇듯 인간은 유한성을 지닌 존재인 것이다. 그렇기 때문에 최대한 인생을 의미 있고 값지게 살아야 한다. 그런 까닭에 무엇을 하더라도 자신이 하는 일이 자신에게도 다른 사람들에게도 꿈을 주고, 행복을 주고, 기쁨이 되어야 한다. 또한 늘 즐기며 살 수 있도록 노력해야 한다. 즐겁게 사는 것만큼 행복한 일은 없는 까닭이다. 그래서일까, 즐겁게 사는 사람들을 보면 얼굴에 늘 웃음꽃이 피어 있어 그들을 보는 것만으로도 즐거운 마음이 든다.

왜 그럴까. 즐거움엔 긍정의 에너지가 넘치고, 기쁨의 에너지가 뿜어져 나오기 때문이다. 그런데 인상을 찌푸리고 화를 내며 산다고 해보라. 그 생각만으로도 기분이 언짢아지고 불쾌한 마음이 든다. 그런 까닭에 니체의 말처럼 가능한 한 행복하게 살아야 하고, 현재를 즐겨야 한다.

즐겨라.

어떠한 상황에서도 즐거움을 끌어내라.

심지어 나쁜 상황에서도,

아니, 특히 나쁜 상황에 처했을 때

즐거움을 끌어내라.

즐거움은 어디에나 있다.

스스로를 통해 즐거움이 발현되도록 해야 한다.

즐거움에 저항하거나 거부하지 말라.

큰 슬픔에 처해도 즐거움을 위한 여유는 있다.

살아있지 않다면

슬픔 또한 경험할 수 없지 않겠는가?

인생이 제공하는 모든 것과 함께

자신의 인생을 즐겨라.

행복뿐만 아니라, 슬픔도 즐겨라.

성공뿐만 아니라, 실패도 즐겨라.

새로운 관계뿐만 아니라, 이별도 즐겨라.

즐겁지 않은 삶의 교훈조차 즐겨라.

이는 루마니아의 파워 블로거인 드라고스 로우아Dragos Roua가
한 말로, 인생을 즐겁게 살라는 말이다. 그의 말처럼 산다는 것
은 절대 긍정의 마음이 아니면 쉽지 않다.

그렇다면 어떻게 해야 할까. 자신을 절대 긍정적인 사람으로
만들어야 한다. '아니오'라는 말 대신 언제나 '예'라고 말하며,
'할 수 없어'라는 말 대신 언제나 '할 수 있어'라고 말하고, 어떤
일도 낙관적으로 생각해야 한다. 낙관적인 생각은 매사를 긍정
적으로 바라보게 하고, 불가능한 일도 가능하게 한다. 니체는
우리에게 말한다.

"마음껏 웃고 이 순간을 온몸으로 즐겨라."

그렇다. 지금 자신을 한번 돌아보라. 나는 마음껏 웃고 이 순
간을 온몸으로 즐기는지를. 만일 그렇다면 당신은 진정으로 행
복한 사람이다. 그러나 그렇지 않다면 낙관적인 사람이 되도록
노력하라. 그것은 스스로를 즐겁게 하는 가장 확실한 방법이기
때문이다.

사고思考의 신진대사를 활발히 촉진시켜라

낡은 사고의 허물 속에
언제까지고 갇혀 있으면 성장은 고사하고
안쪽부터 썩기 시작해 끝내는 죽고 만다.
늘 새롭게 살아가기 위해 우리는
사고의 신진대사를 하지 않으면 안 된다.

니체 어록 07

신진대사新陳代謝란 '생물체가 몸 밖으로부터 섭취한 영양 물질을 몸 안에서 분해하고, 합성해 생체 성분이나 생명 활동에 쓰는 물질이나 에너지를 생성하고 필요하지 않은 물질을 몸 밖으로 내보내는 작용'을 말한다. 즉, 신진대사는 건강한 몸을 위한 정화 작용이자 촉진 작용인 것이다. 우리 몸이 건강하기 위해서는 신진대사가 원활하게 작용해야 한다. 그래야 몸속에 있는 각 장기가 활발하게 작용함으로써 건강한 몸으로 활기차게 생활할 수 있다. 그런데 신진대사가 원활하지 않으면 건강에 이상 증세를 일으키게 되고 심하면 병에 걸리게 된다.

연기가 잘 빠져나가기 위해서는 굴뚝이 막히면 안 되듯, 건강하기 위해서는 몸의 각 장기가 제 역할을 하는 데 이상이 없어야 한다. 이러한 부작용을 막기 위해서는 신진대사를 활발히 촉진시켜야 하는 것이다. 그런 까닭에 몸이 건강한 사람은 혈색이 좋고, 매우 활동적이며, 자신이 하는 일을 능동적으로 잘해 나간다.

이와 마찬가지로 삶을 역동적이고 생산적으로 살아가기 위해서는 언제나 생각이 활발하게 작용해야 한다. 생각이 활발하게 작용하면 상상력이 풍부해지고 새로운 아이디어가 솟아난다. 새로운 아이디어는 자신이 추구하는 일을 생산적으로 해나가는 데 큰 도움이 됨으로써 좋은 결과를 얻을 수 있다. 그러기 때문에 생각을 활발하게 작용시킬 수 있도록 해야 하는 것이다. 이에 대해 니체는 다음과 같이 말했다.

"늘 새롭게 살아가기 위해 우리는 사고思考의 신진대사를 하지 않으면 안 된다."

니체가 말하는 사고의 신진대사란 무엇인가. 그러니까 생물체가 몸 밖으로부터 섭취한 영양 물질을 몸 안에서 분해하고, 합성해 생체 성분이나 생명 활동에 쓰는 물질이나 에너지를 생성하고 필요하지 않은 물질을 몸 밖으로 내보내는 작용을 하듯 생각이 활발히 작용할 수 있도록 하라는 말이다. 생각이 활발히 작용하게 되면, 진취적이고 창의적이고 새로운 생각을 하는 네 큰 도움이 되기 때문이다.

그러나 낡은 생각은 사람을 퇴보시키는 주범이다. 낡은 생각에 갇히게 되면, 고정 관념이란 우물에서 빠져나오기가 힘들다. 그런 까닭에 낡은 생각은 고루하고, 과거 지향적일 수밖에 없다. 그래서 낡은 생각에 갇히게 되면 미래는 암울해지고 만다. 낡은 사고에 갇히지 않게 하기 위해서는 생각이 녹슬지 않게 해야 한다. 못이나 기계가 녹슬면 쉽게 부러져 사용하지 못하듯, 생각이 녹슬면 새로운 생각, 좋은 생각을 하기가 힘들다. 그런 까닭에 기계가 녹슬지 않게 수시로 기름칠을 해 주듯이 생각이 녹슬지 않게 사고思考에도 기름칠을 해주어야 한다. 이것이 바로 사고의 신진대사인 것이다. 사고의 신진대사를 활발하게 함으로써 자신은 물론 다른 사람들을 유익하게 하고 인생을 풍요롭게 살았던 이야기이다.

무너져가는 크라이슬러 자동차 회사를 회생시켜 자동차 신화를 이룬 리 아이아코카Lee Iacocca. 그는 46살이란 젊은 나이에 막강한 포드자동차의 사장이 되었다. 승승장구하며 미국인들을 놀라게 한 그는 사장 재직 8년 만에 그가 믿고 따랐던 헨리 포드로부터 일방적인 해고 통지를 받고 허름한 창고 사무실로 쫓겨나는 수모를 겪었다.

처음 얼마 동안 그는 헨리 포드의 배신에 분노하고 삶의 회의를 느꼈지만, 특유의 은근과 끈기를 잃지 않았다. 때마침 극심한 위기에 빠져있던 크라이슬러 자동차 경영주는 그에게 경영을 맡아 달라며 손을 내밀었고, 그는 주저 없이 수락하고 크라이슬러 자동차 사장이 되었다. 그가 사장이 되고 얼마 안 돼 회사에 많은 문제가 있다는 것을 발견하고 즉시 그 개선안을 마련했다.

문제점의 첫째는 불필요한 부서와 그로 인한 잉여 인력이 너무 많아 업무의 신속성을 떨어뜨렸다는 것이다. 둘째는 불필요한 예산 낭비로 재정이 고갈되었다는 것이다. 셋째는 감독이 제대로 이루어지지 않아 업무의 효율성이 떨어졌다는 것이다. 넷째는 근로자들이 나태하고 의욕이 상실돼 있다는 것이다. 다섯째는 모든 잘못은 상대방으로 돌리는 자기반성의 결여에 있다는 것이다.

아이아코카는 이에 대해 신속하게 문제점을 해결하기 시작했고, 얼마 안 돼 모든 문제점을 깔끔하게 처리하는 놀라운 능력을 발휘했다. 그가 기획한 판매 전략으로 크라이슬러 사장이 된 첫해 무려 418,812대라는 판매 실적을 올려 세인들로부터 역시 아이아코카는 경영의 귀재라는 찬사를 한 몸에 받으며 화려하게 재기에 성공했다. 그 후 크라이슬러사는 미국 자동차 회사의 빅 3 중 하나로 큰 성공을 거두었다.

리 아이아코카가 성공할 수 있었던 것은 늘 사고의 신진대사를 활발하게 함으로써 자신의 생각을 혁신적으로 이끌었기 때문이다. 나아가 크라이슬러사의 고질적인 문제, 즉 안이함과 나태함 그리고 낡은 생각을 말끔히 거둬내고 새로운 생각의 옷을 입힌 결과였다. 사고의 신진대사를 활발히 작용시키기 위해서는 어떻게 해야 할까.

첫째, 다양한 분야의 책을 숙독하라. 책은 사고력을 기르고, 이해력을 기르고, 창의력과 상상력을 기르는 데 큰 도움이 된다. 그런 까닭에 사고력과 이해력을 기르기 위해서는 철학책과 인문 분야의 책을 읽는 것이 좋다. 그리고 창의력과 상상력을 기르기 위해서는 시집과 소설책, 자기계발서 등 다양하게 읽는 것이 좋다. 둘째, 사색과 묵상을 통해 뇌의 기능을 촉진시켜라. 사색과 묵상은 몸과 마음을 가다듬는 데 도움이 될 뿐만 아니라 정신 건강을 극대화시키는 데 큰 도움이 된다. 정신이 건강하다는 것은 곧 뇌가 건강하다는 것을 뜻한다. 그런 까닭에 사색과 묵상을 습관화하라. 셋째, 각종 전시회를 통해 정서를 맑게 함양시켜라. 그림이나 조각 등의 미술 전시회와 노래와 오케스트라 연주회 등의 음악회는 정서를 함양시키는 데 큰 도움이 된다. 정서적으로 안정이 되면 긍정적인 사고를 하는 데 큰 도움이 된다. 넷째, 자신이 좋아하는 취미 생활이나 운동을 통해 삶의 리듬을 원활하게 하라. 취미 활동은 몸과 마음을 건강하게 해주는 데 매우 효과적이다. 특히 자신이 직접 참여함으로써 즐거움을 만끽하게 되고, 몸을 건강하게 하는 데 큰 도움이 된다. 몸이 건강하면 생각 또한 건강해지기 때문에 취미 생활과 운동을 즐겨 해야 한다.

사고의 신진대사를 활발히 하기 위해서는 이 네 가지를 꾸준히 반복해야 한다. 그렇게 하다 보면 자신도 모르는 사이에 사고가 활발히 작용하게 됨을 느끼게 될 것이다. 새로운 변화를 추구하는 것을 좋아하는 사람들은 사고의 신진대사가 활발히 작용한다. 그런 까닭에 늘 새로운 것에 흥미를 갖고 노력을 다함으로써 인생을 즐겁고 풍요롭게 살아간다. 그러나 대개의 사람들은 오늘과 내일이 별반 다르지 않다. 이는 물이 고여 있으면 썩듯 자신의 삶을 침체하게 만드는 가장 큰 요인이다. 그런데 문제는 사고의 신진대사를 활발히 작용시키지 않으면서 새로운 삶을 살기를 바란다는 것이다. 이는 매우 잘못된 생각이다.

"새 포도주를 낡은 가죽 부대에 넣는 자가 없나니 만일 그렇게 하면 새 포도주가 부대를 터뜨려 포도주가 쏟아지고 부대도 못 쓰게 되리라. 새 포도주는 새 부대에 넣어야 할 것이니라."

이는 신약성경 누가복음(5장 37~38절)에 나오는 말씀으로, 새 포도주는 반드시 새 부대에 넣어야 함을 잘 알게 한다. 그 이유는 새 포도주가 낡은 부대로 인해 버리게 되기 때문이다. 낡은 것에 대한 매우 적절한 비유가 아닐 수 없다. 또한 러시아의 국민작가 레프 톨스토이Leo Tolstoy는 다음과 같이 말했다.

"모든 사람들이 세상을 변화시키는 것을 생각한다. 하지만 누구도 그 자신을 변화시키는 것은 생각하지 않는다."

그렇다. 새로운 생각은 새로운 일을 하는 데 필요한 것이지 낡은 일을 하는 데 필요치 않다. 그러기 때문에 무언가 새로운 일을 하고 싶다면 그래서 새로운 인생으로 거듭나고 싶다면 낡은 생각은 완전히 버리고, 새로운 생각의 옷으로 갈아입어야 한다. 그리고 나아가 니체가 말했듯이 생각이 녹슬지 않도록 사고思考의 신진대사가 이루어질 수 있게 해야 한다. 이것이야 말로 새롭게 거듭나는 최선의 지혜인 것이다.

본능이나 지나친 소유욕을 경계하라

소유욕이 나쁜 것은 아니다.
소유욕은 일을 하고 돈을 벌도록 종용한다.
그 돈에 의해 사람은 풍족한 생활을 누릴 뿐 아니라
인간적인 자유와 자립까지도 손에 넣을 수 있다.
그러나 그 소유욕이 정도를 넘게 되면
사람을 노예처럼 부리기 시작한다.
더 많은 돈을 차지하기 위해 자신에게 주어진
모든 시간과 능력을 소모하는 나날이 시작된다.
소유욕은 휴식마저 앗아가고 그 사람을 완전히 구속한다.
내면의 풍요로움, 정신적인 행복, 고귀한 이상과 같이
인간에게 소중한 것들은 완전히 무시되어 버린다.

니체 어록 08

사람은 누구나 소유욕이 있다. 이는 천성적으로 기인하는 바가 크다. 다만 소유욕이 많고 적고의 차이가 있을 뿐이다. 그런데 문제는 소유욕이 지나칠 때 나타난다. 지나친 소유욕은 '탐욕'으로서 이는 경계해야 할 마인드다. 탐욕이 지나치면 이성

을 상실하게 되고, 탐욕이 시키는 대로 탐욕의 노예가 되기 때문이다. 니체는 소유욕에 대해 이렇게 말했다.

"소유욕이 나쁜 것은 아니다. 소유욕은 일을 하고 돈을 벌도록 종용한다."

니체의 말에서 보듯 소유욕은 인간의 본능이다. 적절한 소유욕은 니체의 말대로 일을 하고 돈을 버는 데 긍정적인 작용을 한다. 그런데 문제는 소유욕이 지나칠 때 생긴다. 소유욕이 지나치게 되면 탐욕에 빠지게 되고 그로 인해 불행한 결과를 낳기 때문이다. 그런 까닭에 소유욕이 넘치지 않도록 조심 또 조심해야 한다.

미국의 초절주의 사상가이자 명저 《월든》으로 유명한 헨리 데이비드 소로Henry David Thoreau는 월든 호숫가에서 무소유의 삶을 실천했다. 그는 작은 오두막을 짓고, 필요한 만큼의 땅을 개간하고, 필요한 만큼만 씨를 뿌리고 거둬 생활했다. 그렇게 산다는 것은 그에게 하나도 불편한 것이 아니었다. 그는 책을 읽고 노동을 하면서도 즐겁게 생활해 많은 사람들에게 회자되었다. 그는 최소한의 비용으로도 얼마든지 살 수 있다는 것을 증명해 보였으며, 그 이후로도 그는 평생 무소유의 삶을 살았다.

물론 그처럼 산다는 것은 지극히 어려운 일이다. 그것은 수행에 가까운 일이기 때문이다. 하지만 그렇게 흉내만 낼 수 있어도 적어도 낭비를 줄이고 절약하면서 검소하게 생활할 수는 있다. 이 또한 현대인들이 생각하는 삶의 관점에서 본다면, 무소유의 삶과도 같기 때문이다.

요즘 젊은이들의 관점은 많은 돈을 버는 것이라고 한다. 그래서 시쳇말로 폼 나게 살고 싶다는 것이다. 그래서 주식이든 부동산이든 그것이 무엇이든 투자하는 일에 관심이 많아 그 분야 전문가들이 강의하는 곳곳마다 수강생들이 넘친다고 한다. 이를 나쁘다고 만은 할 수 없다. 시대가 그렇게 만든 것이니 어찌할 것인가. 하지만 분명한 것은 지나친 욕심을 경계해야 한다는 것이다. 자칫 인생의 나락으로 떨어질 수 있기 때문이다. 그렇다면 왜 소유욕을 경계해야 하는지에 대해 몇 가지의 관점에서 살펴보는 것도 소유욕에 대한 경각심을 높이는 데 큰 도움이 될 것이다.

"과도한 욕망보다 큰 참사는 없다. 불만족보다 큰 죄는 없다. 탐욕보다 큰 재앙은 없다."

이는 도가의 창시자이자 학자인 노자老子가 한 말로, 소유욕이 위험한 것은 탐욕을 불러일으키기 때문이라는 것을 잘 알게 한다. 왜 그럴까. 탐욕이 위험한 것은 탐욕이 지나치면 큰 재앙을 불러오는 까닭이다.

"욕심이 잉태한즉 죄를 낳고 죄가 장성한즉 사망을 낳느니라."

이는 신약성경(야고보서 1장 14~15절)에 나오는 말씀으로, 욕심을 부린다는 것은 죄를 짓게 하는 원인이 되고 죄가 커지면 멸망에 이른다는 것을 알 수 있다.

"탐욕은 일체를 다 얻고자 욕심을 내어 도리어 모든 것을 잃는다."

이는 프랑스의 사상가 미셀 드 몽테뉴Michel de Montaigne가 한 말로, 탐욕이 얼마나 무서운 것인지를 잘 알게 한다.

"나는 광고를 읽지 않는다. 이것저것 갖고 싶다는 생각에 시간만 허비하게 될 테니까."

이는 소설《변신》으로 유명한 체코 출신의 소설가인 프란츠 카프카Franz Kafka가 한 말로, 소유욕으로 인해 자신을 허비하지 않겠다는 의미이다. 카프카의 말을 통해 소유욕이 인간에게 미치는 부정적인 영향이 어떻다는 것을 미루어 잘 알게 한다. 노자, 성경, 몽테뉴, 카프카가 한 말을 통해 소유욕을 왜 경계해야 하는지를 잘 알게 한다. 소유욕이 도를 넘으면 사람은 180도 돌변해 소유욕의 노예가 되는 까닭이다. 니체는 또한 소유욕의 지나침으로 인한 위험성에 대해 이렇게 말했다.

"그 소유욕이 정도를 넘게 되면 사람을 노예처럼 부리기 시작한다. 더 많은 돈을 차지하기 위해 자신에게 주어진 모든 시간과 능력을 소모하는 나날이 시작된다. 소유욕은 휴식마저 앗아가고 그 사람을 완전히 구속한다. 내면의 풍요로움, 정신적인 행복, 고귀한 이상과 같이 인간에게 소중한 것들은 완전히 무시되어 버린다."

니체의 말에서 보듯 지나친 소유욕이 인간의 삶에 미치는 영향이 얼마나 부정적으로 작용하는지를 잘 알게 한다. 한마디로 말해 지나친 소유욕은 인간성을 상실시킴으로써 인간을 인간답게 살지 못하게 하는 '악^惡'과 같다고 하겠다. 그렇다면 왜 소유욕을 경계해야 하는지에 대해 좀 더 구체적으로 살펴보는 것도 소유욕에 대한 경각심을 높이는 데 큰 도움이 될 것이다.

그렇다. 아주 적확한 지적이 아닐 수 없다. 그러기 때문에 정도를 넘는 소유욕을 버려야 한다. 그렇게 될 때 인간은 자신이 추구하는 삶을 살게 됨으로써 진정한 평안을 누리게 된다. 또 그로 인해 스스로의 생활에 만족하고 행복해할 수 있는 것이다.

그 어떤 것도 우연한 승리는 없다

승리자는 예외 없이
우연이라는 것을 결코 믿지 않는다.
비록 그가 겸손한 마음에
우연성을 입에 담는다고 해도 말이다.

니체 어록 09

"나는 우연히 성공한 것이 아니라 꾸준한 노력으로 성공한 것이다."

이는 미국의 소설가 어니스트 헤밍웨이Ernest Hemingway가 한 말로, 그의 성공(인생 승리)은 노력에 의한 것이라는 걸 잘 알게 한다. 미국인이 가장 사랑하는 작가 어니스트 헤밍웨이는《노인과 바다》,《누구를 위하여 좋은 울리나》,《무기여 잘 있거라》의 작품들을 썼다. 그는 글재주가 탁월한 작가였으며 투철한 작가 정신의 소유자였다. 그의 소설《무기여 잘 있거라》는 실제 총알이 빗발치는 전쟁터의 경험을 바탕으로 하는 소설로 유명하다. 헤밍웨이는 1929년 제1차 세계대전 당시 운전병으로 참전했다. 헤밍웨이는《무기여 잘 있거라》발표와 동시에 많은 비평가들의 찬사를 받으며 소설가로 입지를 다지는 계기가 되었다.

그는 스페인을 무척이나 좋아해 네 차례나 방문했는데, 그곳에서 〈제5열〉이라는 희곡과《누구를 위하여 종은 울리나》를 썼다. 특히 스페인에서의 다양한 경험을 바탕으로 쓴 소설《누구를 위하여 종은 울리나》는 판매 부수 면에서 큰 성공을 거두었다.

헤밍웨이는 제2차 세계대전이 일어나자 종군 기자로 전쟁터를 누볐다. 전쟁은 그의 생과 불가분의 관계였다. 전쟁의 경험은 고스란히 그의 작품에 영향을 주었다. 그래서인지 그에게는 행동파 작가라는 별칭이 따라다닌다.

미국으로 돌아온 그는 바다 빛이 아름다운 쿠바의 해변가에 기거하며 소설을 쓰고 낚시를 즐겼다. 그는 이것을 소재로《노인과 바다》를 썼다.《노인과 바다》는 평단으로부터 열광적인 찬사를 받았다. 뿐만 아니라 그에게 1953년에는 퓰리처상을, 1954년에는 노벨문학상을 안겨 주었다. 마침내 세계 문단에 한 획을 긋는 작가로 등극하게 된 것이다.

헤밍웨이의 작가 정신은 강인한 프로 정신에서 기인한다. 그는 작품에 대한 애착이 남다르다. 총알이 빗발치는 전쟁터에 두 번이나 자원한 헤밍웨이. 다른 작가들은 꿈조차 꾸지 못할 시도를 통해 그는 생생한 작품을 써 내려갔다. 헤밍웨이가 탁월한 작가로 기억되는 것은 결국 그의 노력과 열정에 있었다. 노력을 이기는 재능은 없다. 그의 노력과 열정이 그를 세계적인 작가로 만들었다. 그는 자신의 성공에 대해 묻는 이들에게 이렇게 말했다.

"어떤 이들은 나의 성공을 운이 좋아서 혹은 재능이 뛰어나서라고 말한다. 그러나 그것은 잘못된 생각이다. 나는 우연히 성공한 것이 아니라 꾸준한 노력으로 성공한 것이다."

헤밍웨이는 꿈을 이루는 데 끈기와 노력만큼 중요한 것은 없다고 강조했다. 대부분의 사람들은 한 분야에서 대단한 업적을 이룬 사람을 부러워하며 찬탄贊嘆하지만 장점을 배우려 하지는 않는다. 만약 자신이 지금과 다른 삶을 살고 싶다면 헤밍웨이의 말을 가슴 깊이 새기며 실천에 옮겨야 할 것이다. 꾸준히 노력하다 보면 자신도 모르게 꿈꾼 대로 살고 있는 자신을 발견하게 될 것이다. 미국 문학의 거장 헤밍웨이. 그는 끈기와 열정이 무엇인지 보여준 진정한 작가이다. 니체는 인생의 승리자들은 우연이라는 말을 믿지 않는다고 말했다. 그의 말을 보자.

"승리자는 예외 없이 우연이라는 것을 결코 믿지 않는다. 비록 그가 겸손한 마음에 우연성을 입에 담는다고 해도 말이다."

니체의 말에서 알 수 있듯 동서고금을 막론하고 어느 분야에서건 자신의 인생을 성공적으로 이끌었던 이들의 빛나는 삶은 피나는 노력으로 이룬 결과였다. 우연히 오는 성공은 없다. 그 어떤 성공이라 할지라도 그만한 대가를 반드시 치러야만 맞아들일 수 있는 인생의 선물인 것이다.

그렇다. 그 어떤 것도 우연히 이루어지는 성공은 없다. 땀을 흘리고 열정을 다 바쳐도 성공하기는 매우 힘들다. 만일 우연한 성공을 꿈꾼다면 그 환상에서 벗어나야 한다. 그렇지 않으면 그 어떤 것도 제대로 해낼 수 없다. 성공하고 싶은가. 그렇다면 우연에 기대지 말고 자신의 땀방울을 믿어야 한다. 그것만이 자신의 꿈을 이루는 최선의 방책인 것이다.

자신을 폄하하는 지나친 비난을 삼가라

지나칠 정도로
심하게 남을 비난하는 사람일수록
주위 사람들로부터 미움받는다.

니체 어록 10

◆

"비평은 무익한 것이다. 그것은 사람을 방어하도록 만든다. 그리고 그가 스스로를 합리화하도록 만든다. 그래서 비평은 위험한 것이다. 왜냐하면 그것은 사람의 자존감을 상하게 하고, 감정을 해치고, 분개심을 일으키게 하기 때문이다."

이는 탁월한 자기계발 전문가인 데일 카네기의 말로, 여기서 비평은 비난과 같은 의미로 사용되었다. 즉 비난은 좋을 게 없다는 말이다. 사람은 누구든 자신을 비평하거나 비난하면 방어하려는 본능이 발동한다. 그리고 비난한 상대방에 대해 자신 또한 비난을 하며 공격을 한다. 인간의 내면에는 맹수적 본능이 있기 때문이다. 그런 까닭에 비평이나 비난을 함부로 하다가 인생에 오점을 남기는 일이 비일비재하다. 이에 대한 이야기이다.

오늘날의 미국을 건국하는 데 있어 큰 영향력을 끼친 인물 중 하나인 알렉산더 해밀턴Alexander Hamilton. 그는 미국 건국의 아버지 중 한 사람으로 미국 헌법의 제정에 참여했으며, 약관의 34세 젊은 나이에 초대 대통령인 조지 워싱턴 정권의 재무장관으로 재직하며 미국 정부의 재정 정책에 크게 기여한 정치가이자 법률가이다.

해밀턴은 워싱턴이 총사령관 시절 그 밑에서 4년 동안 참모로 지내면서 워싱턴과 각별한 사이가 되었다. 워싱턴은 지혜롭고 신념이 강한 해밀턴을 크게 신뢰했다. 전쟁이 끝난 후 해밀턴은 뉴욕시 변호사로 일하며 1787년 뉴욕 하원의원에 선출되면서 정계에 입문했다. 그는 초대 대통령인 워싱턴과의 인연으로 재무 장관에 발탁되었다. 해밀턴은 우수한 두뇌와 집념으로 자신이 수립한 정책을 밀어붙여 자신이 원하는 방향으로 이끌어 냈다. 그러다 보니 연방주의자인 해밀턴과 반연방주의자인 토머스 제퍼슨은 사사건건 마찰을 빚었다. 특히 독립전쟁 때 진 빚을 갚는 문제와 미국 제1의 은행을 설립하는 등의 재정 정책 문제로 이 둘은 서로 대립했다. 하지만 해밀턴과 제퍼슨은 정적이었지만 합리적인 절충안으로 현안 문제를 풀어나감으로써 마찰을 줄일 수 있었다.

그러나 또 다른 반연방주의자인 에런 버는 달랐다. 그는 자신의 문제에 대해 사사건건 태클을 거는 해밀턴을 눈엣가시로 여겼다. 해밀턴과 에런 버는 정적으로 평소에 서로를 기칠게 밀어붙였으며 거친 말도 서슴지 않았다. 그러던 중 해밀턴은 이해관계를 떠나 정적인 제퍼슨이 대통령이 되는 데 결정적인 힘이 되어주었다. 그런데 이 과정에서 제퍼슨의 경쟁자였던 에런 버가 대통령 선거에서 밀려나자 평소에 눈엣가시였던 해밀턴을 더욱 증오하게 되었다. 그런데다가 해밀턴이 자신을 향해 '비열한 선동가'라고 비난을 히자 더 이상 참지 못하고 에런 버는 그에게 결투를 신청했다. 둘은 주위의 만류에도 불구하고 대결을 벌였다. 사실 해밀턴은 결투로 아들을 잃은 적이 있어 결투할 마음이 없었다. 하지만 명예를 훼손함은 물론 겁쟁이라고 놀릴 에런 버의 비난이 두려워 마지못해 결투에 응했던 것이다. 둘 사이의 대결에서 에런 버가 쏜 총에 맞아 해밀턴은 세상을 떠나고 말았다.

해밀턴은 미국 국민들에게 존경받는 인물로 기억되고 있는 뛰어난 천재성과 불도저와 같은 강한 추진력을 지닌 혁신적인 인물이다. 하지만 정적에 대한 지나친 경쟁과 비난으로 인해 아까운 목숨을 잃고 말았다. 비난은 그 어떤 경우라도 부정적인 결과를 낳는다. 비난을 하는 사람이 더 나쁜 인식을 심어주는 것은 비난은 그 자체가 부정적이기 때문이다. 남을 비난하는 사람에게 미치는 부정적인 영향에 대해 니체는 다음과 같이 말했다.

"지나칠 정도로 심하게 남을 비난하는 사람일수록 주위 사람들로부터 미움받는다."

남을 비난하는 사람들의 공통점은 비난이 자신의 품격을 떨어뜨리는 부도덕한 일이라는 걸 잘 모른다는 것이다. 그리고 마치 비난하는 것을 자신의 우월감으로 여기는 경향이 있다. 또한 비난을 통해 자신의 내면에 들어있는 열등감을 털어내려는 경향이 있다. 그런 까닭에 비난받는 이들의 고통을 아랑곳하지 않는다. 비난은 용서받지 못할 인격 테러인 것이다.

그렇다. 함부로 남을 비난하는 것을 삼가야 한다. 자신이 하는 비난은 곧 화살이 되어 자신을 겨냥한다는 사실을 잊지 말아야겠다.

꿈을 이루고 싶다면
자신의 꿈에 책임을 져라

Friedrich Nietzsche

자신의 약점을 똑바로 알되 꼭 고쳐라

대개의 사람은 자신의 약점에 대해서는
보고도 보지 못한 척 외면한다.
그러나 성공한 사람들은 그것을 똑바로 마주하며 자각한다.
그것이 보통 사람과 그들의 차이다.

니체 어록 11

니체는 보통 사람들과 성공한 사람들의 차이점 중에 그 사람이 가진 '약점'에 대해 명확하게 구분 지어 말했다. 대개의 사람들은 자신의 약점을 보고도 못 본 척한다. 그러나 성공한 사람들은 자신의 약점을 분명히 자각한다. 그렇다면 자신의 약점을 자각하는 것과 자각하지 못하거나 알면서도 외면하는 것이 그 사람에게 어떤 영향을 주는 걸까.

자신의 약점을 자각해 고치면 자신에게 긍정적으로 작용하게 된다. 그런 까닭에 자신이 하는 일에 큰 힘이 된다. 하지만 약점을 그대로 두면 부정적으로 작용함으로써 자신이 하는 일에 아무런 도움도 되지 못할 뿐만 아니라 부정적인 결과를 초래하게 되는 것이다. 이를 좀 더 부연해 말한다면 대개의 사람들은 남의 약점이나 단점에 대해서는 잘 알면서, 자신의 약점에 대해서는 잘 모른다. 또는 알지만 그것을 드러내지 않으려는 습성이 있다. 약점을 드러내게 되면 상대방으로부터 무시를 당하거나 꼬투리를 잡힐까 염려되기 때문이다.

이처럼 사람은 누구나 자신의 약점에 대해서는 이율배반적인 경향이 있다. 이는 매우 그릇된 일로, 이런 입장을 취하게 되면 자신에게 부정적으로 작용한다. 그런 까닭에 자신의 약점에 대해 똑바로 알고, 고쳐야 난처한 입장에 처하게 되는 것을 방지할 수 있다.

그렇다면 왜 사람들은 자신의 약점에 대해 모르는 척하고 숨기려고 하는 것일까. 그것은 자신에 대해 지나치게 관대하기 때문이다. 남의 실수나 잘못은 못 봐주면서 자신의 약점에 대해서는 아무렇지도 않게 생각한다. 이는 대단히 모순된 일로 자신의 발전을 저해하는 일일 뿐 아무런 도움이 되지 않는다.

궁 자 후 이 박 책 어 인 즉 원 원 의
躬自厚而薄責於人則遠怨矣

이는 공자孔子가 한 말로 '자기반성은 엄중히 하고 다른 사람 책함을 가벼이 하면 남의 원망이 멀어진다'는 뜻이다. 여기서 공자가 자신을 엄중히 하라는 것은, 그렇게 해야 경거망동하지 않음으로써 남의 약점을 잡아 공격하는 어리석은 일 따위는 하지 않기 때문이다. 또한 남을 책망하는 것을 삼가면 남의 원망이 줄어든다는 것은, 남을 책망하지 않는데 원망받을 일이 없기 때문이다.

넓은 의미에서 자신의 약점을 안다는 것은 곧 자신이 자신을 잘 안다는 것을 뜻한다. 그렇기 때문에 자신을 잘 아는 사람은 허투루 말하거나 행동하지 않는다. 그것은 자신을 구렁텅이에 빠트리게 하는 어리석음이라는 것을 알기 때문이다.

자신을 잘 안다는 것은 그 무엇보다도 자신의 발전을 위해 반드시 필요한 일이다. 마치 그것은 자기 혁신과도 같은 것이다. 그런 까닭에 자신을 안다는 것은 자신의 인생을 바꿀 만큼 중요한 것이다.

"자신을 아는 것은 참다운 진보이다."

이는 세계 아동 문학사에서 가장 뛰어난 작가로 평가받는 한스 크리스티안 안데르센Hans Christian Andersen이 한 말로, 자신을 안다는 것은 자신을 발전시키는 데 도움이 된다는 것을 의미한다. 자신을 알면 자신의 장점이나 약점을 잘 알기 때문에 적절하게 자신을 그 상황에 적용시킴으로써 득이 될 수 있게 하기 때문이다. 그래서 자신을 안다는 것은 진보와 같고, 특히 약점을 안다는 것은 매우 중요하다. 니체가 한 말이나 안데르센이

한 말은 표현만 다를 뿐 그 의미는 같다고 하겠다.

그렇다. 자신의 약점을 알고 고치면, 자신을 지금보다 더 발전하게 하는 데 큰 도움이 된다는 것을 잊지 말아야겠다.

꿈을 이루고 싶다면 자신의 꿈에 책임을 져라

자신의 꿈에
책임질 생각이 없다면,
꿈은 영원히 이루어지지 않을 것이다.

니체 어록 12

사람은 누구나 자신만의 꿈이 있다. 그런데 누구는 꿈을 이루고 누구는 꿈을 이루지 못한다. 꿈을 이루는 사람은 그 꿈을 이루기 위해 구체적으로 꿈을 설계하고, 그 설계에 따라 실행해 나간다. 도중에 난관을 만나면 그 난관을 뚫고 나가기 위해 상황에 맞는 여러 가지 지혜를 동원해 방법을 찾아낸다. 그리고 최선을 다해 힘쓴다. 그런 까닭에 꿈을 이루고 스스로에게 만족하게 된다.

그러나 꿈을 이루지 못하는 사람은 구체적인 꿈의 설계도 없이 되는대로 살아간다. 이런 사람의 특징은 꿈은 높지만, 실행력이 현저히 떨어진다는 것이다. 그러다 보니 조금만 어려운 일을 만나도, 포기하기 십상이다. 그러니 어떻게 꿈을 이룰 수 있을까. 니체는 꿈에 대해 다음과 같이 말했다.

"자신의 꿈에 책임질 생각이 없다면, 꿈은 영원히 이루어지지 않을 것이다."

니체의 말에서 보듯 그의 말은 확고하다 못해 아주 단호하다. 결론적으로 말해 꿈을 이루기 위해서는 자신의 꿈에 책임을 지라는 것이다. 꿈은 생각만으로 이룰 수 있는 것이 아니다. 그것은 현실이다. 꿈을 이루기 위해서는 구체적으로 계획을 세우고 혹독한 어려움이 가로막아도 꿋꿋하게 밀고 나가야 하는 것이다. 그래야 뭐가 됐든 이룰 수 있는 것이 꿈인 것이다.

"존과 나는 거의 언제나 다이어리를 펼쳐놓고, 나란히 앉곤 했다. 첫 페이지 상단에 '레논과 매카트니의 오리지널'이란 제목을 붙이고 생각나는 대로 무엇이나 써 두었다. 다이어리 한 권이 그렇게 가득 채워졌다. 다음 세대에는 우리가 최고의 밴드가 될 거라는 꿈으로 가득 찬 다이어리였다."

이는 비틀즈의 멤버였던 폴 매카트니Paul McCartney가 한 말로 그들이 왜 최고의 그룹이 되었는지를 잘 알게 한다. 그들은 꿈을 이루겠다는 강렬한 열망을 다이어리에 담아 한시도 멈추지 않고 꿈을 향해 달려갔던 것이다. 그렇다면 비틀즈가 어떤 그룹인지 살펴보는 것만으로도 왜 꿈을 이뤄야 하는지, 어떻게 해야 꿈을 이룰 수 있는지를 잘 알게 될 것이다.

1960년대 세계 최고의 록 그룹 비틀즈는 〈Yesterday〉, 〈Let it be〉, 〈Hey Jude〉 등 수많은 히트곡을 내며 전 세계인들의 사랑을 한 몸에 받았다. 비틀즈의 구성원은 존 레논, 폴 매카트니, 조지 해리슨, 링고 스타 4명이다. 이들 모두는 공통점이 있었는데 하나같이 음악을 좋아했다는 것과 집이 몹시 가난했다는 점이다. 하지만 가난은 비틀즈에게 아무런 장애가 되지 않았다. 그들은 음악을 좋아했고 자신들의 음악으로 행복했다.

비틀즈가 구성되기 전 구성원 각자는 각기 다른 록 그룹에서 활동을 하며, 자신만의 음악 세계를 펼치고 있었다. 모두는 하나같이 음악에 남다른 열정과 세계관을 가지고 있었다. 그렇게 자신의 음악 세계를 이루어 가던 그들은 뜻을 모아 1960년 전설의 비틀즈 그룹을 탄생시켰다.

비틀즈의 적극적인 음악 활동은 음반 업자들의 관심을 끌었고, 1962년과 1963년에 〈Please Please Me〉, 〈I Want To Hold Your Hand〉, 〈Love Me Do〉 등의 음반을 냈는데 이 음반이 크게 성공하면서 영국 최고의 인기 록 그룹이 되었다. 영국에서 큰 성공을 거두자 비틀즈의 음악은 미국이라는 거대한 시장을 잠식해 들어갔다. 미국인들은 영국의 록 그룹 비틀즈에 열광했고, 그들의 음반은 대대적인 선풍을 일으키며 '비틀즈

마니아'라는 새로운 풍조를 만들어 냈다. 비틀즈는 미국 최고 텔레비전 프로그램인 '에드 설리번' 쇼에 등장했고, 이는 많은 미국인들과 세계인들에게 자신들의 존재를 확실하게 각인시키는 계기가 되었다.

비틀즈의 남다른 열정은 색다른 그 무언가에 대해 관심을 가졌다는 것이다. 그들은 로큰롤의 황제 엘비스 프레슬리의 영향을 받고, 재즈와 록의 장점을 융합해 매력적인 '리버풀 사운드'를 창조해 냄으로써 자신들을 최고 정상의 그룹으로 올려놓았다. 또한 비틀즈는 새로운 음악 세계에 도전을 했다. 자유로운 음악 형식과 편곡을 시도해 발라드풍의 〈Yesterday〉를 비롯해 복잡한 리듬의 〈Paperback Writer〉, 동요풍의 〈Yellow Submarine〉, 사회적 메시지를 담은 〈Eleanor Rigby〉 등 아주 다양한 음악을 선보이며, 그들의 폭넓은 음악 세계를 보여주었다. 이렇듯 비틀즈는 한 곳에 안주해 머무르는 것을 배격하고, 늘 새로운 것에 대한 도전으로 남다른 모습을 보여줌으로써, 자신들만의 확실한 음악 세계를 창조했다.

무언가를 좋아하고 간절히 원한다면 꿈을 이루기 위해 만반의 준비를 하고 망설이지 말고 즉시 실행해야 한다. 좋아하면 할 수 있고 실행하면 내 것이 된다. 다음은 '꿈을 이루는 다섯 가지의 원칙'이다.

첫째, 목표에 대한 준비를 철저하게 하라. 준비가 철저하지 않으면 아무리 목표가 좋아도 그림의 떡이 되고 만다. 둘째, 항상 성공한 자신의 미래를 상상하라. 성공한 자신의 모습은 상상만으로도 황홀하다. 또 강한 동기를 유발하는 활력소가 된다. 셋째, 자신을 혹독하게 훈련시켜라. 꿈을 이루는 길은 에베레스트산을 오르는 것과 같다. 혹독한 훈련 없이는 등정에 성공하지 못한다. 넷째, 철저하고 독하게 실천하라. 목표가 꿈이라면 실천은 그것을 행동으로 옮기는 것이다. 다섯째, 가난을 슬퍼하지 말고 꿈이 없음을 반성하라. 가난을 극복하는 것은 꿈을 갖고 실행하는 것이다. 그런데 꿈이 없다면 어떻게 될까. 그것은 일장춘몽일 뿐이다.

꿈을 이루고 싶다면 '꿈을 이루는 다섯 가지 법칙'을 철저하게 실행하라. 실행만이 꿈을 이루는 가장 확실한 방법이기 때문이다. 실행의 중요성에 대해 미국의 베스트셀러 작가이자 유명한《누가 내 치즈를 옮겼을까?》의 저자인 스펜서 존슨Spencer Johnson은 다음과 같이 말했다.

"멋진 미래의 모습은 어떠한지 그림을 그려라. 현실적인 계획을 세워 그것을 달성할 수 있게 하라. 계획을 지금 이 순간 행동으로 옮겨라."

스펜서 존슨의 말에서 보듯 꿈을 이루기 위해서는 미래에 대한 자신의 모습을 그림으로 그려야 한다는 것을 알게 한다. 그리고 현실적이고 구체적인 계획을 세워야 하고, 그에 맞게 행동으로 옮겨야 한다는 것을 잘 알게 한다. 스펜서 존슨의 말은 보편적이지만 그래서 더 가슴에 와닿는다.

그렇다. 꿈이 크든 작든 저절로 이루어지는 것은 없다. 그만한 노력을 기울여야 기울인 만큼 이룰 수 있는 것이다. 그렇다면 문제는 간단하다. 자신의 꿈을 이루고 싶다면 자신의 꿈에 대해 구체적으로 설계를 하고, 그에 맞게 차근차근 준비를 하고, 온 마음을 다해 심혈을 기울여라. 그리고 꿈을 이룰 때까지 어떤 경우에도 꿈의 행진을 절대 멈추지 마라. 이것이야말로 꿈을 이루는 가장 확실한 방법인 것이다.

외모만 보지 말고 그 사람의 고귀함을 보라

사람을 볼 때는 그 사람의 고귀함을 보도록 하라.
그 사람의 비열한 면이나 표면상 드러나는 것만 본다면,
그렇게 보는 이 스스로가 좋지 않은 상태에 있다는 증거다.
사람의 고귀함을 보려고 하지 않는 사람과는 관계하지 마라.
자신 또한 그와 똑같은 저급한 인간이 되어버리기 때문이다.

니체 어록 13

사람은 크게 두 종류의 부류가 있다. 첫째는 사람을 볼 때 그 사람의 좋은 점을 보는 사람들이다. 둘째는 사람을 볼 때 그 사람의 나쁜 점을 보는 사람들이 그것이다. 왜 이런 현상을 보이는 걸까.

좋은 점을 보는 사람은 매우 긍정적이고 매사를 좋게 보려는 경향이 있기 때문이다. 그런 까닭에 이런 부류의 사람은 매사에 긍정적이고 낙관적이다. 그러다 보니 사람들과의 관계에 있어 소통이 자연스럽고 좋은 인간관계를 맺게 된다. 그리고 하는 일마다 좋은 성과를 보인다. 그러나 나쁜 점을 보는 사람은

79
CHAPTER 2 꿈을 이루고 싶다면 자신의 꿈에 책임을 져라

매우 부정적이고 매사를 부정적으로 보려는 경향이 있기 때문이다. 그래서 이런 부류의 사람들은 매사에 부정적이고 비관적이다. 그러다 보니 사람들과의 관계에 있어 소통이 부자연스럽고 좋은 인간관계를 맺지 못한다. 그런 까닭에 하는 일마다 좋은 성과를 내지 못한다.

"당신이 사람을 보는 방식이 곧 그 사람을 대하는 방식이고, 당신이 사람을 대하는 방식이 곧 그 사람의 됨됨이를 결정한다."

이는 독일의 시인이자 작가인 괴테Goethe가 한 말로, 자신이 상대를 어떻게 보느냐에 따라 그 사람을 대하게 된다는 것이다. 자신이 그 사람을 좋게 보면 좋게 대하게 되고, 나쁘게 보면 좋지 않게 대하게 된다는 것이다. 또한 자신이 상대를 어떻게 대하느냐에 따라 그 사람이 좋은 사람이 될 수도 있고, 좋지 않은 사람이 될 수도 있다는 것이다. 그러니까 남을 대할 때는 냉정하면서도 분명한 관점에서 그 사람을 상대하라는 것이다. 그런 까닭에 사람을 대할 땐 그 사람의 좋은 점을 봐야 한다. 그래야 그 사람이 어떤 사람인지를 더 분명하게 알게 되기 때문이다. 그리고 그것은 자신에게도 유익한 일인 까닭이다.

"사람을 볼 때는 그 사람의 고귀함을 보도록 하라."

니체는 사람을 볼 때 그 사람의 고귀함을 보라고 말한다. 그 사람의 비열한 면이나 표면상 드러나는 것만 본다면, 그렇게 보는 이 스스로가 좋지 않은 상태에 있다는 증거이기 때문이라는 것이다. 그리고 사람의 고귀함을 보려고 하지 않은 사람과는 관계하지 말라고 말한다. 자신 또한 그와 똑같은 저급한 인간이 되어버리기 때문이라는 것이다.

이는 무엇을 의미하는가. 그 사람의 고귀한 면을 보지 않고 나쁜 점을 보려고 한다면 스스로가 좋지 않은 상태에 있기 때문이라는 것이다. 그렇기 때문에 상대의 고귀함을 보지 않는 사람과는 어울리지 말라는 것이다. 왜냐하면 자신 또한 그와 똑같은 사람이 되기 때문이라는 것이다. 괴테의 말이나 니체 말은 표현만 다를 뿐 그 의미는 같다고 하겠다.

그렇다. 사람을 대할 땐 단점을 보지 말고 좋은 점을 보도록 해야 한다. 그것이 곧 자신을 고귀한 사람이 되게 하는 참지혜인 것이다.

우리가 읽어야 할 책

우리가 읽어야 할 책은
읽기 전과 읽은 후 세상이 완전히 달리 보이는 책,
우리들을 이 세상 저편에 데려다주는 책,
읽는 것만으로도 우리의 마음이 맑게 정화되듯 느껴지는 책,
새로운 지혜와 용기를 선물하는 책,
사랑과 미에 대한 새로운 인식,
새로운 관점을 안겨주는 책이다.

니체 어록 14

책이라고 해서 다 좋고 다 읽으라는 것은 아니다. 책에도 양서良書가 있고 악서惡書가 있다. 사람을 이롭게 하는 양서는 얼마든지 읽어도 좋다. 읽는 수만큼 자신의 삶에 자양분이 되어주기 때문이다. 하지만 악서는 읽는 수만큼 자신의 삶을 갉아먹는다. 이런 책은 읽을 가치가 없기 때문이다. 이에 대해 독일의 정치가인 막스 웨버Max Weber는 이렇게 말했다.

"두 번 읽을 가치가 없는 책은 한 번 읽을 가치도 없다."

참으로 적확한 지적이 아닐 수 없다. 그러면 어떤 책을 읽어야 하고, 어떤 책을 멀리해야 할까. 반드시 읽어야 할 책은 첫째, 우리가 살아가는 데 있어 유익함을 주는 책이다. 둘째는 꿈을 주는 책이다. 셋째는 생각을 바르게 가꾸어주는 책이다. 넷째, 정서를 풍부하게 길러주는 책이다.

그러나 멀리해야 할 책은 부정적인 생각을 갖게 하고, 마음을 혼란스럽게 하는 책이다. 이런 책은 마음을 병들게 하는 마약과 같아서 읽을 가치가 없는 악서이다. 읽어야 할 책과 멀리해야 할 책에 대해 알아보았듯이 양서는 마음의 비타민이라는 걸 알 수 있다. 그런 까닭에 자신의 인생을 기름지게 하는 양서를 많이 읽어야 한다. 하지만 악서는 몇 번을 말해도 백해무익한 까닭에 읽는 것을 삼가는 좋다. 니체 역시 읽을 가치가 있는 책에 대해 다음과 같이 말했다.

첫째, 읽기 전과 읽은 후 세상이 완전히 달리 보이는 책. 둘째, 우리를 이 세상 저편에 데려다주는 책. 셋째, 읽는 것만으로도 우리의 마음이 맑게 정화되듯 느껴지는 책. 넷째, 새로운 지혜와 용기를 선물하는 책. 다섯째, 사랑과 미에 대한 새로운 인식, 새로운 관점을 안겨주는 책이라고 했다. 그리고 여기서 한 가지 분명히 할 게 있다. 독서는 단순히 책을 읽는 행위가 아니라는 것이다. 독서는 삶을 살아가는 데 있어 필요한 지혜를 제공하고, 정서를 풍부하게 해 바른 인성을 기르게 함은 물론 교양미를 지니게 하는, 반드시 필요한 지적 수단이다. 이에 대해 《탈무드》는 다음과 같이 말한다.

"책은 읽는 것이 아니라 배우는 것이다."

《탈무드》에서 지적했듯이 책을 읽는 것으로 끝나서는 안 된다. 책을 읽고 지식을 쌓고, 통찰력을 길러 삶에 적용시켜야 한다. 그러기 위해서는 깊이 읽어 깨달음을 얻어야 한다. 그러기 때문에 책은 읽는 것이 아니라 배우는 것이라고 하는 것이다. 또한 책을 좋아하고 읽기를 즐기는 사람을 곁에 둔다는 것은 그로부터 배울 점이 많은 까닭에 '인생의 사전'을 곁에 두는 거와 같다.

그러나 책을 읽지 않는 사람과의 교류는 좋은 점보다는 나쁜 점이 더 많을 수 있다. 그래서 영국의 정치가로 두 번이나 수상을 지낸 벤저민 디즈레일리Benjamin Disraeli는 이런 사람은 경계해야 한다며 다음과 같이 말했다.

"단 한 권의 책밖에 읽지 않는 사람을 경계하라."

벤저민 디즈레일리의 말에서도 알 수 있듯 책을 읽지 않는 사람을 가까이하기보다는 책을 많이 읽는 사람을 가까이하는 것이 좋다. 그래야 배울 점도 많고, 자신의 삶을 가치 있게 사는 데 큰 도움이 되기 때문이다.

남 아 수 독 오 거 서
男兒須讀五車書

이는 공자孔子가 한 말로 '남자라면 모름지기 다섯 수레 분량의 책을 읽어야 한다'는 뜻이다. 그런데 이 말은 현실에 맞게 수정되어야 한다. 책을 읽는 데 어찌 남자와 여자의 차별이 있을 수 있단 말인가.

그렇다. 남자든 여자든 책은 많이 읽을수록 좋다. 니체의 말처럼 읽기 전과 읽은 후 세상이 완전히 달리 보이는 책을 말이다. 이런 양서야말로 지식과 교양을 쌓음으로써 인생을 풍요롭게 살아가는 데 큰 도움이 되는 까닭이다.

FRIEDRICH NIETZSCHE

인내가 절대적으로 필요한 이유

일을 완성하는 데에는
재능과 기량보다도 시간에 의한 숙성을 믿으며,
끊임없이 걸어가는
인내의 기질이 결정적인 역할을 한다.

니체 어록 15

"인내할 수 있는 사람은 그가 바라는 것은 무엇이든지 손에 넣을 수 있다."

이는 토머스 제퍼슨Tomas Jefferson과 함께 '미국독립선언문'을 기초한 벤저민 프랭클린이 한 말로, 무슨 일을 이루기 위해서는 인내심이 절대 필요하다는 것을 잘 알게 한다. 참고 견디는 힘이 약하면 아무리 재주가 출중하다 해도 그 일을 이루는 데 문제가 있다. 힘들다고 포기하면 자신이 바라는 것을 이룰 수 없기 때문이다. 그런 까닭에 인내심은 반드시 필요한 마인드라고 할 수 있다.

자신이 원하는 것을 이루기 위해서는 그 어떤 일도 참고 견딜 수 있어야 한다. 설령, 그것이 자존심을 짓밟는 일이라 할지라도 그래야만 한다. 그것은 자신이 비굴해서가 아니라, 자신의 목적을 위해서이니만큼 부끄럽게 여길 필요는 없다.

고종 황제의 아버지 흥선대원군興宣大院君은 안동 김씨의 왕족 숙청을 피해 고의로 시정 무뢰한들과 어울려 난행을 일삼으며 건달 행세를 했다. 또한 투전에 가담하기도 하고 세도가의 잔칫집을 찾아다니며 걸식도 서슴지 않았다. 심지어는 홍종의 집에 음식을 얻으러 갔다 하인에게 얻어맞기까지 했다. 흥선대원군은 자신의 뜻을 위해 온갖 수모를 참으며 견디어 냈던 것이다. 그 결과 자신의 둘째 아들인 이희가 임금에 올랐는데 그가 바로 고종 황제이다. 흥선대원군은 어린 고종을 대신해 섭정하며 그 권세를 만천하에 떨쳤다.

"큰 목적을 가진 자는 눈앞의 부끄러움을 참고 이겨내야 한다."

이는《시경詩經》에 나오는 한신포복韓信匍匐으로 이 말의 유래는 다음과 같다.

한나라의 대장군이자 장량, 소하와 함께 한초삼걸의 한 사람인 한신韓信은 구 초楚나라의 영토였던 회음淮陰의 평민 출신이다. 외모가 출중치 못하고 비천해 무뢰배에게 얻어맞고는 무뢰

한의 가랑이 사이를 기어갔다 해서 생긴 말이다. 그 후 한신은
각고 끝에 유방을 만남으로써 그를 도와 항우를 물리치는 데
혁혁한 공을 세우며 한나라 명장으로 기개를 드높였다.

흥선대원군이나 한신의 일화에서 보듯 이들이 훗날 이룬 업
적을 생각한다면 도저히 믿어지지 않는 소인배적인 행위를 거
리낌 없이 행하고 여러 일을 겪었다는 걸 알 수 있다. 그 결과
흥선대원군도 한신도 자신의 품은 뜻을 이뤄낼 수 있었다. 자
신의 큰 뜻을 이루기 위해서는 때로는 부끄러운 일도 행해야
한다는 것 또한 처세處世라고 할 수 있다. 그러나 부끄러움을 단
지 부끄러움으로만 끝낸다면 한신포복의 의미는 무의미하게
되고 말 것이다.

무 인 부 달
無忍不達

이는 '참을성이 없으면 무엇이든 이룰 수 없다'는 뜻이다. 참
으로 적확한 말이 아닐 수 없다.

그렇다. 참을성이 없으면 그 어떤 것도 이룰 수 없다. 니체의
말처럼 재능과 기량도 인내심이 뒷받침이 될 때 빛을 발하는 법
이다. 그런 까닭에 자신이 무언가를 이루고 싶다면 어떤 어려움
도 능히 헤치고 나갈 수 있는 강인한 인내심을 길러야 한다.

재능이 없다면 재능을 기르면 된다

천부적인 재능이 없다고 비관하지 마라.
재능이 없다고 생각한다면,
그것을 습득하면 된다.

니체 어록 16

재능이 있고 없고는 그 사람의 인생을 좌지우지할 만큼 막대하다. 재능이 뛰어나다면 더더욱 그러하다. 재능은 '무형의 자산'인 것이다.

"재능이 있거든 가능한 모든 방법으로 사용하라. 쌓아두지 마라. 구두쇠처럼 아껴 쓰지 마라. 파산하려는 백만장자처럼 아낌없이 써라."

이는 브랜단 프란시스가 한 말로, 타고난 재능을 묵히지 말고 원 없이 쓰라는 말이다. 재능은 화수분과 같아 쓰면 쓸수록 더 넘치게 된다. 재능은 기술적인 것과 같아 연마하면 할수록 더 좋은 실력을 갖추는 기술과도 같기 때문이다.

르네상스 시대 레오나르도 다빈치와 쌍벽을 이루었던 미켈란젤로Michelangelo. 그는 가난 속에서도 재능을 멈추지 않고 살려 '성 베드로 성당'을 건축했으며, 불후의 명작 〈최후의 심판〉을 그리고 〈다비드 상〉을 조각하는 등 뛰어난 업적을 남겼다. 만일 그가 가난으로 인해 재능을 묵혔다면 그처럼 세계 미술사에 길이 남지 못했을 것이다.

토머스 에디슨, 그레이엄 벨, 노벨, 빈 센트 반 고흐, 차이코프스키, 무하마드 알리, 펠레 등을 비롯한 뛰어난 재능을 가진 이들은 하나같이 자신의 재능을 아낌없이 쓴 끝에 세계사에 걸출한 인물이 되었다. 재능은 선천적으로 타고나는 것이다.

그런데 니체는 천부적인 재능이 없다고 비관하지 말라고 말한다. 재능이 없다고 생각한다면, 그것을 습득하면 된다는 것이다. 그의 말은 모순적인 말처럼 여겨진다. 재능이 없는데 그것을 습득하면 된다는 것은 상식에 맞지 않는 말처럼 들리는 까닭이다. 하지만 재능을 계발해 자신의 분야에서 성공한 사람들도 많다. 그 사람들은 자신에게 숨은 재능을 발견함으로써 빛을 발한 것이다.

미국의 국민 화가로 불리는 안나 메리 로버트슨 모제스(그랜마 모제스)는 평생을 농부의 아내로 농사를 짓다 남편을 여의고, 72세에 그림을 그리기 시작해 세상을 떠날 때까지 무려 1,600여 점의 작품을 남겼다. 그녀는 실력을 인정받아 1941년 뉴욕주 메달을 받았고, 1949년에는 트루먼 대통령으로부터 여성프레스클럽상을 수상했다.

그랜마 모제스가 미국 국민들에게 칭송받는 것은 미술 정규교육도 받지 않은 그녀가 인생의 황혼기에 독학으로 그림 공부를 시작해 열정적인 삶을 살았기 때문이다. 보통 일흔이 넘으면 은퇴해 삶을 여유롭게 보내지만 그랜마 모제스는 끝없이 자신을 계발하며 삶의 위대성을 실천했던 것이다.

그랜마 모제스는 늦은 나이에 뒤늦게 재능을 계발했지만 끊임없이 노력함으로써 이룬 결과이기에 더 뜻이 깊다 하겠다. 이처럼 뒤늦게 재능을 계발해 성공적인 인생을 살았던 이들은 세계 도처에 얼마든지 있다. 이는 무엇을 말하는가. 니체의 말처럼 꾸준히 노력함으로써 재능을 계발했기에 얻은 성과였다.

나는 "재능이 없다고 생각한다면, 그것을 습득하면 된다"고 말한 니체의 말에 전적으로 동의한다. 나는 학생들과 어른들에게 글쓰기와 문예창작을 30년 동안 가르쳤다. 학생들 중엔 꾸준히 책을 읽고 글을 씀으로써 재능을 계발해 전국 백일장을 비롯한 각종 글쓰기 대회에서 수상하는 등 놀라운 결과를 이뤄냈다. 또한 문예창작 강의를 들으며 오랫동안 꾸준히 공부한 수강생 중엔 재능을 계발한 끝에 시인, 수필가, 아동문학가가 된 이들도 있다. 나는 그들을 보면서 재능이 없어도 사람에 따라서는 얼마든지 재능을 계발할 수 있다는 것을 확실하게 알 수 있었다.

그렇다. 재능은 노력함으로써 얼마든지 계발할 수 있다. 다만 피나는 노력이 따라야 한다는 전제하에서 말이다. 그러면 문제는 간단하다. 누구나 할 수 있다. 그것은 자신의 의지에 달렸다. 그런 까닭에 자신이 하고 싶은 것이 있다면, 자신의 숨겨진 재능의 씨앗을 찾아보라. 그리고 찾게 되면 죽을 듯이 노력하라. 그것이 재능을 계발해 행복한 인생을 사는 최선의 답인 것이다.

타인의 신뢰를 얻고 싶다면
행동으로 보여주어라

타인의 신뢰를 얻고자 한다면 말로 자신을
강조할 게 아니라 행동으로 보여주는 수밖에 없다.
피할 수도 물러설 수도 없는 상황에서의
진실하고 흔들림 없는 행동이야말로
타인의 믿음에 호소할 수 있다.

니체 어록 17

"행동은 말보다 힘이 세다."

이는 미국의 탁월한 자기계발 동기부여가이자 '인간관계' 전문가인 데일 카네기가 한 말로, 말보다는 행동이 사람들에게 더 강한 믿음을 줄 수 있다는 의미이다.

백 언 불 여 일 행
百言不如一行

이는 '백 마디 말보다는 하나의 행동이 더 낫다'는 말로 행동의 중요성을 잘 알게 한다. 가령, 빌딩을 짓는다고 해보자. 아무리 많은 말을 한다 하더라도 말로는 절대 빌딩을 지을 수 없다. 빌딩을 지으려면 설계를 하고, 골조를 세워야 하고, 콘크리트를 치고, 벽돌을 쌓아 올려야 한다. 그렇게 해야 비로소 빌딩이 완성되는 것이다.

이치가 이럴진대 뭐든지 말로 다 하려고 하는 이들이 있다. 아무리 좋은 말을 다 동원해서 포장을 한다고 해도 그것은 아무 소용이 없다. 마치 허공에 벽돌을 쌓는 것과 같이 무의미하다. 그런 까닭에 행동이 따르지 않는 말은 무가치하고, 말만 앞세우는 사람은 그 어느 누구에게도 믿음을 줄 수 없다.

"행동은 말보다 소리가 크다."

《탈무드》에 나오는 말로, 이 역시 말보다는 행동, 즉 실천의 중요함을 뜻한다. 유대인들은 매우 현실적이고 실용적 가치를 추구하는 민족이다. 그들이 세계 인구의 0.02%밖에 안 되는 인구로 전 세계에서 노벨상을 가장 많이 수상할 수 있었던 것은 철저한 실천주의자들이기 때문이다. 유대인들은 머리로 생각한 것은 즉시 행동에 옮김으로써 자신들이 추구하는 것을 이뤄낸다. 그들은 할 일을 두고 미루거나 게으름 피우지 않는다. 또한 유대인들은 팀워크를 매우 중시해 공부도 여럿이 하고 토론을 통해 해답을 이끌어 낸다. 그들은 조상 대대로 유목민으로 살았는데, 이리저리 물과 풀을 찾아다니면서 삶을 개척해왔다. 그 유전자가 지금을 살아가는 유대인들에게 고스란히 전해진 것이다. 니체 또한 행동의 중요성에 대해 이렇게 말했다.

"타인의 신뢰를 얻고자 한다면 말로 자신을 강조할 게 아니라 행동으로 보여주는 수밖에 없다. 피할 수도 물러설 수도 없는 상황에서의 진실하고 흔들림 없는 행동이야말로 타인의 믿음에 호소할 수 있다."

니체의 말에서 보듯 타인의 신뢰를 얻고자 한다면 말로 자신을 강조할 게 아니라 행동으로 보여주어야 한다. 더더욱 피할 수도 물러설 수도 없는 상황에서의 진실하고 흔들림 없는 행동이야말로 타인의 믿음에 호소할 수 있기 때문이다.

20세기 최고의 화가로 평가받는 입체파의 거장 파블로 피카소Pablo Picasso는 "행동은 모든 성공의 근본적인 열쇠이다"라고 말했다. 그러니까 자신이 뜻한 바를 이루고 성공하기 위해서는 적극 실천에 옮겨야 한다는 것을 의미한다.

그렇다. 사람들에게 신뢰를 얻고 자신이 뜻한 바를 이루기 위해서는 백 마디 말보다는 한 가지 행동을 확실하게 보여주어라. 그것이야말로 사람들에게 믿음을 심어주는 최선의 지혜인 것이다.

인생의 목적은 끝없는 전진에 있다

인생의 목적은 끊임없는 전진에 있다.
앞에는 언덕이 있고, 강이 있고, 진흙도 있다.
걷기 좋은 편편한 길만은 아니다.
먼 곳으로 항해하는 배가
풍파를 만나지 않고 조용히만 갈 수는 없다.
풍파는 언제나 전진하는 자의 벗이다.
차라리 고난 속에 인생의 기쁨이 있다.
풍파 없는 항해, 얼마나 단조로운 깃인가?
곤란이 심할수록 내 가슴은 뛴다.

니체 어록 18

인간의 삶은 본질적으로 끊임없이 상상하고 추구하는 창의적인 것이다. 가만히 있으면 인간은 자신이 지닌 능력을 소모하고 만다. 그것은 자신의 인생을 무가치하게 만드는 어리석은 일이다. 그런 까닭에 인간은 숨이 붙어 있는 동안은 끊임없이 생각하고 앞을 향해 나가야 하는 것이다. 이를 잘 알게 하듯 우리 인류는 끊임없이 미래를 향해 전진하고 진화를 거듭해왔다.

그리고 온갖 어려움을 이겨내고 문명을 발달시키고 오늘에 이르렀던 것이다.

니체는 "인간의 목적은 끝없는 전진에 있다"고 말했다. 끝없는 전진이란 쉼 없이 나아가는 것을 의미한다. 그런 까닭에 목적을 향해 나가는 길은 그냥 편안히 갈 수 있는 길이 아니다. 가다 보면 앞에는 언덕이 가로막고 있고, 드넓은 강이 있고, 푹푹 빠지는 진흙도 있고, 모래사막도 있듯 걷기 좋은 편편한 길만 있는 것이 절대 아니다.

어디 그뿐인가. 시련의 골짜기도 만나고, 고통의 바다도 만난다. 이런 인생의 장애물을 뛰어넘어야 하는 게 인생인 것이다. 그렇지 않으면 자신의 인생의 목적을 절대 이룰 수 없다. 인생의 목적을 이루기 위해서는 마음을 굳건히 하고 담대히 해야 한다. 담대한 마음은 그 어떤 고난도 능히 물리치게 한다. 다만, 하지 못하는 것은 담대한 마음이 약하거나 없는 까닭이다. 또한 니체는 고난 속에 기쁨이 있다고 말했다.

왜 그럴까. 고난을 극복하고 이룬 목적은 그만큼 값지고 가슴을 충만하게 할 만큼 감격스럽기 때문이다. 그리고 그는 곤란이 심할수록 내 가슴은 뛴다고 했다. 이 얼마나 의연하고 멋진 말인가. 그랬기에 니체는 철학자이자 소설가로서 자신을 빛나는 존재가 되게 했던 것이다. 영국의 시인인 사무엘 다니엘 Samuel Daniel은 이렇게 말했다.

"좋은 선장은 육지에 앉아서 될 수 없다. 바다에 나가 무서운 폭풍을 만난 경험이 유능한 선장을 만든다. 격전의 들판에 나서야 비로소 전쟁의 힘을 이해할 수 있다. 사람의 참된 용기는 인생의 가장 곤란한 또는 가장 위험한 위치에 섰을 때 비로소 나타난다."

사무엘 다니엘의 말에서 보듯 좋은 선장은 항해를 할 때 폭풍도 만나고, 거친 파도와도 싸우고, 암초를 만나는 등 온갖 고난 속에서 만들어진다는 것을 알 수 있다. 인생이란 거친 파도를 해치고 항해하는 배와 같다. 그런 까닭에 삶이란 바다에서 언제 어떻게 다가오는지 알 수 없는 고난의 폭풍과 시련의 기친 파도와 도처에 깔려 있는 역경이란 암초를 만나면 싸워 이겨야 한다. 이기는 사람은 인생의 목적을 이루게 되고, 지는 사람은 인생의 패배자가 될 수밖에 없다. 인생이란 거친 바다를 누비며 항해하는 유능한 선장이 되느냐, 무능한 선장이 되느냐, 아니면 아무것도 아닌 사람이 되느냐는 오직 자기 자신에게 달려 있다.

그렇다. 인생의 목적을 이루고 싶다면 니체가 그러했듯이 사무엘 다니엘이 그랬듯이 자신의 이상을 향해 끊임없이 전진하라. 앞을 가로막는 고난 강도 건너고, 시련의 골짜기도 당당하

게 지나가라. 그리고 거센 인생의 풍파도 이겨냄으로써 인생의
유능한 선장이 되어라.

빛나는 미래를 위해 할 일을 생생하게 그려라

마음속에 미래에 있을 수 있는 일을 그려라.
그리고 자기 과거에서 이어져 온 몸이라는 것을 생각하라.
저 미래에 삶을 생각한다면 연구하고 발명할 일이
끝이 없을 것이다.

니체 어록 19

"일을 성취시키는 비결은 성공의 결과에 대한 그림을 마음에 그리는 것이다."

이는 컬럼비아대학교 경영학과 교수인 데이비드 도드David Dodd가 한 말로, 일을 성공시키고자 한다면 다가올 결과에 대한 그림을 마음속에 그려야 한다는 것이다. 왜 그럴까. 그 그림에 따라 실행에 옮기면 좋은 성과를 거둘 수 있기 때문이다. 니체 또한 일을 성취시키는 방법에 대해 이렇게 말했다.

"마음속에 미래에 있을 수 있는 일을 그려라. 그리고 자기 과거에서 이어져 온 몸이라는 것을 생각하라. 저 미래에 삶을 생각한다면 연구하고 발명할 일이 끝이 없을 것이다."

니체의 말은 도드의 말보다 좀 더 구체적이고 실체적이라는 걸 알 수 있다. 그러니까 미래에 있을 수 있는 일, 즉 꿈을 이루기 위해서는 연구하고 노력하는 일을 멈추지 말아야 한다는 것이다. 어찌 보면 너무도 보편적인 말이라 특별할 것이 없어 보이지만 이 말이야말로 최선의 방법인 것이다. 대개의 사람들은 보편적인 이야기에는 귀를 잘 기울이지 않는 경향이 있다. 왜냐하면 그 정도는 자신도 알기 때문이다. 하지만 세상의 모든 진리는 지극히 평범함 속에 있다. 이를 결코 잊지 말아야 한다. 니체나 도드의 말에서 보듯 그림은 곧 꿈의 설계도인 것이다. 이러한 꿈의 설계도를 그리고 철저하게 실행한 끝에 성공적인 인생 드라마를 쓴 감동적인 이야기이다.

아무것도 가진 것이 없는 빈털터리 사내가 있었다. 그의 이름은 C. 번즈이다. 그의 가슴속에는 원대한 꿈이 있었다. 그것도 아주 선명하고 구체적인 꿈이었다. 그 꿈은 발명왕 에디슨과 공동 사업을 하는 것이었다. 가진 것 하나 없는 그의 꿈은 마치 뜬구름 잡는 것과 다름없었다. 사실 그에게는 에디슨 연구소가 있는 뉴저지주의 이스트오렌지까지 가는 기차 삯도 없었다. 그리고 설령 에디슨을 찾아간다고 해도 그가 만나줄지조차 모르는 일이었다.

하지만 그의 꿈은 너무도 확고했다. 그의 꿈은 날마다 가슴에서 불타고 있었다. 그는 기차표를 구한 끝에 에디슨을 만나러 갔다. 그는 초라한 몰골을 하고 있었지만 눈은 새벽하늘의 샛별처럼 반짝이고 있었다. 에디슨 연구소에 도착한 그는 무작정 연구소 문을 두드렸다. 노크 소리를 듣고 밖으로 나온 직원을 향해 그는 자신이 온 이유에 대해 말했다.

"에디슨 선생님을 만나 뵈러 왔습니다."

그의 말을 듣고 에디슨 연구소 직원은 고개를 갸웃거렸다. 그의 차림새로 보아 에디슨을 만날 만한 사람이 아니라고 생각한 것이다.

"사전에 선생님과 약속이 되어 있으십니까?"

"아닙니다."

"무슨 일로 선생님을 만나려고 하시는지요?"

"선생님께 꼭 드릴 말씀이 있습니다."

"사전에 약속이 되어 있지 않으면 뵙기가 곤란합니다."

"사전에 약속이 안 된 건 제 불찰이지만, 선생님을 만나 뵙게 해주십시오. 부탁입니다."

사내는 에디슨을 꼭 만나야 한다고 간청한 끝에 가까스로 에디슨과 자리를 함께 했다. 에디슨은 사내를 넌지시 바라보며 말했다.

"내게 하고 싶은 말이 무엇인지요?"

"선생님, 저는 선생님과 공동 사업을 하고 싶어 먼 길을 찾아왔습니다."

"나와 공동 사업을 하기 위해 찾아왔다고요?"

에디슨은 남루한 그의 모습을 보고 그의 말에 진정성이 있는지를 눈여겨 진지하게 살펴보았다.

"네, 선생님. 저를 이 연구소에서 일하게 해주십시오. 그렇게만 해주신다면 선생님도 저도 반드시 잘되도록 하겠습니다."

사내의 말은 강한 확신으로 차 있었고, 에디슨은 그의 눈빛에서 강하게 이글거리는 간절한 꿈을 읽을 수 있었다. 하지만 그렇다고 해서 생면부지의 그를 믿고 무턱대고 자리를 내어줄 수는 없는 일이었다.

"뜻은 잘 알겠으나 처음 본 당신을 내가 어떻게 믿고 자리를 내줄 수 있을까요."

"네, 선생님, 당연히 그러시겠지요. 제가 선생님이라고 해도 그렇게 말할 겁니다. 그러나 선생님, 저는 자신이 있습니다. 실망하시는 일이 절대 없을 겁니다. 저를 믿고 맡겨주신다면 분골쇄신해서 은혜에 보답하도록 하겠습니다. 선생님, 간절히 부탁드립니다."

에디슨은 사내의 모습에서 간절함을 느낄 수 있었다. 순간 그는 생각했다. 이 사내를 한번 믿어보자고. 이렇게 생각한 에디슨은 조금 전과는 달리 빙그레 웃으며 말했다.

"좋습니다. 당신의 간절한 열망을 믿어보지요. 당신을 채용하겠습니다. 당신의 능력을 기대하겠습니다."

에디슨은 그를 연구소에서 일하게 했다.

"감사합니다, 선생님. 반드시 좋은 결과를 보여드리겠습니다."

사내는 이렇게 말하며 활짝 웃었다.

그날부터 사내는 자신이 할 수 있는 일을 차근차근 열심히 해나갔다. 그런데 몇 달이 지나도록 자신이 생각한 기회가 오지 않았다. 하지만 그는 실망하지 않았다. 반드시 기회가 오리라 굳게 믿었다. 사내는 하루하루 더욱 활기차게 일했다. 그러한 그의 모습은 에디슨에게 강한 믿음을 심어주었다.

그러던 어느 날 그의 꿈을 이룰 수 있는 기회가 찾아왔다. 에디슨은 신제품인 '축음기'를 만들고 있었는데 드디어 완성한 것이다. 그런데 에디슨 연구소 마케팅 직원들은 이 제품에 대해 그다지 호감을 갖지 않았다. 그러나 사내의 생각은 달랐다.

'그래, 바로 이거야. 이 제품이 나에게 기회가 되어 줄 거야.'

사내는 이렇게 생각하며 쾌재를 불렀다. 그는 지체 없이 에디슨 연구실로 갔다.

"선생님, 제가 책임지고 축음기를 팔아보겠습니다."

"그래요? 무슨 좋은 아이디어라도 있나요?"

"맡겨만 주신다면 결과로 보여드리겠습니다."

그는 자신이 축음기를 팔아보겠다고 말하며, 자신이 좋은 성과를 내면 그에 상응하는 대가를 달라고 했다. 에디슨은 그렇게 하겠다고 흔쾌히 대답했다. 판매가 잘 되면 자신에게도 이익이 되기 때문이었다. 번즈는 판매에 나섰고, 뛰어난 성과를 이뤄냈다. 에디슨은 그에게 전국 판매권을 주었다. 마침내 그는 자신의 꿈대로 에디슨과 공동 경영자가 되었으며 큰 부자가 되었다.

번즈가 자신을 꿈을 이룰 수 있었던 것은 발명왕 에디슨과 공동 사업을 하는 아주 선명하고 구체적인 미래를 그리고, 그 미래의 설계도대로 최선을 다해 노력한 결과였다. 번즈가 자신의 꿈을 이루었듯 자신의 꿈을 이루고 싶다면 미래를 그려라. 그것도 아주 구체적이고 선명하게 그려야 한다. 그리고 그 설계도에 따라 실천해야 한다. 실천하는 과정에서 그 어떤 장벽을 만나도 포기해서는 안 된다. 포기하는 순간 꿈은 물거품이 되고 마는 까닭이다.

그렇다. 미래를 그리고 실천해 나가되 아무리 힘든 일을 만나도 절대 포기하지 마라. 그것이 꿈을 이루는 가장 확실한 비결인 것이다.

니체가 말하는 비범한 사람이란?

비범한 사람이란
필요한 일을 견딜 줄 아는 동시에
그 곤란을 사랑하는 사람이다.

니체 어록 20

　보통 사람들과 다른 뛰어난 재능이 있다거나, 실력이 있다거나, 능력을 갖춘 사람을 비범하다고 말한다. 그래서일까, 비범한 사람은 생각하는 것부터 다르다. 생각이 살아있다. 창의적이고, 도전적이고, 지극히 생산적이다. 그런 까닭에 각 분야에서 성공한 사람들을 보면, 하나같이 범상치 않은 자기만의 특징을 가지고 있다. 니체는 비범한 사람에 대해 이렇게 정의했다.

　"비범한 사람이란 필요한 일을 견딜 줄 아는 동시에 그 곤란을 사랑하는 사람이다."

니체가 말하는 비범한 사람이란 앞에서 말한 보편적인 비범한 사람과는 좀 다르다는 걸 알 수 있다. 그는 비범한 사람이란 필요한 일을 견딜 줄 알고 동시에 그 곤란을 사랑하는 사람이라고 정의했다. 다시 말해 일을 견디는 힘, 즉 인내와 끈기가 그것이며, 곤란한 일을 마다하지 않고 즐겨 하는 사람임을 뜻한다. 어찌 보면 대개가 생각하는 비범함과는 너무 동떨어진 이야기 같다는 생각이 든다. 하지만, 아무리 생각이 창의적이고 재능이 뛰어나고 능력이 있다 해도 이를 뒷받침할 수 있는 인내와 끈기, 그리고 곤란한 일을 받아들일 수 없다면 그러한 것들은 무용지물과도 같다. 그러기 때문에 니체는 인내와 끈기, 그리고 곤란한 일을 받아들일 수 있는 것 자체를 비범함으로 보았고 그런 사람이야말로 비범한 사람이라고 말했던 것이다.

동서고금을 막론하고 자신의 인생을 성공적으로 살았던 이들은 하나같이 자신만의 재능과 뛰어난 능력을 지녔으며, 이를 뒷받침할 수 있는 인내와 끈기와 곤란한 일도 거리낌 없이 즐겨 행했다는 것을 알 수 있다. 이를 잘 알게 하듯 극한 상황에 놓여서도 포기하지 않고 자신의 능력을 한껏 발휘함으로써 세계사에 자신의 족적을 남긴 가슴 뭉클한 이야기이다.

스페인의 문호 세르반테스Cervantes는 가난 때문에 학교에 다니지도 못했다. 그는 먹고살기 위한 방편으로 스페인 군대에 입대해 1571년 레판토 해전에 참가했지만, 불행하게도 가슴과 팔에 부상을 입었다. 그는 귀국하던 중 해적의 습격을 받고 알제리로 끌려가 무려 5년이나 노예 생활을 했다. 이후 스페인으로 돌아온 그는 부상 당한 팔을 영원히 쓰지 못하는 가운데서도, 세금을 징수하는 일을 하다 억울하게 누명을 쓰고 감옥 생활을 하는 등 이루 다 말할 수 없는 시련을 겪었다.

출감 후 그는 58세에 불후의 명작《돈키호테》를 씀으로써 세계적인 작가가 되었다. 소설《돈키호테》는 문학 전문가들로부터 고전 중의 고전으로 극찬받은 것으로도 유명하다. 그가 명작을 쓸 수 있었던 것은 자신에게 처한 최악의 환경에도 굴하지 않고 최선을 다했기 때문이다. 그의 피나는 인내와 끈기 그리고 곤란한 일도 마다하지 않는 긍정적인 자세는 파란만장波瀾萬丈한 그를 인생의 승리자가 되게 했던 것이다.

가난한 집안 사정으로 백화점 점원이 되어 최선을 다한 끝에 백화점 CEO로 성공한 존 워너메이커John Wanamaker, 가난한 어린 시절 땅바닥에 생쥐 그림을 그리며 꿈을 키우다 최고의 만화제작자가 된 미키마우스로 유명한 월트 디즈니Walt Disney 등 이름만 대면 누구나 알 수 있는 인물들은 자신이 처한 최악의 환경을 극복하고 최고가 되었던 것이다.

다시 한번 말하지만 니체가 말하는 비범한 사람은 세르반테스, 존 워너메이커, 월트 디즈니처럼 자신의 극심한 처지를 인내와 끈기로 극복하고 성공적인 인생을 살았던 사람이나 살고 있는 이를 말한다.

그렇다. 누구나 비범한 사람이 될 수 있다. 그것은 오직 무언가를 이루겠다는 인내와 끈기 그리고 곤란한 일도 마다하지 않고 받아들여 즐겁게 행하는 자세에 달렸다. 이 평범한 진리를 결코 잊지 말아야겠다.

3
CHAPTER

우리는 무엇이든
될 수 있고 할 수 있다

Friedrich Nietzsche

현명한 사람과 우둔한 사람의 차이

실망은
못난 사람들이 내리는 판단이다.
현명한 사람은 실망이란 두 글자가
자기 머리에 떠오르는 것조차
두려워한다.

니체 어록 21

현명한 사람과 우둔한 사람의 가장 큰 차이는 난제를 만났을 때 확실하게 차이가 난다. 현명한 사람은 난제를 해결하기 위해 동원할 수 있는 지혜를 짜낸다. 그러기 위해서는 때론 많은 인내가 필요하다. 그런데 현명한 사람은 참을성 있게 인내함으로써 결국은 난제를 해결해 내고 만다. 그러나 우둔한 사람은 어느 정도까지는 해보지만, 아니다 싶으면 스스로 실망함으로써 중도에서 손을 들고 만다. 이는 참을성 있게 인내하는 힘이 부족해서이다.

니체는 현명한 사람에 대해 말하기를 "현명한 사람은 실망이란 두 글자가 자기 머리에 떠오르는 것조차 두려워한다"고 했다. 니체가 말하는 실망이라는 의미는 해내지 못하는 것에 대한 아쉬움을 뜻한다. 그러니까 해내지 못하는 이유는 의지가 부족해서, 즉 인내심이 부족한 까닭이다. 현명한 사람은 이를 너무도 잘 아는 까닭에 실망이라는 말을 머릿속에 떠올리는 것조차 두려워하는 것이다.

왜 그럴까. 실망하게 되면 그것은 곧 실패를 뜻하기 때문이다. 또한 니체는 "실망은 못난 사람들이나 하는 판단"이라고 말했다. 그가 말하는 못난 사람들은 우둔한 사람을 일러 하는 말이다. 그러니까 우둔한 사람은 앞에서도 언급했듯이 자신의 능력이 미치지 못한다는 생각이 들면 중도에서 포기하고 만다. 인내심이 부족한 까닭이다.

이렇듯 니체의 관점에서 볼 때 현명함을 지녀야 하는 것이 왜 중요한지 이해가 될 것이다. 현명함에 따라 그가 하는 일의 성패가 달렸다는 것을 말이다. 현명함이 그 사람 인생에 미치는 영향이 얼마나 중요한지를 잘 알게 하는 이야기이다.

경부고속도로를 건설할 때의 일이다. 현대는 고속도로 건설비 산출을 맡았는데 정부는 현대가 낸 건설비 책정액의 10%를 예비비로 추가해 430억을 총 건설비로 책정했다. 1968년 2월 1일, 드디어 경부고속도로의 기공식이 열렸다. 총 길이 428km

의 고속도로를 3년 안에 건설한다는 것은 국가나 기업이나 대단한 모험이었지만 실행으로 옮긴 것이다.

　정주영은 공사 기간을 단축하는 것이야말로 돈을 버는 거라는 생각을 하고는 현장을 독려하는 전략을 세웠다. 그는 고속도로 건설을 위해 당시로써는 막대한 돈인 800만 달러를 들여 중장비 1,400대를 도입했다. 그리고 그는 작업 현장에 간이침대를 갖다 놓고 작업을 독려했다.

　"여러분, 이 일은 우리에게 매우 중요합니다. 우리나라에 처음으로 생기는 고속도로입니다. 이런 엄청난 일을 여러분과 내가 하고 있습니다. 이 일을 성공적으로 마치기 위해서는 한시도 게을리해서도 안 되고 대충 해서는 더욱 안 됩니다. 우리 모두 내 일처럼 사명감을 갖고 일합시다."

　그의 말 한 마디 한 마디에는 비장함이 들어있었다. 그래서일까, 그 말을 들은 근로자들은 자신의 일처럼 최선을 다해 일했다. 정주영은 제대로 잠을 잘 수가 없었다. 그의 건강을 염려하는 임직원들의 말에도 아랑곳하지 않고 뜬눈으로 밤을 보내는 날이 많았다. 그 일은 정주영에겐 그 어떤 일보다도 소중한 일이었기 때문이다. 그는 지프 차를 타고 이곳저곳을 누비고 다니는 동안 틈틈이 쪽잠을 잤다. 그 결과 목 디스크에 걸려 한동안 고생을 해야만 했다.

　어려운 가운데서도 일은 순조롭게 진행되었는데 옥천공구의 당제터널 공사가 난공사였다. 옥천공구는 워낙 지세가 험한 데다가 지층이 경석이 아닌 절암토사로 된 퇴적층이라 굴을 파기가 매우 힘들었다. 작은 충격에도 흙더미가 와르르 무너져 내렸던 것이다. 낙반 사고도 빈번히 일어나 인명피해와 물적 피해가 이만저만이 아니었다. 공사 진도도 하루에 겨우 2m 정도였고, 더 나쁜 날은 30cm에 불과했다. 무려 13번의 낙반 사고를 겪었고 공기를 두 달밖에 안 남겼는데도 당제터널 상행선은 총 길이 590m 중 350m에 머물러 있었다. 이는 무척 염려스러운 일이었다.

"아니, 어떻게 일에 진척이 이리도 없습니까?"

"우리도 최선을 다하고 있지만 퇴적층이라 굴을 뚫기가 여의치 않습니다."

이렇게 말하는 공사 책임자의 얼굴은 근심의 빛으로 얼룩져 있었다.

"여의치 않다는 말이 대체 무슨 말이오? 우리에겐 그런 말이 필요 없소. 무슨 수를 써서라도 반드시 공기 안에 완성하도록 하시오."

정주영은 이렇게 말하며 공사 책임자에게 지시했지만, 이미 그의 머릿속엔 방법을 간구해 놓은 상태였다. 그는 흑자를 포기하고 보통 시멘트보다 20배나 빨리 굳는 조강 시멘트 생산에 전력투구했다. 터널 현장에서 단양 시멘트 공장까지는 200km

거리인데 대대적인 수송 작전을 펼치고 작업조도 2개 조에서 6개 조로 늘려 최선의 노력을 다했다. '하늘은 스스로 돕는 자를 돕는다'는 말처럼 그의 끈질긴 노력은 25일 만에 공사를 완공시키는 놀라운 결과를 이뤄냈다.

여기서 우리는 정주영의 결단이 얼마나 중요하게 작용했는지를 잘 알 수 있다. 공사 책임자나 직원들 중 걱정만 하고 있었지 정주영이 했던 것처럼 해보자고 말한 이는 하나도 없었다는 것이다. 정주영은 정부와의 약속을 지키기 위해 흑자를 포기하고 최선의 방책으로 보통 시멘트보다 20배나 빨리 굳는 비싼 시멘트를 투입해 공사를 완공시켰던 것이다. 흑자를 포기한다는 것은 기업가인 그에겐 막대한 손해와도 같다. 하지만 그는 실망하지 않고 공사를 완공시킴에 따라 정부의 군건한 신임을 얻을 수 있었다. 정부의 신임을 얻는다는 것은 공사에서 취하는 흑자와는 비교할 수 없는 무형의 자산과도 같다. 정부가 시행하는 공사를 따낼 확률이 그만큼 높기 때문이다.

정주영은 머리 회전이 빠르고 상황 판단 능력이 뛰어나며 현명함으로 가득 찬 인물이다. 그의 사전엔 불가능이란 없었다. 오직 가능성만 있었다. 그랬기에 그는 수많은 공사를 성공적으로 이루어 냄으로써 현대를 글로벌 속에 전도유망한 기업으로 성장시켰던 것이다. 그만큼 그가 현명한 사람이었기 때문이다.

그러면 이번에는 우둔함이 그 사람 인생에 미치는 영향이 얼마나 중요한지를 잘 알게 하는 이야기이다.

미국이 한창 금광 개발에 들떠 있을 때의 일이다. 사람들은 저마다 금광을 찾아 길을 나섰다. 금광을 찾기란 매우 힘들지만, 일단 찾았다 하면 돈방석에 올라앉는 것은 시간문제였다. 금광은 마치 인생의 복권과도 같았다.

금광을 찾아 떠난 사람들 중에는 삼촌과 함께한 더비라는 이도 있었다. 그들은 많은 돈을 빌려 금광 채굴에 필요한 장비를 사서 길을 나섰는데, 떠나기 전부터 한껏 들떠 있었다.

"삼촌, 금광맥을 찾을 수 있겠죠?"

더비는 싱글벙글 웃으며 삼촌에게 말했다.

"그럼, 찾을 수 있고말고. 우리 반드시 찾아서 돌아가자."

"네, 삼촌!"

더비는 삼촌의 말에 더욱 기분이 들떴다. 이들은 금이 나올 만한 곳을 정해 금광맥을 찾기 시작했고, 마침내 찾아서는 신나게 콧노래를 불러 가며 금을 채굴하기 시작했다. 그때였다. 얼마 못 가 광맥이 끊기고 말았다.

"아니, 이게 어떻게 된 거야? 금광맥이 사라졌잖아."

실망한 삼촌의 말에 더비 역시 맥이 풀리고 말았다. 그들은 끊긴 금광맥을 찾기 위해 계속해서 땅을 파 내려갔지만, 금광맥은 나올 기미조차 보이지 않았다.

"더비야, 아무래도 이곳에는 금이 없는 것 같다."

"어쩌지요? 빌린 돈도 갚아야 하는데."

더비는 삼촌의 말에 걱정스러운 얼굴을 하고 말했다.

"그래도 어떡하겠니. 여기 더 있다가는 비용만 자꾸 더 늘어날 텐데. 포기는 빠를수록 좋다고 했으니 미련 떨지 말고 이제 그만 돌아가자."

더비는 삼촌의 말에 아무 말도 할 수가 없었다. 그들은 가지고 있던 금광 채굴 설비를 고물상에 헐값으로 처분한 뒤 서둘러 그곳을 빠져나왔다. 이때 그들로부터 금광맥이 없다는 말을 들은 고물상 주인은 혹시나 하는 마음에 광산 기사를 데리고 가서 굴을 파 내려가기 시작했다. 얼마쯤 파 내려갔을까. 파다 보니 황금빛이 도는 금광맥을 찾게 되었다.

"금, 금이다!"

광산 기사는 크게 소리쳤고 고물상 주인은 기뻐서 어쩔 줄을 몰라 했다. 더비가 포기한 곳에서 1m쯤 더 팠을 뿐이었는데 운 좋게도 금광맥을 발견한 것이다. 그로 인해 고물상 주인은 대부호가 되었다.

여기서 우리는 중요한 사실을 알 수 있다. 더비가 쉽게 포기하지 않았더라면 금광은 그의 것이 되었을지 모른다. 하지만 아쉽게도 포기하는 바람에 금광이 다른 사람에게 넘어가고 말았다. 더비가 금광 개발에 실패한 것은 인내심이 부족한 까닭이다. 다시 말해 현명하지 못한 까닭이다.

그렇다. 니체의 말처럼 현명한 사람이 되어야 하는 이유가 여기에 있는 것이다. 현명함은 타고나야 하지만, 다양한 독서와 경험, 배움을 통해 얼마든지 기를 수 있다. 그렇다면 문제는 간단하다. 현명한 사람이 되고 싶다면 지금부터라도 현명해지기 위해 노력하라.

우리는 무엇이든 될 수 있고 할 수 있다

우리는 무엇이든 될 수 있다.
또한 무엇이든 할 수 있다.

니체 어록 22

"안타깝게도 너무도 많은 사람이 넘치도록 풍요로운 자신을 깨닫지 못한 채 살아간다. 우리는 무엇이든 될 수 있다. 또한 무엇이든 할 수 있다. 허무맹랑한 말이 아니라 완벽히 그 말 그대로 현실에서 '불가능해, 이 상황에서는 될 리가 없어'라고 말하는 것은 아직 게으른 마음이 남아 있기 때문이다. 무엇에든 진심을 다하지 못하기 때문이다. 그러나 의지가 있다면 무엇이든 가능하다. 실제 그것을 이룬 사람, 그렇게 된 자는 그것이 진실임을 알고 있다. 자신의 풍요로움을 깨달아라. 그리고 풍요가 이끄는 대로 충실히 움직여라."

이는 니체가 한 말로 핵심은 인간은 무엇이든 할 수 있는 존재라는 것이다. 그런데 아쉽게도 자신의 뜻을 이루지 못하는 것은 허무맹랑하게도 완벽히 그 말 그대로 현실에서 '불가능해, 이 상황에서는 될 리가 없어'라는 아직 게으른 마음이 남아 있기 때문이라고 말한다. 그리고 무엇에든 진심을 다하지 못하기 때문이라고 말한다.

그런데 의지가 있다면 무엇이나 가능하다는 것이다. 그런 까닭에 실제 그것을 이룬 사람, 그렇게 된 자는 그러니까 자신이 원하는 바를 이룬 사람은 의지가 있다면 무엇이나 가능하다는 것이 진실임을 알고 있다는 것이다. 그리고 니체는 말한다. 자신의 풍요로움을 깨닫고, 풍요가 이끄는 대로 충실히 움직이라고 말이다.

이는 무엇을 의미하는가. 그러니까 자신이 지닌 의지를 최대한 가동시키라는 것이다. 한마디로 말해 굳은 의지가 있다면 못 이룰 일이 없다는 것이다. 혹자는 이런 니체의 말에 대해 너무 빤한 얘기를 마치 무슨 진리라도 되는 듯 말한다고 할지도 모른다. 그런데 사람들 중엔 이처럼 빤한 얘기를 알면서도 실행하지 않는다는 데 문제가 있다.

왜 그럴까. 스스로 의지가 약함을 잘 아는 까닭이다. 그러니 무슨 일도 제대로 해내지 못하는 것이다. 그럼에도 니체의 말을 빤하다고 한다는 것은 이율배반적인 이야기일 뿐 스스로 못

남을 자인하는 거와 같다. 모름지기 진리란 소소하고 수수한 물건과도 같다. 마치 진한 된장국이 구수한 깊은 맛을 품고 있는 것처럼. 화려한 말은 겉은 번지르르하지만 그 속엔 뱀의 혀처럼 간교함이 들어 있어 그 유혹에 빠지고 마는 것이다.

백절불요百折不撓란 말이 있다. 이는 '백 번 꺾일지언정 휘어지지 않는다'라는 뜻으로, 어떠한 어려움에도 굽히지 않는 정신과 자세를 뜻하는 말로 굳은 의지와 신념을 의미한다. 이 말이 생긴 유래이다.

후한後漢 시대에 교현橋玄의 아들이 혼자 밖에 놀러 나갔다가 강도 세 명에게 납치를 당했다. 아들을 살리려면 돈을 내놓으라는 강도의 말에 응하지 않고, 출동한 관병들에게 "어서 잡지 않고 뭣들 하느냐! 강도가 날뛰는데 내가 어찌 자식의 목숨이 아까워 도적을 따르겠느냐!"며 호령했다.

강도는 잡혔으나 안타깝게도 아들은 죽고 말았다. 아들을 죽음으로 몰아간 교현은 청렴하고 강직하기로 이름이 높았다. 관직에 있을 때 법을 어긴 부하는 즉각 사형에 처했다. 이때 태중대부 개승蓋升이 황제와 가깝다는 것을 믿고 백성을 착취했다. 이에 교현이 개승을 옥에 가두고 뇌물로 받은 재산을 몰수하라고 황제에게 소를 올렸으나 황제가 듣지 않고 개승을 시중으로 임명했다. 황제에게 실망한 교현은 병을 핑계로 사직했다. 그 후 교현은 조조^{曹操}를 만난 적이 있었는데 그때 조조에게 "지금 세상이 어지러워지고 있는데 백성을 살릴 사람은 그대 조조입니다" 하고 말했다.

《후한서^{後漢書}》'교현전'에 조조는 자기를 알아보는 교현에 감격해, 교현이 죽자 후하게 제시를 지냈다고 전한다. 같은 시대 채옹이 교현을 위해 지은 비문 '태위교공비^{太尉橋公碑}'에 '유백절불요^{有百折不撓}, 임대절이불가탈지풍^{臨大節而不可奪之風}' 즉 '백 번 꺾일지언정 휘어지지 않는다'라는 뜻으로 그 어떤 어려움과 시련에도 굽히지 않는 불굴의 정신을 말하는데, 이 말에서 딴 것이 백절불요^{百折不撓}라는 고사성어이다. 백절불요의 정신으로, 굳은 신념과 의지로 자신의 열정을 다 바친 끝에 성공의 역사를 쓴 가슴 벅찬 이야기이다.

세계 제일의 커피 전문 회사 스타벅스의 CEO인 하워드 슐츠_{Howard Schultz}. 그는 전 세계에 38,000여 개(2024년 현재)가 넘는 스타벅스 체인점을 가지고 있는 최고의 커피 재벌이다.

지독한 가난으로 미국 연방 정부 보조 주택 지역인 브루클린 카니지 빈민촌에서 생활해야만 했던 하워드 슐츠는 어린 시절부터 가난으로 인해 자신이 원하는 것을 한 번도 이루지 못한 아버지의 불만스러워하는 모습을 지켜보며 다짐했다. 노동자였던 아버지는 평생을 삶과 불화하며 살았지만, 자신은 반드시 원하는 삶을 살겠다고 말이다. 또한 배우지 못한 아버지가 가진 자들로부터 멸시와 천대를 받고, 부당한 대우에 좌절하며 절망할 때 자신은 반드시 자신이 원하는 삶을 살되 어려운 사람들을 인격적으로 잘 대해주겠다고 굳게 맹세하며 어린 시절 가난을 이겨냈다.

하워드 슐츠는 미식축구 특기생으로 노던미시건대학을 마치고 제록스사에 입사해 세일즈를 하며 사회에 발을 들여놓았다. 그는 집념과 끈기를 바탕으로 세일즈를 펼치며 그 지역 최고의 프로 세일즈맨이 되었다. 생활의 안정을 찾은 그는 자신감으로 충만해 있던 중 더 큰 도약을 위해 스웨덴에 본사를 둔 퍼스토프에 입사했다. 그리고 그는 퍼스토프가 미국에 세운 가정용품 회사인 해마플라스트의 부사장으로 발령을 받았다. 그에게 연봉 75,000달러에 승용차와 판공비 등의 혜택이 주어졌다. 그는 3년 동안 열심히 일했다.

그러던 중 우연히 시애틀에 있는 스타벅스에 관심을 갖게 되었고, 발전 가능성을 발견했다. 슐츠는 스타벅스에서 꿈을 발견하고는 시간을 내서 시애틀로 갔다. 그는 경영자인 제리 볼드윈과 만나 많은 이야기를 나눴다. 그러는 가운데 둘은 친분을 쌓았고, 슐츠는 스타벅스에서 일하게 된다면 마케팅을 주도하고 소매점을 감독하겠다는 생각을 말했다. 그리고 스타벅스의 지분을 조금 갖고 싶다고 말했다. 제리는 슐츠의 생각을 긍정적으로 받아들이며 고개를 끄덕였다. 하지만 수락을 한 것은 아니었다.

1982년 봄 제리와 고든은 슐츠를 샌프란시스코로 초대해 저녁 식사를 하며 주주이자 자신들의 파트너인 스티브 도노반을 소개했다. 슐츠는 그동안의 자신의 노력이 결실을 맺는 것은 아닐까 하고 확신했다. 슐츠는 저녁 식사를 하며 "당신들은 정말이지 진짜 보석을 얻었습니다"라고 말했다. 자신의 원대한 생각을 펼쳐 보이며 열정을 토했다. 그들은 슐츠의 말에 귀 기울이며 경청했다. 이야기를 마친 슐츠는 확신을 갖고 호텔로 돌아왔지만 잠을 이루지 못했다.

슐츠는 뉴욕에 있는 사무실로 돌아와 있던 중 제리의 전화를 받았다. 제리는 미안하다고 말했다. 순간 슐츠는 눈앞이 캄캄했다. 그의 확신이 물거품이 되었던 것이다. 슐츠는 하루를 보낸 끝에 다음 날 제리에게 전화를 걸어 당신들은 너무도 잘못을 하고 있다고 말했다. 그리고 자신의 생각을 차분하고 조리 있게 말하며 자신의 입사를 허락하지 않는 정확한 이유가 무엇이냐고 물었다. 그러자 제리는 자신의 파트너들이 슐츠가 주도적으로 회사의 변화를 이끄는 것을 원치 않는다고 말했다. 이에 슐츠는 다음과 같이 말했다.

"그것이 문제입니까? 그것은 하나도 문제될 게 없습니다. 문제가 있다면 새로운 변화를 두려워해서 스타벅스가 발전하는 것을 가로막는 그들입니다. 제리, 내 말을 잘 들으십시오. 스타벅스는 당신의 비전입니다. 당신은 그것을 성취할 수 있는 유일한 분입니다. 그들이 당신의 가슴속에 담긴 꿈을 빼앗아 가도록 허용하지 마시기 바랍니다."

제리는 슐츠의 말을 듣고 오늘 밤 다시 생각해보고 전화를 하겠다고 말했다. 다음 날 아침 슐츠는 초조하게 제리의 전화를 기다리는데 그로부터 전화가 왔다.

"슐츠, 당신이 옳았습니다. 우리는 전진할 것입니다. 나와 함께 일합시다. 그럼 언제 올 수 있습니까?"

"이곳을 정리하는 대로 가겠습니다."

"알겠습니다. 그럼 정리하는 대로 오세요."

"네, 그럼 그때 뵙지요."

슐츠는 전화를 끊고 쾌재를 불렀다. 그러고는 해마플라스트의 부사장직과 75,000달러의 연봉과 승용차와 판공비 등의 혜택을 모두 내려놓고 구멍가게와도 같은 스타벅스에 입사했다. 슐츠는 입사 후 열정을 다 바쳐 일했다. 그는 입사한 지 1년이 지난 어느 날 이탈리아에 가게 되었다. 그곳에서 그는 자신의 인생을 완전히 바꾸는 계기가 되는 것들을 목격했다. 거리마다 수없이 늘어선 커피숍의 모습에 전율이 일 만큼 감동했다. 가족적이고 예술적인 분위기가 물씬 풍겨나는 모습은 미국에서는 상상하지 못했던 새롭고 신선한 충격을 주었던 것이다.

미국으로 돌아온 슐츠는 이탈리아 스타일을 미국에 도입하는 계획을 세우고, 스타벅스 세 명의 경영자들을 설득했지만 결국 실패하고 말았다. 그러나 그는 자신이 직접 커피 회사를 경영할 계획을 세우고 투자자를 모집했다. 수많은 우여곡절을 겪으며 드디어 '일 지오날레'를 창업했다. 하지만 그의 마음속엔 스타벅스를 인수하는 꿈이 언제나 풀빛처럼 빛났다. 그는 자신의 꿈을 위해 사람들을 설득하며 차근차근 준비해 나갔다. 그리고 마침내 1987년 스타벅스를 인수하고 CEO가 되었다. 이 당시 스타벅스는 작은 구멍가게에 불과했지만, 슐츠는 스타벅스에서 꿈을 보았고 자신의 인생을 올인했던 것이다.

많은 사람들은 슐츠의 계획에 대해 부정적으로 생각했지만, 그의 생각을 따르는 사람들과 자신의 확신을 믿으며 꿈의 바다를 향해 힘차게 출항을 시작했다. 고객들이 자신의 집에서 편안하게 커피를 마시듯 인테리어를 비롯한 음악 하나하나에도 세심하게 주의를 기울였다. 뿐만 아니라 바리스타와 매장 직원들은 고객들에게 최선을 다하는, 품격이 다른 서비스로 고객들에게 감동을 주었다. 고객들은 커피 맛에 민감하고, 자신들이 받는 서비스를 당연한 권리로 인식한다는 점을 잘 적용한 결과였다.

그 후 10년이 지난 스타벅스는 직원 25,000여 명과 미국과 세계 각지에 13,000여 개의 커피 체인점을 거느린 대규모 커피 회사로 성장했다. 그리고 그는 스타벅스를 떠났다. 그가 떠난 스타벅스는 서서히 내리막길을 걷기 시작했다. 그는 2008년 글로벌 금융 위기와 주가 폭락으로 심각한 위기에 빠진 스타벅스를 구하기 위해 다시 경영을 맡아, 3년 만에 흑자로 돌려놓았다. 그리고 더 크게, 더 높이 스타벅스를 성장시키는 저력을 보여주며 지금의 스타벅스를 이뤄냈다.

가난하고 가진 것 없는 하워드 슐츠가 성공할 수 있었던 요인은 무엇일까. 그것은 '나는 무엇이든 할 수 있다'라는 강한 의지와 신념 그리고 확신이었다. 한마디로 하워드 슐츠의 마인드는 몇 차례의 좌절에도 뜻을 굽히지 않는 백절불요의 정신이라고 할 수 있다.

하워드 슐츠의 이런 정신은 "의지가 있다면 무엇이든 가능하다. 실제 그것을 이룬 사람, 그렇게 된 자는 그것이 진실임을 알고 있다. 자신의 풍요로움을 깨달아라. 그리고 풍요가 이끄는 대로 충실히 움직여라"라고 말한 니체의 말처럼 스스로를 믿고 거듭된 좌절을 극복하고 실행에 옮겼기 때문이다.

그렇다. 자신이 무언가를 이루고 싶다면 '나는 무엇이든 할 수 있다'는 굳은 의지와 백절불요의 정신으로 임하라. 그렇게만 할 수 있다면 반드시 자신의 뜻을 이루는 기쁨을 크게 누리게 될 것이다.

최고의 인생을 사는 최선의 삶의 법칙

등산의 기쁨은 정상을 정복했을 때 가장 크다.
그러나 나의 최상의 기쁨은
험악한 산을 기어 올라가는 순간에 있다.
길이 험하면 험할수록 가슴이 뛴다.
인생에 있어서 모든 고난이 자취를 감췄을 때를 생각해보라.
그 이상 삭막한 것은 없을 것이다.

니체 어록 23

등산을 즐기는 사람들은 정상에 올랐을 때 짜릿한 느낌이 너무 좋다고 말한다. 그 기쁨은 힘든 일을 해냈을 때 느끼는 기쁨과도 같기 때문이다. 그런 까닭에 힘들고 때론 고통이 따르는데도 산을 오르는 욕구를 떨치지 못한다는 것이다. 그런데 니체는 등산의 기쁨이 정상을 정복했을 때가 가장 크지만, 자신은 험악한 산을 기어 올라가는 순간에 있다고 말했다. 나아가 길이 험하면 험할수록 가슴이 뛴다고 했다. 그리고 그는 다음과 같이 말했다.

"인생에 있어서 모든 고난이 자취를 감췄을 때를 생각해보라. 그 이상 삭막한 것은 없을 것이다. 언제나 한자리에 머물러 있는 사람이 있다. 대체 무엇을 기다리는 걸까. 저 멀리서 누군가가 찾아오길 믿는 걸까. 언제 올지도 모르는 행복을 그저 막연히 기다리고만 있는 걸까. 기다리다 보면 누군가가 나타나 기적처럼 지금의 고통에서 구원해주기라도 하는 걸까. 혹은 어느 날 신이나 천사가 내려와 축복해주기라도 하는 걸까. 그러다가는 끝내 기다리기만 하는 인생을 살 것이다. 지금 우리가 해야 할 일은 다시 한번 최선을 다해 새로운 인생을 사는 것이다. 지금 이 순간, 그리고 다음 순간에도 온 힘을 쏟아 최고의 인생을 살아내는 것이다."

니체의 말에서 보듯 그가 정상을 정복했을 때 기쁨보다는 험악한 산을 기어 올라가는 순간에 기쁨이 있다고 말한 것은 인생을 살면서 고난이 없다면 인생이 삭막하기 때문이라는 것이다.

왜 그럴까. 고난 없는 삶이 편안한 것은 사실이다. 하지만 아무리 좋은 것도 자주 보다 보면 감각이 둔해지고, 아무리 맛있는 음식도 늘 먹으면 그 맛에 대해 싫증을 느끼게 된다. 삶 또한 이와 같다. 그러나 살아가면서 고난을 겪게 되면 그 고난을 극복하기 위해 온갖 노력을 기울여야 한다. 그리고 마침내 고난을 극복했을 때 느끼는 그 기쁨은 실로 크다. 그런 까닭에 삶이 더 소중하게 다가오고 더 열심히 살아야겠다는 각오를 다지게 되는 것이다. 또한 니체는 지금 우리가 해야 할 일은 다시 한번 최선을 다해 새로운 인생을 사는 것이라고 말한다. 그리고 지금 이 순간, 그리고 다음 순간에도 온 힘을 쏟아 최고의 인생을 살아내는 것이라고 말한다.

그런데 최고의 인생은 살고 싶다고 살아지는 것이 아니다. 자신의 인생을 송두리째 바친다는 각오로 죽을 듯이 살아야 한다. 다시 말해 최고의 인생을 살기 위해서는 그만한 대가를 지불해야 한다. 다음은 최고의 인생을 살기 위해 열정을 다 바친 끝에 최고의 인생이 된 이야기이다.

영국과도 바꾸지 않는다는 셰익스피어와 대등할 만큼 인지도가 높은 소설가 찰스 디킨스Charles Dickens. 그는 영국 남안의 포츠머스에서 태어났다. 그의 아버지는 해군 경리국에서 하급 관리로 근무했다. 그의 아버지는 마음씨가 좋은 사람이었으나, 돈에 관한 욕심이 없어 디킨스는 어린 시절부터 빈곤에 시달려야 했다. 다른 친구들은 학교를 다녔지만 디킨스는 학교를 제대로 다니지도 못한 채, 부러운 눈으로 친구들을 바라보아야만 했다.

디킨스는 12세 때부터 공장에서 일을 하며 집안을 도왔다. 힘든 노동은 어린 디킨스에겐 너무 벅찼지만, 그는 가난한 집안을 위해 이를 악물고 일을 했다. 그런 가운데에서도 그의 가슴엔 공부에 대한 일념으로 가득 차 있었다. 그는 하루하루가 견디기 힘들 만큼 고통스러웠으나, 자신의 꿈을 위해 틈틈이 글을 썼다. 그는 자신이 쓴 글이 잘 쓴 글인지 잘 못 쓴 글인지조차 알 수 없었다. 한 번도 스승으로부터 글쓰기를 배운 적이 없었기 때문이다. 날마다 디킨스는 눈꺼풀에 무겁게 매달리는 잠을 쫓으며 글쓰기에 전념했다. 그 어떤 어려운 일도, 지독한 가난도 글쓰기에 대한 그의 열정을 막을 수 없었다.

디킨스는 자신이 쓴 원고를 탈고할 때마다 정성껏 출판사에 보냈지만, 그 어디서도 원고가 채택되었다는 말을 들을 수가 없었다. 이름이 전혀 알려지지 않은 무명작가의 원고를 흔쾌히 받아 줄 출판사는 그 어디에도 없었던 것이다. 그러나 디킨스는 실망하지 않고 계속해서 원고를 보냈다. 그러던 어느 날 한 출판사로부터 연락을 받았다. 드디어 그의 원고가 채택된 것이다.

"당신의 원고가 채택되었습니다. 그러나 원고료는 지불할 수 없습니다. 하지만 책은 내주겠습니다. 그리고 당신은 앞으로 좋은 작품을 쓸 거라고 믿습니다."

편집장의 말을 듣는 순간 디킨스는 '내가 지금 꿈을 꾸고 있는 것은 아니겠지'라고 생각하며 어쩔 줄을 몰랐다. 그는 출판사를 나와 길을 걸으며 기쁨에 들떠 중얼거렸다.

"내가 책을 내게 됐다고! 아, 내게 이런 행운이 오다니? 이, 이게 정녕, 꿈은 아니겠지⋯⋯."

집으로 향하는 그의 발걸음은 날개가 달린 것처럼 가벼웠다.

1836년 그의 첫 번째 책인《보즈의 스케치》가 출간되었다. 그리고 이듬해에 장편《피크위크 페이퍼스》가 나오고, 이어 나온《올리버 트위스트》가 폭발적인 인기를 끌며 작가로서 그의 위치가 확고해졌다. 그 후《니콜라스 니클비》,《골동품 상점》,《크리스마스 캐럴》,《바나비 러지》,《돔비와 아들》등 장편소설, 중편소설을 발표하며 그의 이름을 더욱 떨치게 했다. 그의 작품엔 가난했던 시절의 경험이 생생히 잘 묘사되어 있어, 그의 문체를 특성 있게 보여준다.

1850년에 완결한 자서전적인 작품《데이비드 코퍼필드》를 쓰면서 작품 성향이 바뀌는데, 그의 작품에는 많은 인물들이 나타나게 된다. 이는 사회 각계각층의 실태를 엿볼 수 있게 한다는 것에 의미가 있었다. 디킨스의 샘물처럼 솟아나는 창작의 열정은 그를 더욱 무게 있는 영국의 중심 작가가 되게 했다. 공장 직공의 파업을 다룬《고된 시기》와 프랑스 혁명을 무대로 한 역사소설《두 도시 이야기》그리고 자서전적인《위대한 유산》등은 그의 작가로서의 위치를 더욱 굳건히 해주었다.

디킨스는 이들 작품 외에도 수많은 단편과 수필을 썼다. 디킨스는 작품을 쓰는 외에도 잡지사를 경영했고, 자선사업에 참여했으며, 소인 연극의 상연, 자작의 공개 낭독회, 각 지방을 여행하는 등 정력적인 활동을 펼치며 인생을 최고로 여행하는 등 멋지고 보람 있게 보냈다.

가난하고 배우지 못한 찰스 디킨스가 영국 최고의 작가가 된 배경에는 그의 피나는 노력이 있었다. 그런 까닭에 그의 성공은 의미가 각별하다고 하겠다. 왜냐하면 니체가 말한 것처럼 고난을 극복했을 때 느끼는 기쁨이 실로 더 크듯 디킨스 또한 실로 기쁨이 더 컸던 것이다.

그렇다. 고난 없는 인생은 순탄하고 편안할지 몰라도 인생의 맛은 덜하기 때문이다. 그런 까닭에 지금 자신의 현실이 어렵고 고통스럽다고 짜증 부리지 마라. 그럴 시간에 디킨스가 그랬듯이 자신이 잘할 수 있는 일에 목숨을 걸고 도전해보라. 죽을 듯이 노력하다 보면 무엇이 되든 반드시 좋은 결과가 나타나게 마련이다.

왜일까. 그것이 인간에게 주어진 최선의 방법이기 때문이다.

비생산적인 고민을 하는 사람의 특징

고민하는 사람은
언제나 틀에 박혀있다.
기존의 사고방식과 감정이 부유하는
비좁은 상자 속에 갇혀 있다.

니체 어록 24

고민苦悶의 사전적 의미는 '괴로워하고 애를 태움'이란 뜻이다. 여기서 '고苦'는 '쓸 고'를 뜻하는 한자어로 입이 소태처럼 쓰듯 걱정으로 속이 쓰릴 만큼 애가 마른다고 할 수 있다.

사람은 누구나 걱정거리가 있으면 고민하게 된다. 그런데 어떤 사람은 걱정거리에 대해 고민하는 정도가 약한데, 또 다른 어떤 사람은 걱정거리에 대한 고민이 깊어 병이 들 정도다. 이는 그 사람의 성격이나 자란 환경 등에 영향이 크다고 하겠다. 특히, 천성이 낙천적인 사람들 중엔 걱정거리를 앞에 두고도 무덤덤하게 지내는 이가 있다. 물론 이는 어디까지나 특별한

경우이다. 앞에서도 언급했듯이 대개는 고민의 정도에 차이가
날 뿐 고민은 하게 마련이다.

　그런데 문제는 고민에 빠져 시간을 낭비하고 에너지를 소모
한다는 데 있다. 고민도 습관이라는 말이 있는데 이는 지나친
고민으로 번민하는 사람을 두고 하는 말이다. 이런 사람은 고
민을 사서 하는 경우가 있다. 이는 바람직하지 못하다. 자칫 몸
을 상하게 하고, 비생산적인 삶을 살 수 있기 때문이다. 니체는
이런 사람에 대해 다음과 같이 말했다.

　"고민하는 사람은 언제나 틀에 박혀 있다. 기존의 사고방식
과 감정이 부유하는 비좁은 상자 속에 갇혀 있다."

　니체의 말의 요지는 한 마디로 고민을 습관처럼 하는 사람을
두고 하는 말이다. 그러니까 이런 사람은 '틀'에 박혀서 그렇다
는 것이다. 여기서 틀은 '습관'을 말한다. 그런 까닭에 그 틀에
서 벗어나지 못하고 기존의 사고방식과 감정이 부유하는 비좁
은 상자 속에 갇혀 있을 수밖에 없다는 것이다.

　이는 자신에게 대단히 잘못된 일이다. 고민의 틀에서 빠져나
오기 위해서는 걱정으로부터 자신을 컨트롤할 수 있어야 한다.
그렇지 않으면 걱정으로 인해 고민의 무덤에 갇힘으로써 자신
을 피폐하게 할 수 있다. 지나친 걱정이 인간에게 미치는 영향
에 대해 미국의 유명한 외과의사인 조지 W. 크라일 박사는 다
음과 같이 말했다.

"인간은 마음으로만이 아니라 심장과 폐와 내장으로도 걱정을 한다. 그러므로 걱정이나 근심의 원인이 무엇이든지 간에 그 영향은 세포와 조직과 신체의 각 기관에 나타나는 것이다."

크라일 박사의 말은 지나친 걱정은 건강을 해치는 무서운 병과도 같다는 말이다. 그렇기 때문에 걱정에서 마음을 여유롭게 할 수 있어야 한다. 왜냐하면 인간은 충분히 걱정으로부터 자신을 지켜낼 수 있는 능력이 있는 존재인 까닭이다.

이에 대해《걱정에만 올인하는 여자들의 잘못된 믿음》의 저자인 홀리 해즐렛 스티븐스 박사는 다음과 같이 말했다.

"인간은 감정적으로 심한 고통도 견뎌낼 수 있는 능력이 있다. 심지어는 그 속에서 의미를 찾아내기도 한다. 인류 역사에 걸쳐 수많은 사람이 엄청난 역경을 견뎌냈다. 그러나 여전히 오늘날의 문화는 우리에게 비극은 절대 일어나선 안 된다는 식으로 가르친다. 다들 아무 탈 없이 인생을 살아갈 거라고 기대하고 정말 참혹한 일이 닥치면 실패했다고 여기는 것이다. 그러나 이는 분명 가능한 시나리오이다. 이 시나리오를 앞에 두고 무방비 상태의 나약해진 기분을 느껴보자. 물론 최악의 사태가 터진다면 즉시 그걸 극복해내지는 못할 것이다. 어쩌면 그로 인해 삶이 영원히 이전의 모습으로 돌아가지 못할 수도 있다. 하지만 인간에게는 지금으로선 상상도 못할 정도로 꿋꿋하게 새로이 의미 있는 삶을 꾸려나갈 수 있는 능력이 있다."

홀리 해즐렛 스티븐스 박사의 말에서 보듯 인간은 감정적으로 심한 고통도 견뎌낼 수 있고, 또 인간에게는 지금으로선 상상도 못할 정도로 꿋꿋하게 새로이 의미 있는 삶을 꾸려나갈 수 있는 능력이 있다는 것이다. 그러니까 어떤 걱정도 능히 헤치고 나갈 수 있는 능력을 지닌 존재가 바로 인간이라는 것이다. 그렇기 때문에 걱정에 매여 고민하지 말고 걱정거리를 해결하는 데 올인해야 하는 것이다. 그렇게 최선을 다하다 보면 걱정거리로부터 벗어나 몸과 마음에 평온을 찾게 된다.

미국의 자기계발 전문가이자 탁월한 동기부여가인 노만 빈센트 필Norman Vincent Peale 박사는 걱정을 몰아내는 방법을 10가지로 제시했다.

01. 걱정은 매우 위험한 마음의 습관이다. 나는 어떤 습관도 변화시킬 수 있다고 자신에게 다짐하라.
02. 사람들은 걱정을 함으로써 걱정의 노예가 된다. 독실한 신앙의 습관을 들여라. 그렇게 될 때 걱정으로부터 벗어날 수 있다. 모든 힘과 의지를 다해 신앙의 습관을 실천하라.
03. 매일 아침 잠자리에서 일어나 "나는 나를 믿는다"라는 말을 세 번씩 소리 내어 외쳐라.
04. 오늘 하루를, 내 생명을, 내가 사랑하는 사람을, 나의 일을

신의 손에 맡겨라. 신의 손엔 악함이 없다. 신의 손엔 선함 뿐이다. 어떤 일이 일어난다고 해도, 무엇이 되더라도, 내가 신의 손 안에 있다면 그 무엇도 두려워하지 마라.

05. 소극적으로 말하지 말고 적극적으로 말하라. 항상 적극적인 행동과 긍정적인 말만 하라. 그 어떤 일도 적극적으로 행하라. "오늘 재수 없는 날이 될 것 같다"는 말 대신 "오늘은 즐거운 날이 될 것이다"라고 말하라.

06. 대충대충 말하고 일하지 마라. 비판적인 말이나 행동을 하지 마라. 압박감을 주는 분위기를 조성하지 말고 희망과 행복을 느끼도록 말하고 행동하라.

07. 걱정이 많은 사람 마음엔 우울함, 패배감, 부정적인 생각으로 꽉 차 있다. 이것을 마음으로부터 몰아내고 행복과 희망적이고 긍정적인 생각으로 가득 채워라.

08. 희망으로 가득 찬 사람과 교류하라. 창조적이고 낙관적인 사람과 소통하라. 긍정적이고 능동적으로 행동하라. 그리고 그런 사람을 자신의 주변에 배치하라.

09. 걱정으로 힘들어하는 사람을 도와줘라. 남을 도와줌으로써 그 걱정에서 해방될 수 있음을 믿어라. 남을 도와주다 보면 자신의 마음에도 용기와 희망이 싹트는 것이다.

10. 매일 자신이 예수 그리스도의 협력자가 되어 살아간다고 생각하라. 그리고 예수께서 자신의 곁에서 함께 한다고 믿

어라. 모든 것은 믿는 대로 됨을 믿어라.

걱정으로부터 벗어나 고민에서 자유로워지기 위해서는 노만 빈센트 필 박사가 제시하는 '걱정을 몰아내는 10가지 방법'을 적극 활용해보라. 꾸준히 하다 보면 마음의 근육이 단단해짐을 느끼게 될 것이다.

그렇다. 고민도 습관이다. 걱정거리부터 벗어나 고민의 틀을 깨뜨려 버려라. 그것이야말로 고민을 해결하는 최선의 방법인 것이다.

무엇이든 즐거운 마음으로 하라

창조적인 일을 할 때도 그렇고,
일상적인 일을 할 때도 그렇고 즐거운 마음으로 하면
순조롭게 일을 해 나갈 수 있다.
왜냐하면 거침없이 비상하는 마음이나
사소한 제한 같은 것 따원 염두에 두지 않는
자유로운 마음이 있기 때문이다.

니체 어록 25

"나는 평생 하루도 일해본 적이 없다. 모두 재미있었기 때문이다."

이는 토머스 에디슨Thomas Edison이 한 말로, 일에 대한 그의 철학을 잘 알 수 있다. 결론적으로 말해 그가 천 가지가 넘는 발명을 할 수 있었던 것은 일을 재밌는 놀이처럼 즐기며 했기 때문이다. 만일 그가 의무적으로 발명을 했다면 그렇게 많은 발명은 하지 못했을 것이다. 이처럼 무언가를 할 때 즐거운 마음으로 한다는 것은 생산적일 뿐만 아니라 창의적으로 하게 되기 때문이다.

공부든 일이든 운동이든 무엇이든 즐겁게 하는 것이 중요한 것은 즐거움 속엔 긍정의 에너지가 넘치고, 생산적인 기운과 창의적인 기운이 넘치는 까닭이다. 일찍이 공자孔子는 매사를 즐겁게 해야 함에 대해 이렇게 말했다.

지 지 자 불 여 호 지 자　호 지 자 불 여 락 지 자
知之者不如好之者 好之者不如樂之者

이는 《논어論語》〈옹야편雍也篇〉에 나오는 말로, '아는 자는 좋아하는 자만 못하고, 좋아하는 자는 즐기는 자만 못하다'라는 뜻이다. 그러니까 무엇이든 즐겁게 하라는 것이다. 그가 유가儒家의 시조로 삼천 명이 넘는 제자에게 가르침을 줄 수 있었던 것은 학문에 대한 즐거움을 익히 아는 까닭이다. 그랬기에 자신 또한 유가의 시조가 될 수 있었던 것이다. 니체는 즐거운 마음으로 하는 것에 대해 이렇게 말했다.

"창조적인 일을 할 때도 그렇고, 일상적인 일을 할 때도 그렇고 즐거운 마음으로 하면 순조롭게 일을 해 나갈 수 있다. 왜냐하면 거침없이 비상하는 마음이나 사소한 제한 같은 것 따윈 염두에 두지 않는 자유로운 마음이 있기 때문이다."

니체의 말에서 보듯 즐거운 마음으로 하면 '비상하는 마음이나 사소한 제한 같은 것 따윈 염두에 두지 않는 자유로운 마음

이 있기 때문이다'라고 말한다. 정확한 지적이라고 할 수 있다. 자유로운 마음은 자유롭게 상상하고 거침없이 상상의 나래를 펼치게 됨으로써 창의적이고 생산적인 생각을 이끌어 내는 데 도움이 되기 때문이다.

자유로운 마음을 펼쳐나가는 것의 좋은 점에 대해 토머스 에디슨은 다음과 같이 말했다.

"자유로운 마음을 위축시키지 않고 나가는 것이 좋다. 그로 인해 여러 가지 일을 거뜬히 해낼 수 있는 사람이 될 수 있다. 그러나 본인 스스로가 즐거운 마음을 가지고 있지 않다고 느낀다면 많은 지식을 기르고 많은 예술을 경험하라. 그러면 그 마음에 즐거움으로 채워질 것이다."

에디슨의 말은 매우 현실적이고 확실한 조언이라고 할 수 있다. 이를 잘 알게 하듯 인생을 성공적으로 살았던 사람들의 여러 공통점 중에 하나는 바로 자신이 하는 일을 즐겁게 했다는 것이다. 다시 말해 즐겁게 했기 때문에 성공할 수 있었다.

그렇다. 스스로 자신을 즐겁게 할 수 있도록 해야 한다. 이는 자신을 위한 행복한 선물인 것이다. 누군가가 나를 즐겁게 한다거나 외부적인 것에 의해 즐거운 마음을 갖는 것은 한계가 있기 때문이라는 것을 잊지 말아야겠다.

FRIEDRICH   NIETZSCHE

자신을 사랑하기 위해서는
자신의 능력을 다 쏟아라

자신을 진정으로 사랑하기 위해서는
자신의 능력으로 무엇인가에 최선의 노력을 다해야 한다.
자신의 다리로 높은 곳, 즉 자신의 목표를 향해
걷지 않으면 안 된다.
하지만 그것은 고통이 따른다.
그러나 그것은 마음의 근육을 단련시키는 고통이다.

니체 어록 26

◆

자신을 사랑하는 것은 자신을 잘되게 하기 위한 방편이 되어야 한다. 무조건적인 자기애는 자칫 자신을 외골수적으로 만들 수 있어 타인에게 좋지 않은 이미지를 심어줄 수 있을 뿐만 아니라 그로 인해 잘못된 길에 빠지게 할 수 있다. 그런 까닭에 자신이 잘되는 일에 자신을 집중시킴으로써 좋은 성과를 낼 수 있게 해야 한다.

그런데 문제는 그렇게 하기 위해서는 때론 힘에 벅찰 때도 있고, 마음먹은 대로 되지 않아 고통을 느낄 때도 있다. 하지만

145
CHAPTER 3 우리는 무엇이든 될 수 있고 할 수 있다

그것을 참아내지 않고서는 절대로 자신이 바라는 바를 이룰 수 없다. 때문에 그 어떤 어려움이 가로막고 힘들게 할지라도 극복해내야 한다. 이것이야말로 자신을 사랑하는 바른 자세인 것이다. 이에 대해 니체는 다음과 같이 말했다.

"자신을 진정으로 사랑하기 위해서는 자신의 능력으로 무엇인가에 최선의 노력을 다해야 한다. 자신의 다리로 높은 곳, 즉 자신의 목표를 향해 걷지 않으면 안 된다. 하지만 그것은 고통이 따른다. 그러나 그것은 마음의 근육을 단련시키는 고통이다."

니체의 말에서 보듯 자신을 사랑하는 방법에 대해 자신이 지닌 능력으로 무엇인가 자신이 뜻하는 바를 위해 노력을 다해야 한다고 말한다. 그러면서 고통이 따르더라도 참고 헤아 한다는 것이다. 왜냐하면 그것은 마음의 근육을 단련시키는 고통이기 때문이라는 것이다. 자신을 진정 사랑한다면 참고 견딤으로써 자신의 마음을 더욱 강건하게 해야 한다. 또한 외적으로 누군가에게 잘 보이기 위함도 아니며 오직 자신을 위해 자신의 내면에 충실을 기함으로써 스스로 만족하고 행복하면 되는 것이다. 이에 대해 미국의 정신과 의사이자 작가인 브라이언 와이즈Brian Wise는 다음과 같이 말했다.

"진정한 자기애는 널리 알리거나 밖으로 보여줄 필요가 없다. 이는 내면의 상태, 힘, 행복, 안정감이다."

또 미국의 작가이자 강사인 어니 J. 젤린스키Ernie J. Zelinski는 이렇게 말했다.

"자기 자신과 연애하듯 살아라. 자부심이란 다른 누구도 아닌 오직 당신만이 당신 자신에게 줄 수 있는 것이다. 다른 사람들이 당신에 대해 뭐라 말을 하든 어떻게 생각하든 개의치 말고 언제나 자신과 연애하듯이 삶을 살아라."

브라이언 와이즈와 어니 J. 젤린스키의 말은 표현만 다를 뿐 자신을 사랑하기 위해서는 스스로를 행복하게 하고 사랑하는 사람을 사랑하듯 자신에게 충실해야 한다는 것을 의미한다고 하겠다. 그러니까 자신을 잘되게 하기 위해서는 자신이 잘되도록 최선을 다하면 되는 것이다. 다음은 자신을 진정으로 사랑함으로써 자신의 인생을 획기적으로 변화시킨 이야기이다.

호주의 대표적인 작가이자 1973년《폭풍의 눈》으로 노벨문학상을 수상한 패트릭 화이트Patrick White. 그는 영국에서 태어나 영국 케임브리지대학 재학 중 시집《밭 가는 사람》으로 등단했다. 그는 열심히 작품 활동을 하면서도 작가로서 뚜렷한 두각을 나타내지 못하자 의기소침해졌다. 그때 그의 입에서는 이런 말들이 흘러나왔다.

"나는 작가로서 자질이 없는 것일까?"

"계속 글을 써야 할까, 아니면 포기를 해야 할까?"

"아, 하루하루가 내게는 고통뿐이로구나."

하지만 달라지는 것은 없었다. 오히려 그러면 그럴수록 점점 더 자신이 없어졌다. 패트릭 화이트는 결국, 영국을 떠나 고국으로 돌아갔다. 그는 광대한 호주에서 자신의 꿈을 이루자고 굳게 결심했다. 그리고 자신을 진정으로 사랑해야겠다고 생각하며 충실하게 하루하루를 보냈다. 그 결과 마음이 한결 편안해졌고 나무꾼으로 일하면서 비록 힘은 들었지만 글 쓰는 일이 다시 즐거워졌다. 영국에 있을 때는 고통의 말을 쏟아내던 그의 입에서는 자신도 모르게 긍정의 말이 흘러나왔다.

"오, 이 아름다운 대자연은 나에게 꿈이자 행복이며 희망이다."

"이토록 내 영혼을 맑고 따뜻하게 하는 이곳은 나에게 축복의 땅이다."

"나의 하루하루가 행복할 수 있음에 감사한다."

이처럼 행복과 희망의 말이 폭포수처럼 쏟아져 나왔다. 그는 때묻지 않은 대자연에서 쓰고 싶은 글을 마음껏 썼는데 그렇게 쓴 첫 소설이《행복의 골짜기》이다. 그는 소설을 쓰면서 더욱 자신감을 갖게 되었다.

이후, 그는《폭풍의 눈》을 통해 문학가들에게 주어지는 최고의 영예인 노벨문학상을 수상하는 영광을 안았다. 그의 영광은 스스로에게 불만족해하며 고통을 말하던 입에서 스스로를 사랑하고 존중하는 희망의 말을 쏘아 올린 결과였다.

호주의 광활한 대지는 그에게 꿈이며 희망이었다. 그는《죽은 자와 산 자》,《불타버린 사람들》등 많은 작품을 남김으로써 자신의 인생을 성공적으로 완성했다. 일이 뜻대로 되지 않을 때 스스로에 대해 불평을 쏟아내던 입이 희망의 말을 쏘아 올리자 패트릭 화이트의 삶은 완전히 변화했다. 고통의 말은 '부정'이며 '절망'이며 '포기'이다. 반대로 희망의 말은 '꿈'이며, '긍정'이며 '용기'이다.

같은 상황에서도 어떤 마음을 갖고 자신을 어떻게 대하느냐는 매우 중요하다. 지금 이 순간, 자신이 처한 상황이 최악이라면 패트릭 화이트가 자신을 진정으로 사랑하고 충실을 기했듯이 자신을 완전히 변화시켜야 한다. 삶은 언제나 변하기 마련이다. 힘들수록 스스로를 원망하고 불평하지 말고, 진정으로 자신을 사랑함으로써 변화를 시도해야 한다. 그러면 고통을 말하던 입에서 희망의 말이 쏟아져 나오고, 끝내는 자신을 자신이 원하는 대로 산뜻하게 변화시킬 수 있다.

그렇다. 자신을 진정으로 사랑하는 사람은 자신에 대해 함부로 하지 않는다. 오직 자신이 잘될 수 있도록 최선을 다한다. 하나뿐인 자신의 빛나는 인생을 위해 스스로를 사랑하고 존중하는 일에 최선을 다하라.

치열하게 자신을 극복하는 힘을 길러라

차라리 죽음을 택하고 싶을 만큼
번민하고 고뇌하며 고난을 뛰어넘는 자는,
과거의 자신으로부터 완전히 벗어날 수 있다.

니체 어록 27

성공한 인생이 되기 위해서는 치열하게 삶과의 전투를 벌여야 한다. 삶은 전쟁이라는 말이 있듯 치열한 경쟁 시대에서 자신이 바라는 삶을 구현具現한다는 것이 그만큼 힘들기 때문이다.

그런데 자신이 바라는 것을 이루기 원하면서도 대개는 실재에 있어서 그렇지 못하다. 생각만 했지 자신이 바라는 바를 이루기 위한 노력이 미치지 못하기 때문이다. 동서고금을 막론하고 그가 누구든 성공한 인생을 살았거나 살고 있는 사람들은 치열하게 삶과 전투를 벌이고 이룬 결과라는 것이다. 특히, 자신과의 싸움에서 이겼다는 것에 그 의의가 있다고 하겠다.

왜 그럴까. 자신과의 싸움에서 지면 그 어떤 것과의 싸움에서도 이길 확률이 낮기 때문이다. 그런 까닭에 삶과의 전투에서 이기려면 먼저 자신과의 싸움에서 반드시 이겨야 한다. 니체는 "차라리 죽음을 택하고 싶을 만큼 번민하고 고뇌하며 고난을 뛰어넘는 자는, 과거의 자신으로부터 완전히 벗어날 수 있다"고 말한다. 여기서 차라리 죽음을 택하고 싶을 만큼 번민하고 고뇌하며 고난을 뛰어넘는다는 말은 자기 극복을 의미한다. 그러니까 자신이 바라는 것을 취함으로써 지금과 다른 나로 살고 싶다면, 죽음을 택할 만큼 번민과 고뇌하며 고민을 뛰어넘어서라도 과거의 자신으로부터 벗어나야 한다는 것이다. 다시 말해 새롭게 거듭나야만 자신이 바라는 바를 이뤄낼 수 있다는 말이다.

왜 그럴까. 이에 대해 니체는 새로운 빛과 어둠을 체험함으로써 전혀 다른 자신으로 변모하고, 그 후에는 주변 사람들이 오래된 유령처럼 보이는 법이라고 말한다. 또 지인들의 목소리는 전혀 현실감이 없으며 마치 희미한 그림자의 목소리처럼 들리고, 심지어 시야가 극히 좁은, 풋내 나는 미숙한 영혼으로 느껴지기도 한다고 말한다. 그리고 자기 극복을 치열하게 거듭하는 자일수록 더 많이, 더 격렬히 성장하고 변화한다고 말한다. 그러니까 자기 극복을 치열하게 하면 할수록 그 어떤 것으로부터도 방해받지 않고 더욱 강건해지고 그로 인해 더 발전하게 되고 자신이 바라는 것을 이룰 수 있기 때문이다. 다음은 삶과의 전투에서 치열하게 거듭 자기를 극복함으로써 빛나는 인생을 살았던 이야기이다.

유대인으로서 유럽에서 가장 보수적인 영국 의회에 진출해 두 차례나 총리를 역임한 벤저민 디즈레일리. 그가 영국 의회에 길이 남는 명정치가가 될 수 있었던 것은, 좌절을 모르는 강인한 확신주의에서 이끌어 내는 능력이 출중했기 때문이다.

그러나 이런 그도 총리가 되기 전에는 많은 문제점을 갖고 있었다. 그는 젊은 시절 호기를 부려 사람들로부터 허세를 부린다는 비난을 받기도 했다. 주식에 투자하고, 사업에도 손을 댔으나 번번이 실패했다. 연이은 실패에 따른 좌절과 방황으로 4년 넘게 허송세월을 보내기도 했다.

정계에 입문해서는 수차례에 걸쳐 낙선했다. 한마디로 젊은 날의 그의 인생은 실패의 연속이었다. 그럼에도 그는 좌절하지 않았다. 좌절은 곧 인생의 패배라는 것을 경험을 통해 깨달았기 때문이다. 디즈레일리는 실패를 거듭할수록 치열하게 자기 극복을 위해 더욱 노력했다. 더군다나 유대인인 그를 못마땅하게 생각하는 보수적인 의회에서 살아남기 위해서는 절대적인 자기 극복이 필요했던 것이다.

독서광이었던 그에게 책은 인생의 이정표와도 같았다. 그는 많은 책을 읽으며 지식을 쌓고 지혜를 터득했으며, 한 달에 4권의 책을 읽을 것을 권고한 것으로 유명하다. 수차례에 걸쳐 낙선을 했던 그는 정계에 대한 꿈을 버리지 않고 도전한 끝에 경쟁자를 물리치고 드디어 총리의 자리에 올랐다. 총리가 된 그는 영국이 안고 있는 문제점들을 하나하나 풀어가기 시작했다. 수시로 반대에 부딪치는 시련도 있었지만, 그러면 그럴수록 그의 의지는 더욱 불타올랐다. 그는 때론 협조를 구하기도 하고, 또 때론 강하게 밀어붙이는 등 자신이 계획한 정책들을 실현시켜 나갔다.

대표적인 그의 공적은 가난한 노동자들의 주거개선법을 시행해 빈민가를 새롭게 단장하며 서민들이 쾌적한 환경에 주거하도록 한 것이다. 그 외에도 복잡했던 공중보건법을 크게 개선했고, 노동 착취를 방지하는 공장법과 노동자 단체의 지위를 인정하는 두 개의 노동조합법 제정도 그의 업적이다. 대외적인 업적으로는 당시 이집트 수에즈운하를 인수한 것이 있다. 수에즈운하 인수는 영국의 강국 이미지를 부각시키는 것은 물론 국민들에게 지도력을 인정받는 데 크게 작용해 그의 정치적 입지를 더욱 견고하게 해주었다.

러시아와 투르크 간의 전쟁으로 영국은 인도로 가는 길에 방해받지는 않을까 염려했다. 디즈레일리는 전쟁으로 지쳐있는 러시아에게 세를 과시하며, 영국은 전쟁으로 발생하는 어떤 불

이익도 허용하지 않겠다는 강한 의지를 보였다. 러시아가 투르크에 강요한 산스테파노조약은 1878년 베를린에서 열린 유럽 의회에 상정되었는데, 디즈레일리는 회의에 참석해 러시아로부터 원하는 것을 모두 받아냈다. 이 일은 영국의 자긍심을 드높인 역사적 사건이라 불리며 그의 정치적 위상을 높여 주었다. 그는 빅토리아 여왕의 총애와 신임을 받음은 물론 국민들에게 위대한 정치가로 깊이 각인되었다.

디즈레일리의 승부사 기질은 영국의 정치사에서 가장 독보적이다. 그의 승부사 기질은 강직한 인품에서 기인한다. 좌절을 모르는 유대인의 기질과 지혜로 정치적 역량을 드높이며 반대 세력을 굴복시킴으로써 그는 총리로서의 입지를 탄탄하게 굳힐 수 있었던 것이다. 디즈레일리가 영국의 총리로 있는 동안 '대영제국은 해가 지지 않는다'라는 말이 있을 정도로 영국은 전 세계적으로 강력한 국가로서의 위상을 떨쳤다.

디즈레일리는 빅토리아 여왕의 절대적인 신임을 얻음으로써, 가슴속에 품은 꿈을 맘껏 펼쳐 보이며 많은 국민들로부터 존경과 찬사를 받은 열정과 의지의 위대한 정치가로 영국 정치계에서 가장 성공한 정치인으로 평가받고 있다.

디즈레일리가 성공한 정치가가 되고 풍요로운 인생이 될 수 있었던 것은 수많은 실패와 좌절을 겪으면서도 치열하게 자기 극복을 위해 최선을 다했기 때문이다. 더구나 유대인으로서 이 민족이었던 그는 더 많은 노력이 따라야 했다. 그래서 때론 고독하고 힘들고 외로웠지만 그럴 때일수록 더욱 스스로를 강하게 담금질했다. 그렇게 해서 더욱 단단해진 그는 그 누구와의 경쟁에서도 이길 수 있었으며, 자신이 바라는 바를 이뤄냈던 것이다.

이 세상 그 어떤 것도 그냥 되는 것은 없다. 더구나 큰 뜻을 펼치기 위해서는 더 치열하게 자신을 담금질해야 한다. 그렇게 해야만 자신이 바라는 인생을 살 수 있기 때문이다.

그렇다. 치열한 자기 극복은 자신이 바라는 바를 이루는 성공의 원천인 것이다.

잘 살아가는 데 반드시 필요한 토대

주어진 임무나 약속을 잘 이해하고
꾸준히 지키기 위해서는
충분한 이해력과 기억력이 필요하다.
이해력과 기억력은 단련해 획득할 수 있는 지성의 일부다.
또한 상대에 대해 혹은 멀리 있는 누군가에 대해
동정심을 갖기 위해서는 충분한 상상력이 필요하다.
상상력 또한 훌륭한 지성의 일부다.
인간적인 윤리나 도덕이라는 것은
이런 식으로 지성과 강하게 결부되어 있다.
그리고 지식이 없는 지성이라는 것은 있을 수 없다.
그러므로 아무런 도움이 되지 않는 듯
보이는 지금의 공부 하나하나가
잘 살아가는 데 필요한 토대가 된다고 할 수 있다.

니체 어록 28

잘 살기 위해서는 그렇게 할 수 있도록 준비가 되어 있어야

한다. 아무런 준비 없이 또는 즉흥적으로는 절대 자신이 바라

는 대로 잘 살 수 없다. 다시 말해 제대로 된 준비 없이 잘 살길

바란다는 것은 그림 속에서 보석을 찾는 거와 같이 어리석은 일이다. 여기서 잘 산다는 것은 부를 쌓아 경제적으로 풍요롭게 산다는 의미도 있지만, 그보다는 그것이 무엇이든 자신이 원하는 삶, 행복한 삶을 의미한다고 하겠다. 경제적으로 부유하든 자신이 바라는 삶을 행복하게 살든 그렇게 살기 위해서는 그렇게 할 수 있도록 준비를 해야 한다.

니체는 잘 살아가는 데 필요한 토대, 즉 바탕이 되는 것에 대해 다음과 같이 말했다. 첫째는 주어진 임무나 약속을 잘 이해하고 꾸준히 지키기 위해서는 충분한 이해력과 기억력이 필요하다. 이해력과 기억력은 단련해 획득할 수 있는 지성의 일부다. 둘째는 상대에 대해 혹은 멀리 있는 누군가에 대해 동정심을 갖기 위해서는 충분한 상상력이 필요하다. 상상력 또한 훌륭한 지성의 일부다. 인간적인 윤리나 도덕이라는 것은 이런 식으로 지성과 강하게 결부되어 있다. 셋째는 지식이 없는 지성이라는 것은 있을 수 없다. 그러므로 아무런 도움이 되지 않는 듯 보이는 지금의 공부 하나하나가 잘 살아가는 데 필요한 토대가 된다고 할 수 있다.

니체가 말한 핵심은 지금 공부하는 것 하나하나가 자신을 잘 살아가게 하는 원천이 된다는 것을 뜻한다. 그런 까닭에 꾸준한 배움을 통해 지식을 쌓아 지성을 갖춰야 한다. 학문의 목적과 배움의 가치에 대해 영국의 정치가이자 정치학자인 제임스 브라이스James Bryce는 다음과 같이 말했다.

"학문의 목적은, 사람이 지갑에 돈을 간직하고 있는 것과 같이 지식을 갖고 있게 하는 것이 아니라 지식을 우리의 몸에 스며들게 하는 데 있다. 즉, 먹은 음식이 몸에 활력을 주고 기력을 돋우는 혈액이 되는 것과 마찬가지로 배운 지식은 자신의 사상이 된다."

제임스 브라이스가 말하는 학문의 목적은 지식이 몸에 스며들어 자신의 사상을 만드는 것이라는 것을 알 수 있다. 그러니까 자신의 사상을 만들기 위해서는 배움을 통해 지식을 쌓아야한다는 것이다. 이는 니체가 말한 지식이 없는 지성이라는 것은 있을 수 없다는 말과 일맥상통한다. 왜냐하면 지식은 곧 지성을 기르기 위한 방편인 바, 지성이란 사상과 아주 밀접한 관계가 있는 까닭이다.

지성知性이란 '지각된 것을 정리하고 통일해, 이것을 바탕으로 새로운 인식을 낳게 하는 정신 작용'을 말하는 것이다. 사상이란 바로 이러한 지성의 작용으로 형성되는 것으로서 지성과 사상은 동일 선상에서 놓고 보아도 아주 타당한 정신적 작용인 것이다. 이런 관점에서 볼 때 니체의 말이나 제임스 브라이스의 말은 일맥상통한다고 할 수 있다. 배움을 단순히 좋은 직장에 취직이나 하는 수단으로 여긴다면 이는 올바른 공부의 자세가 아니다. 이는 마치 배움을 돈을 버는 수단으로 전락시키는 유치한 발상에 불과할 뿐이다.

　그렇다. 진정한 배움의 가치는 지식을 쌓음으로써 지성을 길러 자신이 바라는 삶을 사는 데 있다. 또한 자신의 사상을 지님으로써 행복하게 살아가는 데 도움이 되는 데 있는 것이다.

니체가 생각하는 위대한 인간이란?

위대한 인간이란
역경을 극복할 줄 아는 동시에
그 역경을 사랑할 줄 아는 사람이다.

니체 어록 29

위대偉大란 글자에서 '위偉'는 '훌륭하다'는 뜻이고 '대大'는 '크다'는 것을 뜻하는 바, 위대한 인간이란 글자 그대로 '훌륭하고 큰 사람'을 뜻한다. 그러니까 훌륭한 사람은 대개의 사람과는 달리 자신의 분야에서 큰 업적을 이룬 사람을 뜻한다고 하겠다. 위대한 인간이 되기 위해서는 재능이 출중하다거나, 머리가 뛰어나다거나 보통 사람들로서는 할 수 없는 능력을 지녀야 한다. 그런 까닭에 위대한 인간은 존경받을 만한 가치를 지닌다. 그런데 니체는 위대한 인간에 대해 이렇게 말했다.

"위대한 인간이란 역경을 극복할 줄 아는 동시에 그 역경을 사랑할 줄 아는 사람이다."

니체의 말을 보면 위대한 인간의 조건은 매우 평범해 보인다. 역경을 극복할 줄 알면서도 역경을 사랑한다는 말이 이를 잘 말해준다. 그러나 니체의 말은 매우 일리가 있고 적확하다. 왜냐하면 역사적으로 우리가 위대하다고 말하는 사람들은 자신이 하는 일을 성공적으로 이끌어 내기 위해 그 어떤 어려움도 능히 이겨냈기 때문이다. 니체의 관점으로 볼 때 역경은 위대한 인간이 될 수 있는 가이드라인으로 볼 수 있다. 즉, 그 어떤 역경이라도 맞서 이겨내면 위대한 인간의 군群에 들 수 있다는 말이다. 그러니까 역경을 역경으로만 보지 말고 자신이 잘될 수 있는 기회라고 여겨 역경에 맞서 힘써 행해야 한다. 다음은 치욕적인 역경을 극복하고 자신이 뜻한 바를 이룸으로써 후세에 존경받는 인물에 대한 이야기이다.

중국의 역사서 가운데 가장 대표적인 《사기史記》는 총 130권의 방대한 분량으로 사마천司馬遷의 역작이다. 사마천의 직책은 태사령으로 천문 관측, 달력 개편, 국가 대사와 조정 의례의 기록을 맡았다. 그는 태사령이었던 아버지 사마담이 이루지 못한 꿈을 이루고자 《사기》 집필에 돌입했다. 그러던 중 뜻하지 않는 인생 최대의 고난을 맞게 되었다.

한나라 7대 황제인 무제는 이부인을 총애했는데, 그러던 어느 날 무제가 이릉 장군을 불러 말했다.

"이릉은 듣거라. 이광리가 흉노를 정벌할 수 있도록 힘써 보좌해라."

무제는 이부인의 오빠인 이광리가 흉노 정벌의 공을 세우도록 명장 이릉에게 이광리를 도울 것을 명령했다. 하지만 이릉은 명을 따르지 않고 별동대 5천을 이끌고 침입해 흉노 선우의 3만 병력과 싸워 수천 명의 목을 베었다. 흉노의 선우는 11만의 병력으로 이릉을 공격했지만 이길 수 없자 철군을 결심했다.

이때 이릉의 부하 중 한 명이 잘못을 저지르고 징벌을 피해 흉노로 도주했다. 그런 뒤 이릉의 군대는 원병도 없고 화살도 거의 바닥이 났다고 말헀다. 이에 철군하려던 선우는 이릉을 공격했다. 결국, 중과부적衆寡不敵으로 이릉은 포로로 잡히고 말았다. 이때 흉노의 선우는 이릉을 얻기 위해 자신의 딸을 주며 사위로 삼았다. 이를 알게 된 무제는 노발대발하며 이릉의 노모와 처자를 참형에 처하고, 그의 죄를 문책하는 회의를 열었다. 무제는 노기를 띤 채 말했다.

"이릉은 나를 배반했다. 이 역적을 어떻게 했으면 좋은지 다들 말해 보라."

누구도 쉽게 입을 열지 못하는데, 그때 사마천이 조용히 입을 열었다.

"폐하, 지금은 이릉이 고육지책으로 그리 헀으리라 생각됩니다. 그는 훗날 반드시 황은에 보답하리라고 신은 믿사옵니다."

이릉을 두둔하는 사마천의 말을 듣고 무제는 진노해 말했다. 그의 충언은 불난 집에 기름을 붓는 격이었다.

"네 놈이 정녕 생각이 있는 것이냐. 여봐라! 저놈을 당장 극형에 처하도록 하라."

서슬 퍼런 무제의 한마디에 사마천은 결국 생식기를 잘리는 궁형에 처해지고 말았다. 당시, 궁형은 남자에게는 가장 치명적이고 수치스러운 형벌이었다. 남성성을 잃은 남자의 비애는 말로 형언하기 힘들 만큼 고통 그 자체였다. 그렇다고 사마천은 스스로 목숨을 끊을 수도 없었다. 아버지의 당부인《사기史記》를 집필해야 했기에 수치스러워도 참으며 집필에 몰두해야 했고, 마침내《사기》를 완성시켰다.

사마천의 이야기는 많은 생각을 하게 한다. 남자로서 치명적인 일을 겪으며 죽고 싶을 만큼 역경에 처했지만, 인고의 세월을 견디며 아버지와의 약속을 지킨 그의 심정은 어떠했을까. 그 심정은 이루 말할 수 없었을 것이다. 그럼에도 그는 치욕적이고 수치스러운 역경을 이겨내고 자신의 목적을 이루었으니, 인간 승리라 하기에 부족함이 없다 하겠다. 역정을 이겨내고 위대한 인간으로 추앙받는 사람들 중엔 인간의 상상을 초월하는 시련을 극복한 이들이 많다. 그랬기에 그들은 위대한 인간으로 우뚝 설 수 있었던 것이다.

그렇다. 역경이 닥치더라도 역경을 역경으로만 여기면 삶이 고달프지만, 역경을 극복하면 좋은 날이 온다고 믿으며 역경과 맞서 싸우면 반드시 좋은 날이 온다. 이것이 역경을 극복해야 하는 이유임을 잊지 말아야겠다.

삶을 피폐하게 하는 허영심을 경계하라

이 세상에서 가장 손상받기 쉬운 반면
정복되기 어려운 것이 인간의 허영심이다.
아니, 인간의 허영심은 손상받았을 때
오히려 힘이 더 커져
어이없을 정도로 크게 부푸는 것이다.

니체 어록 30

허영심에서 '허영虛榮'이란 '자기 분수에 넘치고 실속이 없이 겉모습뿐인 영화榮華 또는 필요 이상의 겉치레'를 뜻한다. 그러니까 허영심이란 허영에 들뜬 마음을 말한다고 하겠다. 허영심은 인간이라면 누구에게나 있기 마련이다. 다만 정도가 지나치느냐 하는 것에 문제인 것이다. 자기 분수 안에서의 허영심은 문제가 안 되지만 분수를 넘어서면 큰 문제가 된다.

사회적으로 물의를 일으키는 사건들의 여러 요인 중엔 허영심으로 인한 사건이 심심찮다. 뇌물로 명품 시계나 옷, 가방을 받음으로써 빚은 사건들이 그 대표적인 예라고 할 수 있다. 그로 인해 뇌물을 준 자나 받은 자나 법의 심판을 받음으로써 인생의 큰 오점을 남긴다. 니체는 허영심의 문제점에 대해 다음과 같이 말했다.

"이 세상에서 가장 손상받기 쉬운 반면 정복되기 어려운 것이 인간의 허영심이다. 아니, 인간의 허영심은 손상받았을 때 오히려 힘이 더 커져 어이없을 정도로 크게 부푸는 것이다."

니체의 말에서 보듯 허영심이 인간에게 미치는 위험성이 얼마나 막대한지를 잘 알게 한다. 그런 까닭에 허영심을 경계해야 하는 것이다. 허영심이 심한 사람들의 심리적인 특징을 살펴보기로 하자.

첫째, 내면에 열등의식이 잠재되어 있다는 것이다. 이 열등의식을 보상받는 심리적 작용으로 허영심이 발동한다. 둘째, 자신을 드러내고 과시하는 것을 즐긴다. 이런 자세는 심리적 이상 증세로써 허영심은 그것을 채우기 위한 반작용인 것이다. 셋째, 타고난 성품에 기인하는 것이다. 이런 성격의 소유자는 극히 조심해야 한다. 허영심을 고치기가 매우 힘든 타입이기 때문이다.

허영심이 심한 사람들의 심리적인 특징을 세 가지 관점에서 살펴보았듯이 허영심은 반드시 고쳐야 하는 이상적 마인드인 것이다. 허영심이 한 인간에게 미치는 영향을 사실적으로 보여주는 소설이 있다. 프랑스의 소설가 기 드 모파상 Guy de Maupassant

의 《목걸이》로 다음은 그에 대한 이야기이다.

　문부성 하급 관리를 남편으로 둔 마틸드는 예쁘고 멋진 여자다. 하지만 그녀의 마음속은 언제나 화려한 꿈으로 부풀어 있다. 그녀는 화려한 양탄자가 깔린 멋진 대저택에서 하녀들의 시중을 받으며 멋진 드레스를 입고 찬란하게 빛나는 보석으로 치장을 한 자신의 모습을 그리며 입가에 미소를 짓는다. 그러나 상상에서 깨어나면 현실은 정반대다. 작고 낡은 집, 싸구려 소파에 하녀는커녕 자신이 직접 밥하고 빨래하고 청소를 해야 한다.

　마틸드는 하루하루 사는 게 재미가 없다. 그녀의 얼굴은 언제나 시무룩하고 남편에게 곧잘 짜증을 부리지만 가난한 남편으로서는 그녀의 욕구를 채워주지 못한다. 성실한 남편은 아내의 불평불만에도 화 한번 안 내고 그 비위를 다 맞춰준다. 이런 남편이 있다는 것은 여자로서는 매우 행복한 일일 것이다. 그러나 마틸드는 당연하게 여길 뿐 늘 자신을 불행하다고 생각한다.

　그러던 어느 날 장관이 초대하는 파티에 부부 동반으로 참석하게 된다. 그녀가 옷 타령을 하자 남편은 아껴 모아둔 용돈을 탈탈 털어 아내에게 준다. 마틸드는 얼른 옷가게에 가서 마음에 드는 옷을 사서 집으로 온다. 그녀는 퇴근한 남편에게 변변

한 목걸이가 없다고 말한다. 남편은 그녀의 말을 듣고 아무 말도 할 수 없었다. 목걸이를 사 줄 돈이 없었던 것이다.

마틸드는 불평불만을 늘어놓다 부잣집 친구를 찾아가 목걸이를 빌려 파티에 참석했다. 화려한 샹들리에 아래 멋지게 꾸미고 온 여자들 사이에서도 마틸드의 미모는 단연 돋보였다. 음식을 먹고 나서 사람들은 춤을 추기 시작했다. 사람들은 마틸드의 미모에 빠져 춤추다 말고 그녀를 바라보느라 정신이 없었다. 마틸드는 사람들의 눈길이 자신에게 집중되자 더 우아하고 멋지게 춤을 추었다. 파티는 마치 그녀를 위한 것처럼 보였다.

근사한 파티가 끝나고 집으로 돌아온 마틸드는 너무나도 행복한 얼굴이었다. 그러나 잠시 후 그녀는 비명을 질렀다. 목걸이가 없어진 것이다.

마틸드는 그다음 날부터 파출부 일을 하며 돈을 벌어야 했다. 목걸이를 사기 위해서는 3만 5천 프랑이나 있어야 했다. 마틸드가 3만 5천 프랑짜리 목걸이를 사는 데 무려 10년이란 세월이 흘렀다. 그녀는 목걸이를 사서는 친구에게 찾아가 그동안 있었던 이야기를 털어놓았다.

마틸드의 얘기를 듣고 친구는 안타까운 표정으로 그 목걸이는 500프랑 하는 가짜였다고 말했다. 친구의 말을 듣는 순간 마틸드의 얼굴엔 지난 10년의 세월이 주마등처럼 지나갔다. 마틸드의 아름답던 얼굴은 주름이 지고 멋진 몸매는 예전의 몸매가 아니었다. 허영심이 그렇게 만든 것이다.

소설의 주인공 마틸드를 통해 허영심이 얼마나 무가치한 마인드인지를 잘 알 수 있다. 그처럼 곱고 예쁘던 마틸드는 허영심으로 인해 10년이란 세월을 돈 버는 일로 보냈다. 그러는 동안 곱고 예뻤던 그녀는 주름지고 삶의 찌든 모습을 한 여인으로 변하고 말았다. 인간의 삶을 피폐시키는 허영심은 인생을 낭비하게 하는 가장 악적인 요인이다. 그런 까닭에 허영심을 멀리하고 절제력을 키워 마음을 강건케 하라.

4
CHAPTER

인생을 최고로
멋지게 여행하는 법

Friedrich Nietzsche

FRIEDRICH NIETZSCHE

하루의 시작을 좋게 하라

하루의 생활을 다음과 같이 시작하면 좋을 것이다.
즉 눈을 떴을 때 오늘 단 한 사람에게라도 좋으니
그가 기뻐할 만한 무슨 일을 할 수 없을까를 생각하라.

니체 어록 31

어느 해 오월 아침, 잠에서 깨어 현관문을 여니 맑은 햇살이 환하게 웃으며 반겨주었다. 순간, 상큼한 공기가 얼굴에 닿자 온몸에 전율이 일 만큼 산뜻해짐을 느꼈다. 좋았다. 오월 아침 햇살과 공기가 숨 막히도록 좋았다. 이 좋은 아침처럼 오늘도 즐겁고 행복한 하루가 되게 해 달라고 기도를 드렸다. 짧은 기도에도 마음은 한껏 충만해졌다. 날마다 아침을 오늘처럼 상쾌하게 맞아야겠다고 생각하는데, 저 멀리 치악산도 나와 같은 마음인 듯 오늘따라 더욱 푸르게 다가왔다.

그냥 바라보는 것만으로도 참 좋았다. 오늘은 왠지 좋은 일

이 있을 것만 같아 마음이 들뜨기까지 했다. 얼마를 그렇게 서
있다 방으로 들어오니 갑자기 시가 찾아왔다. 나는 자리에 앉아
시를 쓰기 시작했다. 다음은 그때 쓴 〈참 좋은 아침〉이란 시이다.

해맑은 오월 아침
잠에서 깨어 현관문을 여니
풀꽃 향 가득한 상큼한 공기에
온몸이 파르르 전율이 인다.

첫사랑 풋풋한 숨결처럼
가슴에 파고드는 이 가벼운 떨림,

찌든 마음을
말끔히 씻어 내기라도 하는 듯
온몸을 훑어 내리는 공기의 청량함이
사랑하는 이의 손길처럼 부드럽다.

저 멀리 치악산도
가볍게 몸을 흔드는 것을 보면
나와 같은 생각을 하나 보다.

해님과 눈이 마주치자 찡긋 윙크를 한다.

순간, 온몸에 푸른 세포가 돋는지

날아갈 듯 새털처럼 가뿐해진다.

오늘은 왠지 좋은 일이 있을 것만 같다.

참 좋은 아침이다.

이 시에서 보듯 상큼한 마음으로 시작해서 그런지 그날 하루
는 하는 일마다 잘됐다. 첫째는 출판사에서 기획 원고를 써달
라고 해서 흔쾌히 수락했다. 둘째는 내 책을 읽고 좋은 책을 써
줘서 감사하다는 독자의 메일을 받았다. 셋째는 미국에 사시는
누님께서 편지와 소포를 보내주셨다.

그날 이후 나는 될 수 있으면 아침을 기분 좋게 맞아야겠다
고 생각했다. 아침에 기분이 좋으면 그날 하루가 기분이 좋다.
하지만 아침을 무겁게 시작하면 구름 낀 날씨처럼 하루가 우중
충하다. 이를 잘 알았던 니체는 다음과 같이 말했다.

"하루의 생활을 다음과 같이 시작하면 좋을 것이다. 즉 눈을
떴을 때 오늘 단 한 사람에게라도 좋으니 그가 기뻐할 만한 무
슨 일을 할 수 없을까를 생각하라."

니체의 말처럼 하루의 시작을 남을 위해 기쁨을 줄 수 있는

무언가를 생각하고, 그렇게 할 수 있도록 실천한다면 자신은 더 큰 행복을 받게 될 것이다.

그렇다. 아침은 하루를 여는 시작이다. 시작을 좋게 한다는 것은 곧 자신을 잘되게 하고 행복하게 하는 생산적인 일인 것이다.

지금은 니체를 읽어야 할 때

모든 것을 능가하는 사랑의 위력威力

사람의 마음에 사랑이 흐를 때,
나쁜 일을 하지 않으며, 복종이나 덕이
따를 수 없는 그 이상의 것을 해낸다.

니체 어록 32

사랑이란 말은 그 자체만으로도 마음을 따뜻하게 하고 기분 좋게 한다. 사랑의 에너지가 다른 어떤 말보다 크기 때문이다. 그런 까닭에 죽을 만큼 힘든 상황에서도 사랑하는 이의 격려와 위로는 큰 힘이 된다. 또한 사랑하는 사람을 위해서라면 자신을 헌신하면서까지 최선을 다하고, 불가능해 보이는 일도 능히 해낸다. 어디 그뿐인가. 사랑으로 가득한 마음엔 미움이나 나쁜 생각이 발을 들여놓을 틈이 없다.

이 모두는 사랑의 위력이 그만큼 강하기 때문인 바, 우리 인간은 사랑을 통해서만이 진실할 수 있고 행복할 수 있는 것이다. 니체는 사랑의 속성에 대해 이렇게 말했다.

"사람의 마음에 사랑이 흐를 때, 나쁜 일을 하지 않고 복종이나 덕이 따를 수 없는 그 이상의 것을 해낸다."

니체의 말에서 보듯 사랑은 위력이 참 대단하다는 것을 알수 있다. 사랑이 지닌 위력에 대한 몇 가지의 말을 더 살펴본다면 왜 우리는 사랑을 품고, 사랑을 하고 살아야 하는지를 더욱 실감하게 될 것이다.

"사랑할 수 있다는 것은 모든 것을 할 수 있다는 것이다."

이는 러시아의 단편작가 안톤 체호프Anton Chekhov가 한 말로, 사랑이 지닌 무한한 능력을 잘 알게 한다. 이를 잘 알게 하듯 불가능한 것을 가능하게 하는 것은 사랑이 지닌 무한한 능력에 힘입은 바가 크기 때문이다.

"사랑은 봄에 피는 꽃과 같다. 온갖 것에 희망을 품게 하고 향기로운 향내를 풍기게 한다. 때문에 사랑은 향기조차 없는 메마른 폐허나 오막살이집일지라도 희망을 품게 하고 향기로운 향기를 풍기게 하는 것이다."

이는 소설《보바리 부인》으로 널리 알려진 프랑스 소설가 귀스타브 플로베르Gustave Flaubert가 한 말로, 사랑이 지닌 긍정의 힘을 잘 알게 한다.

"사랑을 베푼다는 것은 이 세상을 꽃밭으로 만드는 위대한 열쇠이다."

이는 소설《지킬 박사와 하이드 씨》로 유명한 영국의 소설가 로버트 스티븐슨Robert Stevenson이 한 말로, 사랑이 지닌 무한한 아름다움을 잘 보여준다.

"사랑은 아낌없이 주는 것이다."

이는 러시아의 국민작가이자 톨스토이즘의 창시자인 레프 톨스토이Leo Tolstoy가 한 말로, 아낌없이 베푸는 사랑의 위대성을 잘 알게 한다. 니체를 비롯한 안톤 체호프, 귀스타브 플로베르, 로버트 스티븐슨, 레프 토스토이의 '사랑'에 대한 말에서 알 수 있듯 사랑은 아름다움이며, 아낌없이 베푸는 것이며, 위대한 헌신이며, 불가능을 가능하게 하는 힘이라는 걸 알 수 있다.

그렇다. 진정으로 인간답게 살고 행복하고 싶다면 사랑을 하고, 사랑을 베풀어라. 사랑은 인간이 살아야 할 이유이자 존재의 근원인 것이다.

FRIEDRICH NIETZSCHE

불필요한 말을 삼가고 꼭 필요할 때 말하라

사람은 잠자코 있어서는 안 될 경우에만 말해야 한다.
그리고 자기가 극복해 온 일들만을 말해야 한다.
다른 것은 모두 쓸데없는 것에 지나지 않는다.

니체 어록 33

　말은 자신의 생각을 상대방에게 전하는 중요한 수단이다. 그런 까닭에 자신의 생각을 분명하게 전하기 위해서는 논리에 맞게 해야 한다. 또 말을 할 때 상대방이 누구냐에 따라 예의에 맞게 해야 하며, 상대방이 말할 때는 경청傾聽의 자세를 잃어서는 안 된다.

　말실수를 잘 하는 사람들에겐 아주 뚜렷한 공통점이 있다. 그것은 필요 이상의 말을 많이 한다는 것이다. 말을 많이 하다 보면 하지 않아도 될 말을 자신도 모르게 하곤 한다. 그런데 문제는 불필요한 말은 상대방의 심기를 건드리게 되고, 그로 인해 불상사를 일으키기도 한다. 그런 까닭에 말수를 줄이고 불필요한 말은 하지 않는 게 좋다. 이에 대해 중국 춘추전국시대의 학자이자 사상가인 묵자墨子는 이렇게 말했다.

"말이 많으면 쓸 말은 상대적으로 적은 법이다."

묵자가 이 말은 한 데에는 다음과 같은 일화가 있다.

어느 날 자금이라는 사람이 묵자를 찾아와 고민을 털어놓으며 가르침을 청했다.

"선생님, 저의 고민을 청하오니 가르침을 주십시오."

"그래요? 무슨 일인지 말해 보시오."

묵자는 인자한 미소를 띠며 대답했다.

"저는 말을 잘하는 사람을 보면 존경심이 듭니다. 말을 잘하는 사람들은 발음도 정확하며 태도 역시 반듯합니다. 저는 사람들 앞에만 서면 다리가 심하게 떨리고 말을 할 수가 없습니다. 말을 잘할 수 있는 방법을 제게 가르쳐 주십시오."

자금은 말을 마치고 묵자의 가르침을 기다렸다.

"말은 그다지 중요하지 않소. 세상 만물 모두가 말하고 살지는 않지요. 천지를 환히 비추는 해와 달도 언제나 말없이 제 일을 하지요. 나무가 말을 하지 않아도 우리에게 주는 이로움은 줄어들지 않지요. 아무리 말을 잘한다고 해도 검은 말을 하얗게 만들 수는 없지요."

묵자의 말에 자금은 고개를 끄덕이며 경청했다. 그래도 궁금증이 풀리지 않아 다시 물었다.

"선생님, 말을 잘하는 능력이 있다면 효용성이 매우 클 것입니다. 어떻게 하면 되겠는지요?"

"그대가 간청하니 예를 들어보겠소. 파리와 모기는 하루 종일 소리를 내지요. 그런데 그 소리가 아름답다는 생각이 들던가요? 그들이 내는 소리는 아무런 도움이 되지 않으며 오히려 사람들을 괴롭게 할 뿐이지요. 반대로 수탉은 아무 때나 울지 않지요. 수탉은 날이 밝기 시작할 때 우는데 이 소리를 듣고 사람들은 잠에서 깨 일과를 시작하지요."

묵자의 말에 자금은 무릎을 쳤다. 그는 묵자에게 거듭 감사를 표하고 깊은 깨달음을 안고 돌아갔다.

이 이야기에서 보듯 말은 많이 한다고 해서 좋은 게 아니라는 걸 잘 알 수 있다. 말이란 할 말만 할 때 더 말의 가치를 드러내는 법이다. 니체 또한 불필요한 말을 삼가라며 이렇게 말했다.

"사람은 잠자코 있어서는 안 될 경우에만 말해야 한다. 그리고 자기가 극복해 온 일들만을 말해야 한다. 다른 것은 모두 쓸데없는 것에 지나지 않는다."

니체의 말에서 보듯 하지 않아도 될 말은 절대 하지 말아야 한다. 꼭 필요한 말만 하는 것이 좋다. 그래야 탈이 없는 법이다.

《전당서全唐詩》〈설시편舌詩篇〉에 구시화문口是禍門이라는 말이 있다. '입은 재앙의 문'이라는 뜻으로 세상사의 모든 화는 입에서 나옴을 의미한다. 다음은 이 말에 대한 유래이다.

당나라 때 풍도馮道라는 이가 있었다. 그는 882년 당나라 말기 하북성 영주의 평범한 가정에서 태어났다. 어릴 때부터 책과 글을 좋아하고 문학적 재능이 뛰어나 사람들로부터 미래가 촉망되는 기재라는 말을 들었다. 그는 당나라 말기 유주절도사 휘하의 속리로 첫 관직 생활을 시작했다. 비록 미관말직이었지만 그는 절도와 원칙에 따라 행동해 상관들은 물론 동료들도 그를 함부로 대하지 않았다.

당시 당나라는 황제의 권위가 추락하고, 국가로써의 조직력이 약해질 대로 약해져 지방의 절도사들이 각 지역을 마치 왕처럼 통치했다. 그러다 907년 당나라는 절도사 주전충에 의해 멸망하고 주전충은 후량을 건국했다. 주전충은 황제로 등극하고 그의 동지인 이극용은 진왕이란 칭호와 함께 후량을 다스렸다. 그러다 이극용이 1년 만에 죽고 그의 아들인 이존욱이 진왕이 되었다.

이때 풍도는 유주절도사 유수광 밑에 있었다. 유수광은 야심가였다. 그는 이존욱과 전쟁 준비를 했다. 이때 풍도는 진왕은 물론 후량과 싸울 수 없다고 말하다 옥에 갇히고 말았다. 유수광은 이존욱과 전쟁을 벌였지만 패하고 말았다. 바로 이때 풍도는 자신의 운명을 바꿀 사람을 만났다. 그는 바로 장승업이다. 그는 환관 출신이지만 이존욱이 그를 형이라고 부를 만큼 절친한 사이였다. 그는 풍도가 옥에 갇힌 사실을 잘 알고 있어 그를 이존욱에게 소개했고, 그의 능력을 간파한 이존욱은 그를 자신의 참모로 삼았다.

그 후 후당의 황제가 된 이존욱은 풍도를 재상으로 임명했다. 풍도는 백성을 지극히 위하는 마음으로 비난을 받으면서까지 위기 때마다 자신을 지켜나가면서 5대 10국이 교체되는 혼란기에 다섯 왕조 여덟 성씨 열한 명의 천자를 섬기며 무려 50여 년 동안이나 고위 관직에 있었다. 난세에 30년은 고위 관리로 20년은 재상으로 지내면서 천수를 누리고 73세에 죽은 그야말로 전무후무한 처세의 달인이었다.

풍도는 자신의 처세관을 남겼는데 그중 하나가 구시화문口是禍門이다. 구시화문의 유래에서 보듯 항상 말을 조심해야 한다. 모든 흉복凶服은 말에서 비롯되기 때문이다. 다음은 말로 인해 참화를 입은 이야기이다.

진秦나라의 시황제가 죽자 진승이 난을 일으켰다. 그러자 여기저기서 자신들의 세력을 규합해 들고 일어났다. 나라는 사분오열되고 밤낮으로 피비린내를 풍기며 서로를 공격했다. 그런

데 이때 천하호걸 항우項羽가 등장함으로써 하나씩 하나씩 패퇴시키고 막강한 힘을 과시했다. 그 어느 누구도 항우의 적수가 되지 못했지만 단 한 사람 패현 출신의 건달이었던 유방劉邦만이 항우의 적수로 남았다. 유방에게는 한나라 건국 3걸로 불리는 장량과 소하, 한신이 있었다. 하지만 유방은 아직 항우의 적수가 되지 못했다. 유방이 진나라의 도읍 함양을 먼저 차지했지만, 이를 알고 뒤늦게 도착한 항우에게 함양을 내주고 도망치듯 쫓기어 갔다.

항우는 이미 항복한 진왕 자영을 처형하고, 학살을 일삼고 궁궐을 불태우는 등 온갖 만행을 저질러 그에 대한 백성들의 감정이 좋지 않았다. 항우는 기고만장해서 자신 위에는 사람이 없다며 온갖 만행을 저질렀다. 그 어느 누구도 그에게 진언을 하는 이가 없었다. 항우 밑에는 한생이란 이가 있었다. 그는 간의대부로 항우를 보필했다. 항우는 함양이 맘에 들지 않아 자신의 고향인 팽성으로 도읍을 옮기겠다고 말했다. 그러자 한생이 말했다.

"관중은 산과 강으로 가로막혀 있는 천해의 요새이자 비옥한 땅이 있는 곳입니다. 이곳을 도읍으로 해 천하를 제패하는 것이 좋을 듯합니다."

이에 항우는 버럭 화를 내며 말했다. 그는 고향으로 돌아가 출세한 자신을 자랑하고 싶었던 것이다.

"지금 길거리에서 떠도는 노래를 들어보니 그 내용이 '성공하고도 고향으로 돌아가지 못하면 비단옷을 입고 밤길을 다니는 것과 무엇이 다르리'라고 하던데 이것은 바로 나를 두고 하는 노래가 아니겠느냐. 어서 속히 길일을 잡고 도읍을 팽성으로 옮기도록 하라."

이 말을 들은 한생은 한 치 앞을 내다보지 못하는 항우가 미련스러웠다. 그래서 자신도 모르게 중얼거렸다.

"사람들이 말하기를 초나라 사람은 원숭이에게 옷을 입히고 관을 씌었을 뿐이라고 하더니 그 말이 정말이구나."

한생이 무심코 한 말을 들은 항우는 크게 분노해 말했다.

"무이라. 저놈이 감히 나를 능멸하다니. 지금 당장 저놈을 끓는 기름 속에 넣어 죽여라."

항우의 명령에 따라 한생은 펄펄 끓는 기름 솥에 던져져 죽임을 당하고 말았다.

이 이야기에서 보듯 한생은 당연한 말을 자신 모르게 중얼거렸지만, 그 대가는 참으로 참혹했다. 낮말은 새가 듣고 밤 말은 쥐가 듣는다고 했다. 말을 할 땐 조심 또 조심해야 한다.

그렇다. 말이란 반드시 필요한 소통의 수단이지만 불필요한 말은 삼가고 꼭 필요한 말만 하는 것이 좋다. 또 말을 할 땐 함부로 하거나 불쑥 해서는 안 된다. 그런 까닭에 예부터 삼사일

언三思一言이라 했다. 말을 할 땐 이 말을 해도 좋은지 세 번 생각하고 하라는 뜻이다. 즉, 그만큼 신중을 기하라는 말이다. 이를 마음에 새겨 실행에 옮긴다면 말로 인한 화火를 면하고, 주변 사람들로부터 좋은 평판을 듣게 될 것이다.

FRIEDRICH　NIETZSCHE

모든 것은 그에 맞는 때가 있다

언젠가 날기를 배우려는 사람은 우선 서고, 걷고,
달리고, 오르고, 춤추는 것을 배워야 한다.
사람은 곧바로 날 수는 없다.

니체 어록 34

사람이든 과일이든 곡식이든 다 제 역할을 할 때가 있듯 세
상에 존재하는 모든 것은 다 때가 있는 법이다. 그때를 지킬 때
자신이 바라는 바를 이루게 된다. 하지만 때를 거스르게 되면
낭패가 따르는 법이다. 그런 까닭에 때를 지켜야 하는 것이다.
여기서 때란 순리를 일컫는다. 그러니까 순리를 따라야 뒤탈이
없는 법이다. 이에 대해 니체는 이렇게 말했다.

"언젠가 날기를 배우려는 사람은 우선 서고, 걷고, 달리고, 오
르고, 춤추는 것을 배워야 한다. 사람은 곧바로 날 수는 없다."

니체의 말에서 보듯 모든 것은 다 순서가 있고 때가 있다. 그

런데 단박에 자신이 바라는 것을 성취하려고 한다면 그건 어불성설이다. 모든 것은 다 과정이 있고 그 과정을 거쳐야만 비로소 자신이 바라는 바를 이룰 수 있다. 다음 이야기는 자신의 뜻을 이루기 위해서는 때를 기다리며 철저하게 준비해야 한다는 것을 잘 알게 한다.

1590년 도요토미 히데요시는 일본을 평정하고 최고의 통치자가 되었다. 그는 당시 최대의 경쟁자였던 도쿠가와 이에야스와 마주 앉았다. 그와 최종 담판을 짓기 위해서였다. 숨소리조차 들리지 않을 만큼 분위기가 무거웠다.

"도쿠가와 이에야스에게 묻겠다. 그대는 나와 싸우겠는가 아니면 평화를 택할 것인가?"

"제가 어찌 감히 주군께 도전할 수 있겠는지요. 그런 일은 절대 없을 겁니다."

도요토미 히데요시의 말에 도쿠가와 이에야스는 머리를 숙여 예를 다했다. 이는 굴복을 뜻하는 거였다. 순간 도요토미 히데요시는 만면에 웃음을 지었고, 도쿠가와 이에야스는 훗날을 기약할 것을 속으로 다짐하며 조용히 물러났다. 지금 싸워봤자 자신에게 불리할 게 빤하기 때문이었다.

그 후 도쿠가와 이에야스는 15년을 죽은 듯이 기다리며 기회를 엿보았다. 도요토미 히데요시가 죽고 그의 아들인 도요토미 히데요리를 보호한다는 명분으로 이시다 미츠나리가 들고 일어났다. 이에 도쿠가와 이에야스는 역적을 토벌한다는 명분으로 맞섰다. 9만의 병력을 지닌 이시다 미츠나리에 비해 도쿠가와 이에야스의 병력은 8만이었다. 숫자에서 열세였다. 도쿠가와 이에야스는 이시다 미츠나리의 부하 장수인 고바야카를 포섭했다. 고바야카는 도쿠가와 이에야스가 절대로 배신할 사람이 아니라는 판단하에 도쿠가와 이에야스를 도와서 이시다 미츠나리와 싸웠다. 결과는 도쿠가와 이에야스의 승리였다. 그로 인해 도쿠가와 이에야스는 1603년 에도에 막부를 세웠다. 명실공히 일본 최고의 통치자가 되었다.

도쿠가와 이에야스는 볼모로 13년, 오다 노부나가 아래서 20년, 도요토미 히데요시 아래서 15년 등 총 48년 동안 갖은 굴욕을 참으며 때를 기다린 끝에 마침내 일본을 평정하고 자신의 뜻을 이뤄냈던 것이다. 한 인간으로 볼 때 참으로 대단한 인내가 아닐 수 없다.

선 위 불 가 승 이 대 적 가 승
先爲不可勝 以待敵可勝

이는《손자병법孫子兵法》〈군형편軍形篇〉에 나오는 구절로 '먼저 나를 이길 수 없게 한 연후에 적을 이길 수 있는 때를 기다린다'는 뜻이다. 이 말에 얽힌 이야기로《구당서舊唐書》〈태종본기

太宗本紀〉에 나오는 이야기이다.

618년, 당나라 태종 이세민은 서진西秦의 설인고薛仁杲와 전투를 치르고 있었다. 이세민의 군대는 지금의 섬서성 장무현 북쪽 지역인 고척성에 이르렀다. 설인고는 장수 종나후宗羅睺를 보내 당나라 군대를 방어하도록 했다. 그는 몇 차례 당나라 군대에 도전했다. 이때 이세민의 부하 장수들은 하나같이 종나후 군대를 칠 것을 간언했으나, 이세민은 부하 장수들에게 엄히 말했다.

"우리는 한 차례 패하는 바람에 사기가 떨어져 있지만, 적은 승리에 취해 오만하게 우리를 깔보고 있다. 적이 교만해져 있을 때 우리가 분발하면 단 한 번의 싸움으로 적을 물리칠 수 있다. 그러니 감히 지금 출전하자고 하는 자가 있으면 군법에 따라 처리토록 할 것이다. 그러니 모두들 그리 알라!"

"네, 황제 폐하!"

이세민의 서슬퍼런 언명에 부하 장수들은 굳게 입을 다물었다.

양쪽의 군대는 두 달 이상을 서로 대치했다. 설인고의 군대는 양식이 다 떨어졌고, 당나라 군대에 투항하는 병사들이 늘어만 갔다. 이세민은 적군의 마음이 흩어져 있음을 간파하고, 기회는 바로 이때라며 장군 양실梁實을 천수원으로 보내, 진을

쳐서 적을 유인하도록 했다.

마침내 종나후는 유인 작전에 걸려들었다. 종나후는 정예군을 모두 동원해서 며칠 동안 계속 양실 군대에 공격을 가했지만, 양실은 무너지지 않았다. 이세민은 이제 적이 지쳤을 거라고 판단해 총공격 명령을 내렸고 종나후는 참패하고 말았다.

당 태종 이세민은 자신의 전략대로 적군이 힘이 빠질 때까지 기다린 끝에 일시에 힘을 모아 공격을 가해 설인고 군대를 물리칠 수 있었다.

그렇다. 도쿠가와 이에야스와 당 태종의 경우에서 보듯 세상사에 모든 일은 다 때가 있는 법이다. 그때를 기다리며 철저하게 준비를 하고 있다 때가 오면 불같이 바람같이 일시에 해결하는 것이 이치인 것이다.

하여 이르노니, 자신이 세운 뜻을 이루기 위해서는 서두르지 말고 때를 기다리며 철저하게 준비한 끝에 때가 오면 기회를 잡아 내 것으로 만들어야 한다. 이것이 바로 《손자병법》에서 이르는 승자의 법칙이며, 니체가 한 말은 이를 현대적으로 재해석한 것과 같다 하겠다. 그런 관점에서 볼 때 니체의 철학은 매우 현실적이며 실용적이라고 할 수 있다.

니체의 자유에 대한 정의

자유란
자기 책임에 대한 의지를
갖는 것이다.

니체 어록 35

자유自由의 '자自'는 '스스로 자'를 뜻하고, '유由'는 '말미암을 유'를 뜻하는 말로, 사전적 의미는 첫째, 외부적인 구속이나 무엇에 얽매이지 아니하고 자기 마음대로 할 수 있는 상태를 뜻한다. 그러니까 그 무엇에도 간섭받지 않고 자신이 하고 싶은 것을 할 수 있는 자유로움을 뜻한다고 하겠다. 둘째, 법률의 범위 안에서 남에게 구속되지 아니하고 자기 마음대로 하는 행위를 뜻한다. 여기서 법률에 어긋나지 않아야 한다. 셋째, 자연 및 사회의 객관적 필연성을 인식하고 이것을 활용하는 일을 말한다고 하겠다.

한마디로 말해 누구의 간섭도 받지 않되 법률에 위배되지 않은 상태에서 자유롭게 행할 수 있는 인간의 권리라고 할 수 있다. 그런데 이런 인간 고유의 권리인 자유가 위협받는다면 그것은 인간 존재 자체를 부인하는 것과 다름없다. 그런 까닭에 동서고금을 막론하고 자유를 구속하고 억압하면 사람들은 똘똘 뭉쳐 자유를 지키기 위해 목숨을 걸고 싸웠다. 자유는 하늘이 준 고귀한 선물이며 마땅히 누려야 할 평등한 권리이다.

그러나 인간들 중엔 자유의 본질을 망각하고 사회 질서를 흐트러뜨리는 자들이 있어 사회적 문제가 되고 있다. 자유는 분명 넘치도록 좋은 것이지만, 그 소중한 자유에는 책임이 따른다. 그러니까 자유를 누리며 살기 위해서는 자유가 훼손되어서는 안 되기에 자유를 지키기 위해서는 자신의 행동에 책임을 져야 하는 것이다. 이에 대해 니체는 다음과 같이 말했다.

"자유란 자기 책임에 대한 의지를 갖는 것이다."

니체의 말에서 '자기 책임에 대한 의지를 갖는 것'이란 말은 자기가 한 행동에 대해 책임져야 함을 뜻한다. 이를 좀 더 실체적으로 말한다면 책임지지 못할 일을 벌여서는 안 된다는 것이다. 그것은 스스로 자유를 파괴하는 행위이니까 말이다. 그런 사람은 자유를 누릴 자격이 없다. 그런 까닭에 자유를 훼손시킴으로써 다른 사람들의 소중한 시간을 빼앗아도 안 되고, 피해를 주어서도 안 되고, 억압해서도 안 되는 것이다.

"자유가 아니면 죽음을 달라."

이는 미국의 정치가이자 독립운동가인 패트릭 헨리Patrick Henry 가 한 말로, 자유의 소중함에 대한 의미가 함축적으로 잘 표현 된 명문장이다. 자유는 죽음과 맞바꿔서라도 지켜야 할 만큼 가치가 있는 것이다. 자유의 개념을 동양적 관점에서 살펴보는 것도 매우 의미 있는 자유에 대한 고찰考察이라고 할 수 있다.

성 인 처 무 위 지 사　행 불 언 지 교　만 물 작 언 이 불 사　생 이 불 유
聖人處無爲之事 行不言之敎 萬物作焉而不辭 生而不有

위 이 불 시　공 성 이 불 거　부 유 불 거　시 이 불 거
爲而不恃 功成而弗居 夫有弗居 是以不去

이는 노자老子의《도덕경道德經》2장에 나오는 말로 '성인은 억 지로 일을 처리하고 않고 말없이 가르침을 행한다. 모든 일이 생겨나도 말하지 않고, 생겨나게 하고도 소유하지 않는다. 무 엇을 해도 드러내지 않으며, 공을 세우고도 거기에 기대지 않 는다. 머물고자 하지 않으므로, 이룬 일이 허사로 돌아가지 않 는다'는 뜻이다.

노자 사상의 핵심은 무위자연無爲自然이다. 앞에 말은 무위자 연의 핵심이라고 할 수 있다. 노자는 '성인'이란 말을 썼지만, 자유를 논하는 관점에서는 보통의 '사람'이라고 하는 것이 옳 다 하겠다.

그러니까 사람은 억지로 일을 처리해서도 안 되고, 말없이 행동으로 보여야 한다. 세상의 모든 것이 생겨도 자연스럽게 받아들이고, 그것을 가지려고 해서도 안 된다. 그리고 무엇을 하더라도 자신을 드러내려고 해도 안 되고, 공을 내세워서도 안 된다. 그리고 거기에 기대서도 안 된다. 또한 자신이 한 것에 머무르지 않으므로 이룬 것을 허사로 돌아가게 해서도 안 된다. 왜냐하면 그것이 자유의 본질이며 자유에 대해 책임지는 일이기 때문이다.

노자가 말하는 자연自然은 '사람의 힘이 더해지지 아니하고 세상에 스스로 존재하거나 우주에 저절로 이루어지는 모든 존재나 상태'를 말하는 것으로 인류가 지구상에 존재하기 전부터 이미 존재하던 것이다. 그러니까 자연은 자율적으로 만들어진 존재이기에 전혀 인위가 가해지지 않은 무위無爲인 것이다. 그러기 때문에 인위人爲가 따르게 되면 질서가 파괴됨으로써 그 대가를 혹독하게 치르게 된다.

지금 우리는 이를 너무도 실감하고 있질 않는가. 충분히 먹고살 만한데도 더 잘 먹고 잘 살겠다고 마구 자연을 파괴했으며, 지금도 무분별하게 파괴 중이다. 그로 말미암아 지구는 급격한 온난화로 크게 위협받고 있다. 이 모두는 자연이라는 기대한 자유를 인간이 무너뜨림으로써 빚어진 일이다. 이처럼 자유란 인간적인 것이든 자연적인 것이든 인위를 가해 파괴되면 문제가 따르게 되는 것이다. 그리고 그것은 곧 인간들 스스로를 위협하는 난관에 봉착하게 된다.

자연이란 있는 그대로 인위를 가하지 않아도 저절로 준행^{準行}하며 제 몫을 다한다. 자유 또한 마찬가지다. 자연스럽게 물이 흘러가듯 간섭하거나 억압해서도 안 되고, 빼앗아서는 더더욱 안 된다. 그리고 주어진 자유를 함부로 써서도 안 된다. 그것은 자연에 인위를 가하는 것처럼 스스로 자유를 가로막은 행위이기 때문이다. 그런 까닭에 자유에는 책임이 따르는 법이다.

이렇듯 노자의 핵심 사상인 무위자연이 의미하는 것은 자유의 본질을 뜻하는 것으로 그것은 물 흐르듯이 순리를 따르는 것이다. 때문에 거기에는 책임이 따라야 하고, 그 책임을 다하지 못하면 그것은 곧 파괴를 불러오게 되는 것이다. 니체가 말하는 '자유란 자기 책임에 대한 의지를 갖는 것이다'는 말과 노자의 핵심 사상인 무위자연이 지닌 본질은 그 의미가 같다고 하겠다.

그렇다. 자유를 누리며 인간답고 행복하게 살길 바란다면, 자신에게 주어진 자유에 대한 책임을 지는 우리가 되어야 한다. 그것이 인간에게 주어진 고귀한 자유에 대한 의무이자 감사함에 대한 예의인 것이다.

진실을 사랑하면 그에게 주어지는 것

진실을 사랑하게 되면
천국에서는 물론이고
이 땅에서도 보답을 받게 된다.

니체 어록 36

───────────◆───────────

진실眞實, 즉 '거짓 없고 참됨'이란 인간이 반드시 갖춰야 할 마인드이다. 진실하면 매사가 아름답고 참되게 행해짐으로써 모두가 행복하게 살아가게 된다. 하지만 거짓이 득세를 하면 매사가 불완전하게 행해짐으로써 모두가 불행하게 살아가게 된다.

그런데 지금 우리가 사는 세상은 어떤가. 진실은 파괴되고 거짓이 판을 치는 세상이 아닌가. 이는 진실이 주인이 되지 못하고 거짓이 주인 노릇을 하기 때문이다. 그렇다면 거짓이 주인 노릇을 하게 된 사유는 무엇인가. 그것은 인간 스스로가 자초한 일이다.

진실을 망각하고 자신들의 탐욕을 위해 혈안이 된 자들이 도처에서 주인 노릇을 하려고 하기 때문에 빚어진 일이다. 물론 아직도 많은 사람들은 진실을 따르고, 양심을 지키고 살려고 노력한다. 하지만 점점 더 진실은 희석이 되고 있다는 걸 피부로 느낀다.

거짓으로 오염된 세상은 극심한 혼돈에 빠져 있다. 자신의 권력과 자국의 이익을 위해서라면 전쟁을 일으키는 일은 아무렇지도 않게 여긴다. 무엇이든 진실의 논리가 아닌 힘의 논리로 해결하려고 한다. 거짓에 빠진 온 세상은 암흑처럼 캄캄하다. 현재도 불안하니 미래는 더욱 불안한 현실이다. 오직 나만 잘 먹고 내 나라만 잘 살면 그만이라고 생각한다. 그런 까닭에 미사일을 쏘아대고, 폭탄을 퍼붓고, 사람들의 목숨을 파리 목숨처럼 여기고, 도시를 파괴시킨다. 이 모두는 진실을 망각한 자들이 벌이는 광란에 의해서다.

이는 비단 나라와 나라만의 문제가 아니다. 개인과 개인 간에도 마찬가지다. 남이 애써 번 돈을 금융사기로 빼돌리고, 전세 사기가 판을 치고, 길 가는 사람을 테러하고, 자신과 아무 상관없는 사람들을 비난하고, 공격하고, 마약과 약물에 중독이 되어 스스로를 파괴하고 사회 질서를 어지럽힌다. 이렇듯 진실이 있어야 할 자리에 거짓이 주인 노릇을 하면 세상은 혼돈에 빠지고 암흑천지가 되고 만다. 그런 까닭에 진실을 소중이 여겨 진실되게 행해야 하는 것이다.

사람이 진실되게 행하지 못하는 것은 탐욕과 거짓이 그 사람의 마음을 움켜쥐고 있기 때문이다. 그런 까닭에 자기 분수를 지키고, 악을 멀리하고, 선한 마음을 갖고자 노력하면 진실되게 살아갈 수 있다.

지 족 불 욕   지 지 불 태   가 이 장 구
知足不辱, 知止不殆, 可以長久

이는 노자老子의 《도덕경道德經》 44장에 나오는 말로 '만족하고 물러설 줄 알면 치욕을 당하지 않고, 멈출 줄 알면 위태롭지 않고, 오래 지탱할 수 있다'는 뜻으로 이를 한마디로 말하면 '진실을 행하게 되면 스스로 지키게 됨으로써 위험에 빠지지 않으므로 오래오래 삶을 누리게 된다'고 할 수 있다. 그러니까 진실되게 행하면 오래도록 복을 누리며 살 수 있다고 하겠다. 이에 대한 니체의 생각 또한 다르지 않다. 그는 진실을 행해야 함에 대해 이렇게 말했다.

"진실을 사랑하게 되면 천국에서는 물론이고 이 땅에서도 보답을 받게 된다."

니체의 말은 어찌 보면 매우 단순한 말처럼 들릴 수 있다. 하지만 그러기에 더 진실하게 다가온다. 그것은 애써 꾸미지 않은 그의 진실한 마음이기 때문이다.

그렇다. 진실은 포장하거나 꾸미는 거짓이 아니다. 있는 그대로 꾸밈없이 따르고 행하는 참인 것이다. 그런 까닭에 진실은 반드시 행해야 할 인간의 도리이자 의무인 것이다. 자신에게 진실하라. 그러면 삶에 진실하게 될지니, 진실되게 사는 자에게는 그에 대한 대가가 주어지는 바 그것은 곧 행복인 것이다.

마음껏 기뻐하며 살아라

더 기뻐하라.
사소한 일이라도 한껏 기뻐하라.
기뻐하면 기분이 좋아질 뿐 아니라,
몸의 면역력도 강화된다.
부끄러워하지 말고 삼가지 말고 마음껏 기뻐하라.

니체 어록 37

───────────────◆───────────────

사람이 살아가면서 항상 기뻐할 수 있다면 얼마나 좋을까. 그것은 곧 매우 만족한 삶을 살고 있다는 방증이기 때문이다. 기쁘면 모든 것을 긍정적으로 생각하게 되고, 마음이 흥겹고 사는 것 자체가 축복으로 여겨지게 된다.

그러나 대개의 사람들은 항상 기뻐할 수 없다. 삶이란 희로애락喜怒哀樂이 번갈아 가면서 되풀이되기 때문이다. 하지만 그럼에도 항상 기뻐하며 살도록 노력해야 한다. 그것은 누구를 위해서가 아니라 자신을 위해서이기 때문이다. 성경에도 이르기를 기쁘게 살아야 한다고 권면하고 있는 바, 그 문구는 다음과 같다.

"항상 기뻐하라."

이는 신약성경(데살로니가전서 5장 16절)에 나오는 말씀으로, 왜 우리가 항상 기쁘게 살아야 하는지를 생각하게 한다. 그 이유는 앞에서도 잠시 언급했듯이 자기 자신의 행복을 위해서다. 그런 까닭에 진정 자신이 행복하게 살고 싶다면 기뻐하는 일을 많이 만들 수 있도록 노력해야 한다. 니체는 기뻐하며 사는 것에 대해 적극 권유한다. 이에 대한 그의 말을 보도록 하자.

"여전히 기쁨은 부족하다. 더 기뻐하라. 부끄러워하지 말고, 참지 말고, 삼가지 말고 마음껏 기뻐하라. 웃어라, 싱글벙글 웃어라. 마음이 이끄는 대로 어린아이처럼 기뻐하라. 기뻐하면 온갖 잡념을 잊을 수 있다. 타인에 대한 혐오와 증오도 옅어진다. 주위 사람들도 덩달아 즐거워할 만큼 기뻐하라. 기뻐하라. 이 인생을 기뻐하라. 즐겁게 살아가라. 웃어라, 싱글벙글 웃어라. 마음이 이끄는 대로 어린아이처럼 기뻐하라. 기뻐하면 온갖 잡념을 잊을 수 있다. 타인에 대한 혐오와 증오도 옅어진다. 주위 사람들도 덩달아 즐거워할 만큼 기뻐하라. 기뻐하라. 이 인생을 기뻐하라. 즐겁게 살아가라."

니체의 말은 매우 역동적이다. 그는 인간의 삶에 기쁨이 부족하다고 말한다. 그런 까닭에 부끄러워하지도 말고, 참지도 말고, 맘껏 기뻐하라고 말한다. 그리고 싱글벙글 웃으며 어린

이처럼 기뻐하라고 말한다. 즉 동심으로 돌아가 웃고 기뻐하면 온갖 잡념을 잊게 되고, 다른 사람에 대한 혐오와 증오까지도 없어진다고 말한다. 나아가 주위 사람들도 덩달아 즐거워할 만큼 기뻐하라고 말한다.

니체의 말처럼 산다는 것은 어쩌면 불가능할 수 있다. 하지만 그렇게 살도록 노력해야 한다. 그렇게 하다 보면 최대한 자신의 인생을 능동적이고 역동적으로 살아가게 됨으로써 매사를 기뻐하며 살아가는 데 큰 도움이 된다. 기쁨이 인간에게 미치는 긍정적인 영향에 대한 말을 보자.

"즐거움의 기쁨은 우리의 목적을 따뜻하게 하고 우리의 지성을 빛나게 하는 거룩한 불이다."

이는 미국의 사회운동가이자 작가인 헬렌 켈러Helen Keller가 한 말로, 기쁨이 인간의 삶과 지성에 도움이 된다는 것을 잘 알게 한다.

"기쁨은 적을 물리치고 가장 어두운 곳으로 빛을 가져오는 비밀 무기이다."

이는 미국의 목사 존 헤이지John Hazy가 한 말로, 기뻐하며 살면 삶의 적, 그러니까 슬픔과 우울함으로부터 벗어나 행복하게 하는 무기, 즉 수단이 된다는 것을 잘 알게 한다.

"기쁨은 인간의 마음속에서 가장 건강한 감정이다."

이는 미국의 목사 티머시 켈러Timothy Keller가 한 말로, 기쁨은 인간의 감정을 건강하게 만들어줌으로써 인간이 삶을 건강하고 행복하게 하는 데 큰 도움이 된다는 것을 잘 알게 한다.

　이상에서 본 바와 같이 기뻐하며 살면 긍정의 에너지가 강하게 작용함으로써 인간에게 미치는 영향이 얼마나 긍정적으로 작용하는지를 잘 알게 한다.

　그렇다. 기뻐하며 살면 건강도 좋아지고, 하는 일도 잘된다. 그런 까닭에 항상 기뻐하며 살도록 노력해야겠다.

FRIEDRICH   NIETZSCHE

일이 있다는 건 좋은 것, 자신의 일을 사랑하라

일이란 좋은 것이다.
직업은 우리들의 생활을 지탱해주는 기반이 된다.
기반이 없다면 인간은 살아갈 수 없다.
기분 좋은 피로와 보수까지 선사한다.

니체 어록 38

일과 사람은 불과분의 관계이다. 사람은 일을 함으로써 존재하고 일은 사람이 있으므로 가치를 지닌다. 다시 말해 사람은 일을 함으로써 자아를 실현하고, 먹을 것을 해결한다. 반면에 일은 사람에게 존재 가치를 실현하게 하고 먹을 것을 제공한다. 그런 까닭에 일과 사람은 늘 함께 하는 것이다.

그렇다면 일은 언제부터 사람과 함께 했을까. 한마디로 말해 일의 역사는 인류가 지구상에 존재했을 때부터 함께 했다. 구석기 시대에는 사람들이 힘을 합쳐 일(사냥)을 해 먹을 것을 해결했다. 그리고 신석기 시대에는 농경사회가 형성됨으로써 농사를 짓고 목축을 하며 먹을 것을 해결했다.

신석기 시대 이후로부터 청동기 시대, 철기 시대를 거쳐 발전을 거듭한 끝에 오늘에 이른 것이다. 구석기 시대와 신석기 시대의 일은 단순히 먹을 것을 해결하기 위한 수단이었다면, 그 이후로부터는 일을 통해 자아를 실현하는 수단과 먹을 것을 해결하는 수단으로 일의 개념과 목적이 체계화되었던 것이다. 니체는 일에 대해 다음과 같이 말했다.

"일이란 좋은 것이다. 직업은 우리들의 생활을 지탱해주는 기반이 된다. 기반이 없다면 인간은 살아갈 수 없다. 기분 좋은 피로와 보수까지 선사한다."

니체의 말은 일이 지니는 가장 근본적이면서도 보편적인 개념이라고 하겠다. 다시 말해 일을 생활의 기반을 이루는 방편으로써 생각했다고 할 수 있다. 어떻게 보면 너무도 빤한 말 같지만 그래서 더욱 공감하게 한다. 여기서 일에 대한 개념과 가치성을 좀 더 확장시켜 생각해보는 것도 일을 이해하고 일을 사랑하는 데 있어 도움이 될 듯싶다. 그래서 일에 대해 여러 사람의 생각을 살펴보기로 하겠다.

"일하는 것이 인생이다. 일하는 사람의 마음에서는 신의 능력과도 같은 힘이 솟구친다. 신성한 생활력이 솟는 것이다. 이 힘은 전능하신 하나님께서 우리에게 내리신 능력이다. 사람이 하기 힘든 노동일수록 그 가치는 고귀하고 신성한 것이다."

이는 영국의 사상가이자 역사가인 토머스 칼라일Thomas Carlyle
이 한 말로 일과 인생 관계의 본질에 대해 잘 알게 한다. 즉, 일
을 하는 사람에게는 신성한 생활력이 솟구치고, 그것은 하나님
께서 인간에게 부여하신 능력이라는 것이다. 일의 가치성은 신
성성만큼 중요하다는 것을 알 수 있다.

사람은 일을 함으로써 존재하고, 일은 인간에게 있어 신성함
을 갖게 할 만큼 중요성을 지닌다. 자신의 일을 열심히 한다는
것은 자신의 인생을 신성하게 하는 의식과도 같으므로, 자신의
일에 열정을 다해야 한다.

"일을 즐겁게 하는 자에게는 세상이 천국이지만, 일을 의무
로 생각하는 자에게는 지옥과 같다."

이는 르네상스 시대 최고의 화가인 레오나르도 다빈치가 한
말로 일에 대한 관점의 차이를 잘 보여준다. 그가 르네상스 시
대의 최고의 화가이자 과학 및 다양한 분야에 걸쳐 뛰어난 업
적을 남길 수 있었던 것은 타고난 그의 천재성에도 있지만, 자
신의 말처럼 일을 즐기며 했다는 데 있다. 일이 즐거우면 새로
운 창의력이 길러지고, 풍부한 상상력을 지니게 된다. 그러나
일을 의무로 여겨 지겹게 생각하면 자신이 지닌 천재성마저도
빈껍데기로 만들고 만다. 그런 까닭에 자신의 인생을 보람 있
게 살고 싶다면 즐겁게 일해야 하는 것이다.

"내가 계속할 수 있었던 유일한 이유는 내가 하는 일을 사랑

했기 때문이라고 확신한다. 여러분도 사랑하는 일을 찾아야 한다. 당신이 사랑하는 사람을 찾아야 하듯 일 또한 마찬가지다."

이는 애플의 창업자 스티브 잡스Steven Jobs가 한 말로 그가 애플을 창업하고 성공할 수 있었던 것은 자신이 하는 일을 사랑했기 때문이라는 걸 알 수 있다. 더욱이 그의 말이 설득력을 지니는 것은 그가 자신이 창업한 애플에서 쫓겨나는 수모를 당했지만, 포기하지 않고 절치부심 노력한 끝에 다시 애플의 CEO가 되어 성공했기 때문이다. 그리고 그 밑바탕에는 자신의 일을 사랑하고 자부심과 긍지를 가졌기 때문이다.

스티브 잡스의 경우에서 보듯 자신이 좋아서 하는 일은 그것이 어떤 일이든 자부심과 긍지를 갖고 해야 한다. 그랬을 때 어떤 난관과 역경이 닥쳐도 이겨내게 됨으로써 자신이 하는 일을 더 잘하게 되고 좋은 결과를 낳게 되는 것이다.

일과 사람의 관계성에 대해 니체, 토머스 칼라일, 레오나르도 다빈치, 스티브 잡스가 한 말을 바탕으로 해서 살펴보았다. 이들은 자신의 인생을 성공적으로 살았다는 공통점이 있다. 그런데 이들을 말을 보면 표현의 차이가 있지만, 하나같이 일을 사랑하고 즐겁고 책임감을 갖고 했다는 것을 알 수 있다. 나아가 일에 대한 철학이 확고했다는 것이다.

그렇다. 이들이 성공할 수 있었던 것은 자신만의 일의 철학을 갖고 즐기면서 일을 했기 때문이다. 자신이 하는 일을 통해 보람을 느끼고 성공하고 싶다면 일을 사랑하라. 그리고 즐기면서 하라. 그것이야말로 자신의 인생에 대한 예의이며 최선의 삶인 것이다.

노력은 헛됨이 없는 것, 쉼 없이 노력하라

쉼 없이 노력하라. 높은 곳을 향해서
끊임없이 노력하는 것은
결코 헛되지 않다.

니체 어록 39

자신이 바라는 인생의 목적이라는 산을 정복하기 위해서는
힘들이지 않고는 절대 오를 수 없다. 반드시 그에 따른 대가를
지불해야만 한다. 힘을 쏟지 않는데 저절로 잘되는 것은 어디
에도 없는 까닭이다.

인생의 목적이라는 산을 정복하기 위해서는 알피니스트가
등정하기 위해 강인한 체력을 기르고, 산을 오르는 훈련을 하
듯 만반의 준비를 다해야 한다. 그렇게 해도 인생의 목적지에
도달하는 사람은 일부분이다. 그런데 별다른 노력도 없이 인생
의 목적지에 오르려고 한다면 그것은 스스로 자기 인생을 기만

하는 것과 같다. 그런 까닭에 온몸과 마음을 다해 쉼 없이 노력해야 하는 것이다.

니체는 쉼 없이 노력하라고 말한다. 그래야 인생의 목적지인 높은 곳을 향해 갈 수 있고, 끊임없이 노력하는 것이 결코 헛되지 않다고 믿어다. 옳은 말이다. 특히, 남들이 보기에 멋지고 행복한 인생은 더더욱 노력을 경주해야 한다. 빛나는 인생은 분골쇄신粉骨碎身하는 자세로 자신의 역량을 강화시키지 않으면 결코 다다를 수 없기 때문이다.

천 행 건 군 자 이 자 강 불 식
天行健 君子以自强不息

이는《역경易經》〈건괘상전乾卦象傳〉에 나오는 말로, '천체의 운행은 건실하다' 그리고 '군자는 그것으로써 스스로 힘쓰고 쉬지 않는다'라는 말이다. 이는 무엇을 의미하는가. 우주 만물 중 천체는 언제나 자연의 법칙대로 운행한다. 한 치의 어긋남도 없다. 어긋남이 있다는 것은 우주의 질서를 깨뜨리는 불미스러운 일이다. 그러나 자연의 법칙은 언제나 우주의 질서 안에서 이뤄지는 까닭에 조화로움을 유지하는 것이다.

또한 높은 학식과 덕행을 가진 군자는 이를 본받아 삶의 질서를 깨뜨리지 않고, 스스로 몸과 마음을 닦고 단련해 자신의 목적을 위해 힘쓰는 자이다. 그렇게 될 때 자신이 원하는 품격 있는 인생 드라마의 주인공이 될 수 있기 때문이라는 뜻이다. 이른바 자강불식自强不息이란 사자성어는 여기서 나온 말로 '스스로 힘쓰고 쉬지 않다'는 의미로 '쉬지 않고 힘써 스스로 노력함'을 뜻하는 말이다. 다음은 스스로 힘씀으로써 자신의 인생을 승리로 이끈 이야기이다.

간서치刊書痴, 즉 '책만 보는 바보'로 잘 알려진 조선 후기 학자 이정 이덕무. 그는 평생 무려 2만 권이 넘는 책을 읽었다고 한다. 그에게 있어 책은 목숨이며, 밥이며, 숨결이며, 기쁨이며, 벗이며, 스승이며, 사상이며, 꿈이었다.

이덕무는 비록 서자로 태어났지만 성격이 곧고 청렴결백했으며 언행이 매우 신중하고도 법도에 한 치도 어긋남이 없었다. 이덕무의 출중함을 알아본 정조는 그를 중용했다. 그는 10년 동안 검서관 일을 하며 많은 책을 저술했는데, 이는 그가 역사와 지리, 초목과 곤충, 물고기 등에 폭넓은 지식을 갖고 있기에 가능했다. 그의 저술 총서라 할 수 있는《청장관전서》는 그의 폭넓은 지식이 아니면 저술할 수 없었다. 그만큼 그의 학문은 깊이가 있었던 것이다.

또한 이덕무는 시문에도 능해 유득공, 박제가, 이서구와 함께 청나라에서 간행된《한객건연집》에 수록된 그의 시가 99수라고 하는데 그의 시를 접한 청나라 문인들 사이에는 명성이 자

자했다. 그는 비록 서자의 몸으로 태어났지만 그 누구보다도 많은 책을 읽었으며 많은 저서를 남겼다. 또한 실학자로서 실학이 발전하는 데 기여한 바가 크다. 이덕무가 서자 출신으로 인생을 성공적으로 살 수 있었던 것은 쉼 없이 노력하고, 끊임없이 자신을 독려하고 힘썼기 때문이다.

또 다른 이야기를 보자. 형설지공螢雪之功이란 말이 있다. 이는 후진後晉의 이한李瀚이 지은 《몽구蒙求》와 《진서晉書》〈차윤전車胤傳〉에 나오는 말로, '개똥벌레와 눈으로 이룬 공功'이라는 뜻으로, 어려운 여건 속에서도 굴하지 않고 부지런히 학문을 닦고 노력하는 것'을 비유해 이르는 말이다. 이 말에 대한 유래이다.

진晉나라 효무제孝武帝 때 차윤車胤이라는 이가 있었다. 그는 어려서부터 성실하고 학문에 뜻이 많았다. 하지만 집안이 워낙 가난해서 낮에는 열심히 일을 해 생활비를 벌고, 밤에는 기름 살 돈이 없이 개똥벌레를 잡아 명주 주머니에 넣어 그것을 빛으로 삼고 공부했다. 각고면려하며 공부한 끝에 훗날 벼슬이 이부상서에까지 이르렀다.

같은 시대에 손강孫康이란 이가 있었다. 이 사람 역시 어려서부터 학문에 열정이 대단했다. 하지만 집이 가난한지라 기름 살 돈이 없었다. 그는 겨울이 되면 창가에 앉아 밖에 쌓인 눈에서 반사하는 빛을 등불 삼아 공부를 했다. 손강 또한 자강불식

自强不息한 끝에 훗날 어사대부가 되었다. 가난하고 척박한 환경 속에서도 굴하지 않고 피나는 노력 끝에 성공한 차윤과 손강을 통해 그 어떤 환경도 불굴의 의지와 신념을 가진 자에게는 손을 들게 된다는 의미를 부여하고 있다.

이덕무와 차윤과 손강은 나라가 다르고 시대가 다른 사람들이지만, 하나같이 스스로 힘써 행함으로써 자신이 처한 어려운 환경을 극복하고 성공한 인생이 되었다.

자신이 뜻한 바를 이루기 위해서는 스스로 힘써 최선을 다해야 한다. 그렇게 하지 않고서 자신의 뜻을 이룬 예는 그 어디에도 없다. 그리고 한 가지 깊이 명심할 것은 노력 없이 행운이 따르기만 기다리지 마라. 그것은 그림 속에서 다이아몬드를 찾는 것보다도 더 어렵다. 그런 까닭에 자신의 노력을 믿고 쉼 없이 정진 또 정진해야 한다.

인생을 최고로 멋지게 여행하는 법

어떤 일이든
다시 시작되는 내일의 나날에 활용하고
늘 자신을 개척해가는 자세를 갖는 것이야말로
인생을 최고로 여행하는 방법이다.

니체 어록 40

사람들이 여행을 하는 것을 보면 성격에 따라 여행하는 스타일도 다 다르다. 어떤 사람은 푸른 파도가 춤을 추는 바다로 여행을 하고, 어떤 사람은 푸른 숲과 상큼한 공기가 좋은 산으로 여행을 하고, 어떤 사람은 배낭여행을 하고, 어떤 사람은 외국으로 여행을 하는 등 사람들은 저마다 자신이 가고 싶은 곳을 정해 여행을 한다. 그런데 여행을 하기 위해서는 여행의 목적에 맞게 준비해야 한다. 그래야 여행지에 맞게 편리하고 즐거운 여행을 할 수 있기 때문이다. 또한 여행의 묘미를 느낌으로써 최고의 즐거움과 행복을 누릴 수 있다.

산다는 것 또한 여행과 별반 다르지 않다. 그런데 문제는 대개가 삶을 여행하는 방법이 비슷하다는 데 문제가 있다. 그것은 부를 축적하고, 인생을 폼나게 살고 싶다는 욕망을 품고 있다는 것이다. 물론 돈은 많으면 많을수록 좋지만 그렇다고 해서 다 행복한 것은 아니다. 오히려 많은 부로 인해 불행해지는 경우도 많이 볼 수 있다. 그런 까닭에 이런 보편적인 삶으로부터 벗어나 자기만의 행복한 인생을 여행하는 지혜가 필요하다. 이에 대해 몇 가지 관점에서 살펴보는 것도 행복한 인생을 살아가는 데 있어 매우 의미 있는 일이 되리라 생각한다.

자신의 인생을 행복하고 멋지게 여행하고 싶다면 그에 맞게 준비를 해야 한다. 첫째, 보편적인 관점에서 볼 때 지극히 평범한 것이라 할지라도 그 일을 통해 자신이 행복할 수 있다면 그 일을 최대한 잘할 수 있도록 하면 된다. 둘째, 높고 우뚝한 곳에서만 행복할 수 있다고 생각하면 그 일을 성취할 수 있도록 최선을 다하면 된다. 셋째, 봉사하는 삶에서 자신이 행복하다고 느낀다면 그 일을 잘할 수 있도록 최대한 준비하면 된다. 넷째, 명예와 지위를 통해서 행복할 수 있다면 그에 맞게 준비해서 자신이 뜻하는 바를 이루면 된다. 이밖에도 무엇을 하든 자신이 행복할 수 있는 일에 맞게 준비를 철저하게 해서 정진해 나가면 된다.

다음은 진취적인 마인드로 자신이 원하는 길을 개척함으로써 자신의 뜻하는 바를 성공적으로 이룬 상큼한 이야기이다.

세계 최고의 아이스크림 기업인 배스킨라빈스를 창업한 어바인 라빈스. 배스킨라빈스를 창업할 당시 그는 아주 평범한 20대였다. 그러나 그에겐 푸르게 빛나는 꿈이 있었다. 그것은 자신만의 개성을 지닌 아이스크림을 만드는 거였다. 언제나 이런 생각에 잠겨 있던 그는 입대를 했다. 그는 군 생활을 하면서도 한시도 자신의 꿈을 잊은 적이 없었다. 그의 가슴 한가운데는 늘 푸른 꿈이 불타고 있었으니까.

그는 군대에 있는 동안 자신의 꿈을 구체적으로 설계했다. 그리고 그의 꿈이 실현되기 시작한 것은 1945년 제2차 세계대전이 끝나고 나서였다. 그러니까, 그가 군대에서 막 제대를 했을 때이다. 그 당시에는 아이스크림만 파는 가게는 그 누구도 상상하지 못했다. 그런데 그는 아이스크림만 전문적으로 파는 가게를 내겠다는 자신의 계획을 밝혔다.

"라빈스, 네 생각은 좋지만 과연 아이스크림만 파는 가게가 될까?"

"라빈스, 아무리 생각해도 그건 무리야."

"오 맙소사, 어떻게 그런 생각을 할 수 있어. 그건 정신 나간 사람이나 할 수 있는 생각이야."

"지금이라도 늦지 않았어. 그만두는 게 어때?"

그가 아이스크림만 파는 가게를 낸다고 했을 때 그를 잘 아는 친구들이나 친지들은 하나같이 무모한 도전이라며 만류했다.

"다들 그렇게 생각하겠지. 하지만 나는 내 생각을 믿어. 두고 봐. 내 생각이 옳았다는 걸 두 눈으로 똑똑히 보게 될 거야."

그의 말에서 보듯 그의 생각은 확고했다. 그는 분명히 성공할 거라며 장담했다. 그처럼 확고한 믿음을 가질 수 있었던 것은, 그는 반드시 된다는 믿음과 실행의 의지가 있었기 때문이다.

라빈스는 매부를 설득해 자신의 계획에 끌어들였다. 그는 매부와 함께 아이스크림 연구에 들어갔다. 그는 단순한 것으로는 승부를 낼 수 없다고 판단했다. 그가 생각하는 아이스크림은 매우 다양했다. 그때까진 전혀 볼 수 없었던 다양한 아이스크림으로 승부를 걸 생각이었다. 그는 낮이나 밤이나 온통 아이스크림 개발에 매달렸다.

지성이면 감천이란 말처럼 그의 노력은 헛되지 않았다. 그의 피나는 노력으로 무려 31가지의 맛을 내는 다양한 맛과 색깔을 지닌 아이스크림을 개발한 것이다. 할 수 있다는 그의 확신은 그가 원하는 대로 놀라운 결과를 가져다주었다. 그가 만든 아이스크림을 찾는 사람들로 그의 가게는 북적였다. 그리고 소문을 듣고 찾아온 사람들이 아이스크림 사업권을 달라며 아우성이었다. 그는 꿈이 확고한 사람들에게 가게를 할 수 있는 사업권을 내주었다. 그의 톡톡 튀는 아이디어는 그에게 부와 명성을 안겨주었다.

그의 꿈은 거기서 머무를 수 없었다. 그는 자신의 꿈을 미국에서만 펼치기엔 성에 차지 않았던 것이다. 그는 세계로 뻗어나가기 위한 생각으로 골몰했다. 그리고 마침내 그의 미래를 환하게 밝혀 줄 프로젝트를 완성했다.

"우리 아이스크림은 세계인들의 입맛을 사로잡을 것입니다."

그는 많은 사람들에게 자신의 꿈을 당당하게 밝혔다. 그러자 사람들 중엔 "그게 과연 가능할까" 하는 쪽과 "라빈스라면 분명히 해낼 수 있을 거야"라는 쪽으로 갈렸다.

라빈스는 자신의 계획대로 추진해나갔다. 미국을 벗어나 전 세계에 자신의 꿈을 심기 시작했던 것이다. 오래지 않아 놀라운 일이 벌어지기 시작했다. 세계 각국에서 체인점 요청이 쇄도했던 것이다. 라빈스는 즐거운 비명을 지르며 자신의 꿈을 하나씩 하나씩 심어나갔다. 그 결과 전 세계에 7,500개가 넘는 매장을 거느린 아이스크림 거부가 되었다. 참으로 놀라운 일이었다. 라빈스는 자신이 계획한 꿈의 모두를 이루어 냈던 것이다. 그는 훗날 자신의 성공에 대해 묻는 사람들에게 이렇게 말했다.

"나는 정신 나간 일을 벌이고 싶었습니다. 그리고 나는 정신 나간 일을 모두 현실로 이루어 냈습니다."

이는 남과 똑같이 하지 않고 자신만의 것을 만들고 싶었다는 말이다. 그의 말대로 그는 정신 나간 일을 통해 꿈을 이뤄내며 인생을 최고로 멋지게 여행했다.

이 이야기에서 보듯 누구나 다 하는 남과 같은 생각을 통해서는 남과 다른 길을 갈 수 없다. 자신이 좀 더 의미 있는 인생을 즐기며 살고, 의미 있는 인생으로 남고 싶다면 어바인 라빈스가 그러했듯이 무모한 일도 두려워하지 말고 개척자 정신으로 적극 실행에 옮기는 과단성을 지녀야 한다.

그렇다. 무슨 일을 하든 자신이 행복할 수 있으면 된다. 사회적인 편견이나 사람들이 어떻게 생각할까 하는 따위의 생각은 할 필요가 없다. 이치가 이럴진대 정작 자신이 하고 싶은 일을 하지 못하고 주변의 눈치를 보고, 사회적 편견을 버리지 못하는 사람들이 많다. 이런 생각은 자신이 행복할 수 있는 기회를 갉아먹는 좀과 같다. 니체는 인생을 최고로 여행하는 법에 대해 이렇게 말했다.

"어떤 일이든 다시 시작되는 내일의 나날에 활용하고 늘 자신을 개척해가는 자세를 갖는 것이야말로 인생을 최고로 여행하는 방법이다."

니체의 말은 지극히 평범하지만 가장 현명한 말이라고 할 수 있다. 자신이 하고 싶은 일이 남들이 안 하는 일이라든가 또는 하는 일이라 할지라도 자신만의 방식으로 해 나가면 되는 까닭이다. 그렇게 하기 위해서는 니체가 말한 것처럼 개척하는 자세로 전력을 투구하면 된다. 물론 많은 어려움이 따를 수도 있다. 하지만 그럼에도 해야 한다. 자신이 하지 않으면 어느 누구도 대신 해주지 않는다.

그렇다. 진정 자신이 행복하고 싶다면 자신이 하고 싶은 일을 하라. 그것이야말로 자신의 인생을 최고로 멋지게 여행하는 지혜인 것이다.

본질을 꿰뚫어 보는
눈을 길러야 하는 까닭

Friedrich Nietzsche

지금 이 순간 시작하라

인생은 그리 길지 않다.
때문에 우리가 무엇인가를 시작할 기회는
늘 지금 이 순간밖에 없다.

니체 어록 41

───────◆───────

젊었을 땐 팔십 인생도 길다고 생각한 적이 있는데, 고희古稀를 앞두고 보니 인생이 짧게만 느껴진다. 그런 까닭에 세월의 속도도 그만큼 더 빠르게 느껴지니, 인생의 무상함을 느낌과 동시에 남은 세월을 아깝지 않게 보내야겠다는 생각이 떠나질 않는다.

나는 작가로서 출퇴근 시간이 따로 없지만, 근로자들이 하루 8시간 근무를 하듯 하루 8시간 글을 쓰고 책을 읽는다. 이처럼 내가 40년 가까이 한결같이 해 올 수 있는 것은 내 삶의 법칙이며 방식이기 때문이다. 그런데 나이가 들다 보니 오랜 시간 동안 앉아서 글을 쓰는 것이 힘에 부칠 때가 종종 있다. 힘에 부칠 땐 잠시라도 게으름을 피우고 싶을 때가 있다. 하지만 앞에서 말했듯이 남은 세월을 아깝게 보내지 말아야겠다는 생각이 나를 잠시도 게으르지 않게 한다. 자칫 몸과 마음이 느슨해지려고 하면 어김없이 내 마음속에서 준엄한 울림이 들려온다. 그럴 때마다 나는 몸과 마음을 반듯하게 해 내 본연의 일에 집중한다.

글 쓰는 일은 내겐 숙명과도 같고 내 목숨처럼 소중하다. 그런 까닭에 내 의지에 따라 내가 원하는 대로, 쓰고 싶은 글을 맘껏 즐기며 쓴다. 하지만 내가 죽었다 깨어나도 할 수 없는 것이 있으니 이는 동서고금을 떠나 인간이라면 누구나가 다 마찬가지다.

인간이 할 수 없는 것 중 가장 대표적인 것이 있다면 생사를 결정짓는 일과 세월을 맘대로 조정하는 일이다. 이는 인간의 영역이 아니라 신의 영역이기 때문이다. 그런데 자신의 인생이 언제나 지속될 것처럼 여긴다면 그것만큼 어리석은 일은 없다. 또 그런 생각에 젖어 있다 보니 시간의 소중함을 모른 채 낭비하는 것을 아무렇지도 않게 여기는 이들이 있다.

이런 생각이 문제가 되는 건 '오늘 못하면 내일 하면 되고, 내일 못하면 그다음 날에 하면 되지'라는 안일한 생각에 빠지게 한다는 것이다. 니체 역시 인생이 유한하다는 것을 너무도 잘 알았기에 인생을 헛되이 해서는 안 된다는 것을 누구보다도 잘 알았던 것이다. 그런 까닭에 그 또한 인생을 낭비하지 않고 열심히 삶으로써 자신의 이름을 뚜렷이 남겼던 것이다. 그는 인생의 유한성에 대해 이렇게 말했다.

"인생은 그리 길지 않다. 때문에 우리가 무엇인가를 시작할 기회는 늘 지금 이 순간밖에 없다."

니체의 말은 매우 현실적이며 직설적이다. 그의 말의 요지는 인생이 길지 않으니 그만큼 인생을 잘 살도록 해야 한다는 것이다. 맞는 말이다. 젊은 시절 부끄럽지 않은 인생을 살았던 이들도 나이가 들면 젊었을 때 좀 더 열심히 살걸 하고 후회하곤 한다.

나이가 든다는 것은 단순히 늙어가는 것이 아니라 삶을 깊이 깨달아가는 것이다. 그래서 나이가 들면 누구나 한번은 인생철학자가 된다. 그런데 나이 들어서도 이를 깨치지 못하고 되는대로 살아가는 이들이 많음을 볼 수 있다. 이는 스스로를 무시하는 일이며, 인생을 물기 마른 낙엽처럼 허무하게 만드는 주요 요인이다.

그렇다면 문제는 간단하다. 젊은 시절은 젊은 시절대로, 나이가 들어서는 그 나이에 맞게 자신이 할 수 있는 일에 매진해야 한다. 그래야 자신의 인생에 후회를 남기지 않게 되고, 후회의 폭을 줄이게 됨으로써 스스로에게 만족할 수 있다. 인생에

있어 가장 중요한 시기는 과거도 아니고 미래도 아닌 현재이
다. 현재를 잘 살아야 미래에도 잘 살게 되고 후회하는 일도 막
을 수 있다. 다음은 지금, 즉 현재의 중요성을 잘 알게 하는 시
이다.

할 일이 생각나거든 지금 하십시오.
오늘 하늘은 맑지만, 내일은 구름이 보일런지 모릅니다.
어제는 이미 당신의 것이 아니니, 지금 하십시오.

친절한 말 한마디 생각나거든,
지금 말하십시오.
내일은 당신의 것이 안 될지도 모릅니다.

사랑하는 사람은 언제나 곁에 있지는 않습니다.
사랑의 말이 있다면
지금 하십시오.

미소를 짓고 싶거든
지금 웃어 주십시오.
당신의 친구가 떠나기 전에
장미는 피고 가슴이 설렐 때

지금 당신의 미소를 주십시오.

불러야 할 노래가 있다면

지금 부르십시오.

당신의 해가 저물면 노래 부르기엔

너무나 늦습니다.

당신의 노래를 지금 부르십시오.

이는 미국의 시인 로버트 해리Robert Harry의 〈지금 하십시오〉
란 시이다. 이 시가 전하는 메시지는 무슨 일이든 하고 싶은 것
이 있다면 지금 하라는 것이다. 왜냐하면 오늘은 인생이란 날
씨가 맑아도, 내일은 구름 낀 인생이 될 수 있다는 것이다. 다
시 말해 하고 싶은 일은 지금 해야 행복할 수 있고, 훗날 후회
를 남기지 않기 때문이다.

그렇다. 시간은 시간을 잘 쓰는 사람 편이다. 그래서 시간을
잘 쓰는 사람에게는 만족할 일이 주어지지만, 시간을 함부로
쓰거나 낭비하는 사람에겐 자책과 후회만 남는다. 지금 자신을
돌아보라. 나는 시간을 잘 쓰고 있는지, 아니면 시간을 함부로
하는지를. 시간을 잘 쓰고 있다면 지금 잘 살고 있다는 것이다.
하지만 그렇지 않다면 시간을 잘 쓰는 사람이 되어라. 시간을
아끼고 사랑하는 사람이 진정 인생을 잘 사는 사람이다.

자신이 원하는 대로 삶을 디자인하라

생활을 디자인하라.
용도만을 고려해 가구를 배치하는 것이 아니라
아름답게 생활할 수 있도록 이런저런 방법을 강구한다.
마찬가지로 우리는 생활 전반의 일이나
인간관계를 자신이 원하는 대로
필요한 대로 디자인할 수 있다.

니체 어록 42

자신이 원하는 삶은 살고 싶다고 살게 되는 것이 아니다. 그렇게 살기 위해 최선을 다해 노력할 때 비로소 살게 된다. 이를 좀 더 구체적으로 말하자면 자신이 원하는 삶을 살기 위해서는 그에 따른 준비를 세심하고 철저하게 해야 한다는 말이다.

왜 그럴까. 준비가 잘 갖춰지면 자신이 추구하는 삶을 사는 데 있어 큰 도움이 되기 때문이다. 그렇다면 준비를 잘하기 위해서는 어떻게 해야 할까. 가령, 튼튼하고 멋진 빌딩을 짓기 위해서는 먼저 그에 맞는 디자인을 세밀하게 잘해야 한다. 디자인이 좋아야 그에 맞춰 철저하고 꼼꼼하게 건축할 수 있기 때문이다.

그런데 설계도도 없이 또 있다고 해도 세밀하지 못하다면 자신이 바라는 튼튼하고 멋진 빌딩을 지을 수 없다. 설령 짓는다고 해도 십중팔구는 마음에 들지 않을 뿐만 아니라 빌딩의 안전도 보장할 수 없다. 우리의 삶 또한 마찬가지다. 자신이 원하는 삶을 살기 위해서는 먼저 자신이 원하는 삶을 디자인해야 한다. 디자인을 하되 구체적으로 세밀하게 해야 한다. 대충하거나 하는 척해서는 하나 마나다.

맛있는 음식을 먹기 위해서는 싱싱하고 질 좋은 재료를 잘 준비해서 정성껏 조리해야 한다. 또 그림을 그리기 위해서는 그에 맞는 도구를 잘 갖춰 공을 들여 그려야 한다. 이처럼 모든 것은 그에 맞게 준비를 잘 갖추고 정성을 들여야 하듯 자신이 원하는 삶을 살기 위해서는 철저하게 준비하고 정성을 들여 차근차근 실행해 나가야 한다. 이에 대해 니체는 다음과 같이 말했다

"생활을 디자인하라. 용도만을 고려해 가구를 배치하는 것이 아니라 아름답게 생활할 수 있도록 이런저런 방법을 강구한다. 마찬가지로 우리는 생활 전반의 일이나 인간관계를 자신이 원하는 대로 필요한 대로 디자인할 수 있다."

니체의 말은 원하는 삶을 살기 위해서는 그에 맞게 디자인을

해야 한다는 것이다. 그리고 누구나 그렇게 할 수 있다는 말이다. 하지만 그렇게 하게 위해서는 그렇게 할 수 있는 능력을 갖춰야 한다. 다음은 자신이 원하는 삶을 디자인하고 그에 맞게 실행함으로써 성공적인 인생을 쓴 감동적인 이야기이다.

세계 영화계의 최고 흥행 감독으로 자타가 인정하는 스티븐 스필버그Steven Spielberg. 그는 어렸을 때부터 영화에 큰 관심을 보였다. 어린 스필버그는 자신이 상상하는 영화를 찍는 감독이 되기 위해 자신의 꿈을 구체적으로 디자인했다. 그리고 그는 13세 때 아버지에게 400달러를 지원받아 단편 영화를 찍었다. 이때 그의 부모는 스필버그에게 공부나 하지 괜한 짓을 한다고 말하지 않았다. 자식이 원하니까 자신의 뜻대로 맡긴 것이다. 특히 그의 어머니는 "No"라는 말을 한 번도 하지 않았다고 한다. 언제나 아들을 믿었고 격려를 아끼지 않았다.

스필버그는 자신이 좋아하는 영화를 보면서 좋은 점과 아쉬운 점, 자신이라면 이렇게 했을 거라는 등 세밀하게 분석을 하면서 영화 공부에 몰입했다. 그렇게 해서 영화에 대한 기본기를 탄탄히 다지고 실력을 키웠다.

성인이 된 스필버그는 영화감독의 꿈을 펼치기 위해 할리우드를 수시로 찾아갔고, 그런 그를 유니버설 스튜디오 직원으로 알 정도였다. 그러는 가운데 스필버그는 영화 관계자들과 자연스럽게 알게 되었고, 마침내 기회를 얻었다. 그렇게 만든 영화 '죠스'가 놀랄 만한 흥행 기록을 세웠을 때 그의 나이 고작 20대였다.

그의 대표 작품으로는 〈인디아나 존스〉, 〈쥐라기 공원〉, 〈칼라 퍼플〉, 〈E. T〉, 〈라이언 일병 구하기〉 등이 있다. 그는 만드는 영화마다 공전의 히트를 치며 세계 영화사에 전설이 되었다. 스필버그의 성공 요소를 보자.

첫째, 자신을 사랑하고 세상 중심에 서는 꿈을 늘 가슴에 품고 삶을 디자인했다. 둘째, 영화의 기본기를 튼튼히 쌓은 준비된 미래의 영화감독이었다. 셋째, 자신만의 상상력과 창의력이 뛰어났다. 넷째, 한번 마음먹은 것은 반드시 실행에 옮겼다. 다섯째, 좋은 작품을 보는 예리한 직관력을 갖고 있었다. 여섯째, 쇠붙이도 녹이는 강한 열정을 갖고 있었다. 일곱째, 현실적이고 중용적인 사고를 가졌다.

이상에서 보듯 스티븐 스필버그는 준비된 영화감독으로서 자신이 꿈꾸고 바라는 최고의 영화를 만든 이 시대 최고의 감독이다.

자신이 원하는 것을 이루고 만족한 삶을 살기 위해서는 스티븐 스필버그가 그랬듯이 자신의 미래의 삶을 세밀하고 구체적으로 디자인하라. 그리고 그에 맞게 실력을 쌓아야 한다. 또한

자신의 바라는 바를 펼칠 수 있는 기회를 잡기 위해 노력해야
한다. 그리고 기회가 주어지면 기회를 충분히 살릴 수 있도록
최선을 다해 열정을 쏟아부어라. 그렇게 해야 비로소 자신이
바라는 것을 성취하게 됨으로써 행복한 인생을 살게 되는 것
이다.

FRIEDRICH   NIETZSCHE

자신을 믿고 자신을 존경하라

자신을 대단치 않은 인간이라 폄하해서는 안 된다.
그 같은 생각은 자신의 행동과
사고를 옭아매려 들기 때문이다.
오히려 먼저 자신을 존경하는 것부터 시작하라.

니체 어록 43

사람들은 중엔 자기애自己愛가 지나치게 강한 사람이 있는가 하면, 지나치게 자신을 가벼이 여기고 함부로 하는 사람이 있다. 자기애가 지나치게 강한 것도 문제지만, 지나치게 자신을 가벼이 여기고 함부로 하는 것은 더 큰 문제다. 이는 스스로 자신을 학대하는 것과 같기 때문이다. 특히, 열등의식에 사로잡힌 사람은 자신을 폄하하는 등 정도가 매우 심각하다.

자신을 지나치게 가벼이 여기고 함부로 하거나 지독한 열등의식에 사로잡히는 것은 자존감自尊感이 없기 때문이다. 그런 까닭에 자존감을 가짐으로써 자신을 믿고 존경하는 마음을 갖도록 해야 한다. 그렇다면 자존감이 무엇인지 정확히 알 필요가 있다. 자존감의 사전적 의미는 '스스로 품위를 지키고 자기를 존중하는 마음'을 뜻한다. 이를 심리학적으로 살펴본다면 자존감이 왜 중요한지보다 더 깊이 이해하는 데 도움이 될 것이다.

미국의 심리학자이자 근대 심리학의 창시자로 불리는 윌리엄 제임스William James는 자존감에 대해 이렇게 말했다.

"자존감 self esteem이란 자신이 사랑받을 만한 가치가 있는 소중한 존재이고 어떤 성과를 이루어낼 만한 유능한 사람이라고 믿는 마음이다."

자존감은 자존심과 더불어 자신에 대한 '긍정'이라는 공통점을 갖지만, 좀 더 자세히 살펴본다면 있는 그대로의 모습에 대한 긍정(자존감)과 경쟁 속에서의 긍정(자존심)이라는 다른 의미를 지닌다. 자존감이 높다는 것은 자신에 대한 가치를 높이는 데 큰 힘으로 작용한다. 그래서 자존감이 강한 사람은 스스로를 존중하고 격려함으로써 자신을 가치 있는 사람으로 이끌어 낸다.

그러나 자존감이 낮은 사람은 낮은 자존감으로 인해 자신에 대한 애착이 그만큼 낮다. 그런 까닭에 스스로를 존중하고 격려하는 데 익숙하지 못하다. 그러다 보니 자신을 가치 있는 사람으로 이끌어 내는 데 미흡하다. 자존감이 낮은 사람이 자신을 가치 있는 사람으로 이끌어 내기 위해서는 자존감을 높이는 노력이 필요하다. 자존감이 낮은 사람이라고 해서 가치 있는 인생으로 살아가지 못할 이유가 없다. 자존감이 낮은 사람들 중에도 가치 있는 인생으로 살기를 원하는 사람들이 있다.

이에 대해 정신과 의사인 카렌 호니Karen Horney는 "낮은 자존감은 과도하게 인정받기를 원하고 애정을 갈망하며, 개인적 성취에 대한 극단적인 열망을 표현하는 성격의 발달로 이어진다"고 주장했다. 또한 오스트리아의 정신의학자이며 심리학자인 알프레드 아들러Alfred Adler에 따르면 "낮은 자존감은 그에 대한 보상으로 스스로 느끼는 열등감을 극복하기 위해 노력하고, 자신들의 강점과 재능을 발달시키기 위해 분투하게 한다"고 말했다.

카렌 호니나 알프레드 아들러의 말을 보더라도 자존감이 낮은 사람도 자신이 어떻게 하느냐에 따라 자신을 가치 있는 인생으로 살게 한다. 인간에게 있어 자존감이란 매우 중요하다. 이런 관점에서 볼 때 자존감은 그 사람의 생명성과 같다고 하겠다. 이상에 본 바와 같이 자존감은 인간이 반드시 지녀야 할 마인드인 것이다. 그런 까닭에 자신을 지나치게 가벼이 여기고 함부로 여기는 사람은 반드시 자존감을 길러야 한다. 니체 또한 자신을 함부로 여기는 것의 위험성에 대해 말했다. 이에 대한 그의 말을 보자.

"자신을 대단치 않은 인간이라 폄하해서는 안 된다. 그 같은 생각은 자신의 행동과 사고를 옭아매려 들기 때문이다. 오히려 먼저 자신을 존경하는 것부터 시작하라. 아직 아무것도 하지 않은 자신을, 아직 아무런 실적도 이루지 못한 자신을 인간으로서 존경하는 것이다. 자신을 존경하면 악한 일은 결코 행하지 않는다. 인간으로서 손가락질 딩힐 행동 따윈 하지 않게 된다. 그렇게 자신의 삶을 변화시키고 이상에 차츰 다가가다 보면, 어느 사이엔가 타인의 본보기가 되는 인간으로 완성되어 간다. 그리고 그것은 자신의 가능성을 활짝 열어 꿈을 이루는 데 필요한 능력이 된다. 자신의 인생을 완성시키기 위해 가장 먼저 스스로를 존경하라."

니체 말의 핵심은 자신을 폄하하지 말고 존경하라는 것이다. 왜 그럴까. 자신을 폄하하지 않고 존경해야 악한 일은 결코 행하지 않고, 인간으로서 손가락질 당할 행동 따윈 하지 않게 된다는 것이다. 또 자신의 삶을 변화시키고 이상에 차츰 다가가다 보면, 어느 사이엔가 타인의 본보기가 되는 인간으로 완성되어 간다는 것이다. 그리고 그것은 자신의 가능성을 활짝 열어 꿈을 이루는 데 필요한 능력이 된다는 게 그의 생각이다.

옳은 말이다. 자신을 존경하는 마음은 자신을 사랑하는 마음이다. 그런 까닭에 자신을 존경한다는 것은 자신을 잘되게 하는 힘이 되고, 스스로를 격려하는 에너지가 된다. 지금 이 순간 자신을 가벼이 여기고 함부로 대한다면 당장 멈춰라. 그리고 지금부터는 자신을 존경하도록 노력하라. 다만, 지나치게 자기 애에 빠지는 것은 경계해야 함을 잊지 마라.

주변에 활력이 되는 생동감 넘치는 삶을 살라

생동감 넘치는 것들은 끊임없이 주위에 좋은 영향을 미친다.
우리의 등을 토닥이며 살아가는 데 자극이 되어준다.
그리고 누군가는 그러한 좋은 것을 선택함으로써
이미 많은 것을 살리기도 한다.

니체 어록 44

사람들 중엔 주변 사람들에게 에너지를 불어 넣어주는 생동
감 넘치는 사람이 있는가 하면, 주변 사람들을 힘들게 하고 함
부로 여기는 사람이 있다. 사람들에게 에너지를 불어 넣어주는
사람은 매사에 자신감이 넘치고, 활기차며, 열정적이다. 그래
서 그런 사람과 가까이한다는 것은 자신을 긍정적인 사람이 되
게 하는 데 큰 도움이 된다.

그러나 주변 사람들을 힘들게 하고 함부로 여기는 사람을 가
까이한다는 것은 자신을 부정적인 사람이 되게 하는 요인으로
작용하기에 그를 멀리하는 것이 좋다. 이는 비단 사람뿐만이

아니다. 독서, 음악, 운동, 취미 생활, 여행, 봉사 활동 등은 생동감 넘치는 삶을 사는 데 큰 도움이 된다. 그런 까닭에 생동감 넘치는 데 도움이 되는 것들은 즐겨 하는 것이 좋다. 반면에 몸을 상하게 하는 음주나 흡연, 과식, 불건전한 일 등 삶의 생동감을 떨어뜨리는 것들은 삼가는 것이 좋다.

근 주 자 적 근 묵 자 흑
近朱者赤 近墨者黑

이는 '붉은 것을 가까이하면 붉게 되고, 검은 먹을 가까이하면 검게 된다'는 의미로, 환경의 중요성을 강조해 이르는 말이다. 이를 좀 더 실체적으로 말한다면 좋은 사람을 가까이하면 나 또한 좋은 사람이 되고, 나쁜 사람을 가까이하면 나 또한 나쁜 사람이 될 수 있음을 경계해 이르는 말이라고 할 수 있다. 니체 또한 환경의 중요성에 대해 다음과 같이 말했다.

"생동감 넘치는 것들은 끊임없이 주위에 좋은 영향을 미친다. 우리의 등을 토닥이며 살아가는 데 자극이 되어준다. 그리고 누군가는 그러한 좋은 것을 선택함으로써 이미 많은 것을 살리기도 한다."

니체의 말에서 보듯 생동감 넘치는 것은 주변에 긍정적인 영향을 끼친다는 것을 알 수 있다. 그런 까닭에 생동감 넘치는 사람들을 가까이하는 것이 좋다. 생동감 넘치는 사람들을 가까이

한다는 것은 나 또한 좋은 에너지를 받음으로써 생동감 넘치는 긍정적이고 역동적인 삶을 사는 데 도움이 되기 때문이다. 그리고 나 역시 다른 사람들에게 좋은 에너지를 주는 사람이 됨으로써 삶을 가치 있게 살 수 있기 때문이다.

"당신을 만나는 모든 사람이 당신과 헤어질 때는 더 나아지고 더 행복해질 수 있도록 하라."

이는 살아생전 사랑의 성녀로 일컬음을 받았던 마더 테레사 수녀가 한 말로, 주변 사람들에게 좋은 에너지를 주는 사람이 되어야 한다는 것을 알 수 있다. 왜 그럴까. 그것은 곧 자신을 위하는 일이기 때문이다. 그런 까닭에 자신은 물론 자신의 주변 사람들에게 좋은 영향을 주는 사람이 되어라. 그것이야말로 스스로를 복되게 하고 주변에 빛이 되는 생동감 넘치는 삶인 까닭이다.

FRIEDRICH　NIETZSCHE

먼저 나 자신을 알라

사랑하기 위해, 사랑받기 위해,
먼저 스스로를 아는 것부터 시작하라.
자신조차 알지 못하면서
상대를 알기란 불가능한 것이다.

니체 어록 45

고대 그리스 대철학자 소크라테스Socrates는 '너 자신을 알라'
는 말로 사람들에게 깊은 깨우침을 주었다. 이 말이 중요한 것
은 대개의 사람은 남은 잘 알아도 자신에 대해서는 잘 모르기
때문이다. 왜 그럴까. 대개의 사람들은 자신에게는 관대하기
때문에 자신이 잘못하는 일이나 부정적인 일도 그냥 넘어가는
경우가 대부분이다. 그러니 어떻게 자신에 대해 안다고 할 수
있겠는가.

그런데 다른 사람들의 잘못이나 못마땅한 일은 그냥 넘어가
는 법이 없다. 자신이 보기에도 눈살을 찌푸리게 하는 부정적

인 일로 여기기 때문이다. '너 자신을 알라'는 소크라테스의 말은 단순한 말이 아닌 심오한 철학적 의미를 담고 있지만, 보편적인 관점에서 볼 땐 스스로를 잘 알아야 자신을 좀 더 가치 있는 사람으로 살아가는 데 도움이 될 수 있음을 의미한다고 하겠다. 그렇다면 자신을 잘 알기 위해서 어떻게 해야 할까.

자신을 잘 알기 위해서는 자신을 살피는 일을 습관화해야 한다. 왜냐하면 자신을 살피다 보면 자신이 잘한 일과 잘못한 일 등이 그대로 드러난다. 그래서 잘한 것은 더 잘하도록 하고, 잘못한 것은 고치면 된다. 이처럼 꾸준히 자신을 살피다 보면 자신이란 존재가 어떤 사람인지 정확하게 알게 된다. 여기서 한 가지 마음에 새길 것은 자신을 잘 알기 위해서는 자신에게 솔직해야 한다는 것이다.

그렇다면 솔직하다는 의미는 무엇인가. 그것은 아는 것은 안다 하고 모르는 것은 모른다고 말하는 것이다. 아는 것을 안다고 하는 것은 문제가 되지 않지만, 모르는 것을 모른다고 하지 않는 것은 문제가 된다. 그런 까닭에 일찍이 공자孔子는 다음과 같이 말했다.

지 지 위 지 지　부 지 위 부 지　시 지 야
知之爲知之 不知爲不知 是知也

이는 '아는 것은 안다고 하고 모르는 것은 모른다고 하는 것, 이것이 진정으로 아는 것이다'라는 의미이다. 공자의 말에서 보듯 아는 것은 안다고 하고 모르는 것은 모른다고 해야 자신을 제대로 살핌으로써 자신을 잘 알게 되기 때문이다. 그리고 나아가 사람들과의 관계도 잘 이어가는 데 큰 도움이 된다.

왜 그럴까. 자신과 상대의 다른 점을 살펴 이해함으로써 좋은 이미지를 심어주게 되고, 그로 인해 다른 사람들과 좋은 관계를 이어가게 되기 때문이다. 그런 까닭에 나를 잘 안다는 것은 곧 상대를 잘 안다는 거와 같다 하겠다. 니체 또한 이 문제에 대해 이와 같이 말했다.

"사랑하기 위해, 사랑받기 위해, 먼저 스스로를 아는 것부터 시작하라. 자신조차 알지 못하면서 상대를 알기란 불가능한 것이다."

니체는 '사랑'이란 대상을 기준으로 삼아 사랑하기 위해, 사랑받기 위해서는 스스로를 아는 것부터 시작하라고 말했다. 그래야 자신을 알고 상대를 알기 때문이라는 것이다. 옳은 말이다. 이는 사랑만이 아니라 인간사가 그러하다. 그러기 때문에 사랑하는 사람이건, 주변 사람이건 그 누구건 간에 상대를 제대로 알기 위해서는 자신부터 알아야 하는 것이다. 이런 관점에서 볼 때 '나는 누구인가'라는 물음을 스스로에게 함으로써 자신을 바로 아는 일에 힘써야 한다.

그렇다. 자신을 안다는 것은 가장 진보적인 일이라고 할 수 있다. 왜냐하면 자신을 잘 안다면 인간관계에 있어서나 삶을 살아가는 데 있어 큰 힘이 되기 때문이다.

FRIEDRICH NIETZSCHE

절대 두려워하지 마라

두려워하면 패배한다.
마음속에 두려움을 가지고 겁먹고 있을 때,
스스로 파멸과 패배의 길을 선택하게 된다.

니체 어록 46

───────◆───────

권투 선수들이 링에 올라 서로를 바라볼 때 눈에 힘을 주기
도 하고, 인상을 쓰기도 한다. 이는 기선을 제압하려는 의도로
인해서이다. 이때 눈싸움에서 지면 그 시합은 십중팔구 진다는
말이 있다. 왜 그럴까. 눈싸움에서 진다는 것은 상대가 두려워
서이다. 그런 까닭에 상대의 눈을 똑바로 쳐다보지 못하고 회
피하는 것이다.

그것이 무엇이든 두려운 마음을 갖는다는 것은 자신이 없
다는 것이고. 자신이 없다는 것은 곧 두려움에 빠졌다는 것을
의미한다. 두려움을 갖지 말아야 함에 대해 니체는 이렇게 말

했다.

"두려워하면 패배한다. 마음속에 두려움을 가지고 겁먹고 있을 때, 스스로 파멸과 패배의 길을 선택하게 된다."

니체의 말에서 보듯 두려워하면 삶에 있어서든 시합에서든 그 무엇을 하든 패배하게 된다. 두려움은 용기를 야금야금 갉아먹는 패배의 생쥐인 것이다. 그런 까닭에 두려움이 엄습할 땐 두려움을 이길 수 있는 강한 마인드를 길러야 하는 것이다.

대담부적大膽不適이라는 사자성어가 있다. 이는 '사물을 두려워하지 않고 적을 삼지 않음'이란 뜻으로, 무슨 일에서든 두려움을 가져서는 안 된다는 것을 의미한다.

그렇다. 두려움을 갖지 않아야 자신이 하고자 하는 일을 당차게 해낼 수 있고, 그 어떤 상황에서도 자신의 의지를 강력하게 실행할 수 있다. 다음은 이에 대한 감명 깊은 이야기이다.

김구는 평생을 조국과 민족을 위해 살아온 애국자 중에 애국자라는 건 누구나 다 아는 사실이지만 그가 어떤 마인드를 가졌는지, 또 어떤 일을 했는지에 대해서는 구체적으로 잘 알지 못한다. 김구를 한마디로 말한다면 대담부적大膽不適한 사람이라고 할 수 있다. 그는 성격이 대담해 무슨 일에도 흔들림이 없었고 주저함이 없었다.

김구는 스물한 살 때 단발령을 피해 청나라 금주에 있는 서

옥생 집으로 가던 중 평안북도 안주에서 단발령을 정지한다는 내용의 글을 보고는 마음을 바꿔 삼남 지방을 살펴보기 위해 가던 길을 되돌아가기로 했다.

그는 평안북도 용강군에서 황해도 안악군 치하포로 가기 위해 배를 타고 가던 중 배가 얼음덩어리에 갇혀 이러지도 저러지도 못하고 위급에 처했다. 배에 탄 사람들은 죽음의 공포로 아우성이었다. 하지만 김구는 최악의 상황에서도 사람들에게 힘을 합쳐 얼음덩어리를 밀어내자고 말하고는, 죽기를 각오하고 몸을 날려 얼음덩어리 위로 올라가 얼음을 제치기 시작했다. 오랜 시간 얼음덩어리와 사투를 벌인 끝에 무사히 치하포에 닿을 수 있었다. 김구로 인해 배에 탄 사람들은 모두 살아날 수 있었다.

이 이야기에서 김구의 남다른 대담성을 알 수 있다. 모두가 죽음의 공포에 떨 때 김구는 용기를 내 사람들의 마음을 하나가 되게 했다. 사람들은 나이 어린 젊은이가 목숨을 걸고 앞장서자 아우성을 멈추고 김구가 하라는 대로 따라 했다. 그러자 공포의 빛은 사라지고, 안정적으로 강을 건널 수 있었다.

만일 배에 김구가 없었더라면 배에 탄 사람들은 모두 죽었을지도 모른다. 극심한 어려움에 처하다 보면 당황하게 되어, 평소에 잘하는 것도 잘 못하게 되기 때문인데, 김구는 동요됨이 없이 대담성 있게 일을 처리한 것이다. 강을 건너자마자 김구는 인근 주막으로 갔다. 주막엔 많은 사람들이 북적였다.

　다음 날 아침 김구 인생에 획기적인 사건이 발생했다. 아침 식사를 하던 중 단발을 하고 한복을 입은 사람을 보게 되었다. 김구는 그가 한국인으로 변장한 왜인이라는 것을 알았다. 그의 옷 속에 칼이 숨겨져 있는 것을 본 것이다. 김구는 그가 명성황후 시해사건의 용의자 중 하나가 아닐까 해 그를 죽이기로 마음먹었다. 김구는 두려움이 앞섰지만 국모를 시해한 왜인을 죽여 원수를 갚겠다는 일념으로 기회를 엿보다 발로 걷어차 왜인을 쓰러트렸다. 왜인은 자리에서 일어나 칼을 뽑아 김구를 겨냥했다. 사람들의 눈은 일제히 김구와 왜인에게 집중되었다. 김구는 자칫하다가는 왜인의 칼에 자신이 당할지 모른다는 사실에 긴장을 늦추지 않고 왜인의 허점을 노렸다. 숨 막히는 긴장이 얼마간 지속되었다. 그러다 김구의 몸이 재빠르게 왜인을 덮쳤다. 왜인은 또다시 나뒹굴었고, 김구는 사람들을 향해 "누구든지 왜인을 돕는 자는 죽여 버리겠다"고 소리를 지르고는 빼앗은 칼로 왜인의 숨통을 끊어버렸다. 그러고는 왜인의 피를 마시고 방으로 들어가 사람들을 향해 "아까 왜놈을 위해 나를 향해 달려들던 놈들이 누구냐?"고 소리쳤다. 사람들은 서슬이 퍼런 김구를 보고는 숨죽이며 덜덜 떨었다. 김구는 자신에게 호의적이던 노인들의 말을 듣고 자신에게 달려들었던 청년을 살려주었다.

김구는 주막 주인에게 필기구를 가져오게 해 국모의 원수를 갚기 위해 왜인을 죽였다는 포고문을 쓰고는 마지막에 해주 백운방 텃골에 사는 김창수라고 썼다. 그리고 김구는 포고문을 길가에 붙이라고 주막 주인에게 말하는 한편 안악 군수에게 사건에 대해 보고하라고 말한 뒤 집에 가서 기다리겠다고 말하고는 집으로 갔다.

김구의 대담한 행동에 많은 사람들이 놀라워했다. 그 당시 왜인을 죽인다는 것은 자살 행위와도 같은 것이었다. 이 이야기는 순식간에 곳곳으로 빠르게 퍼져나갔다. 이야기를 들은 사람들은 마치 영웅담을 이야기하듯 흥미로워했다. 김구는 하루 아침에 영웅이 되었다. 이 소식을 전해 들은 김구 부모님은 어서 피신하라고 했지만 그는 피신하지 않겠다고 말했다. 사건이 있고 석 달 후 김구는 체포되어 해주감영으로 끌려가 주리를 틀리는 고문을 당했다. 그리고 인천감옥으로 이감되어 참을 수 없는 고문으로 고통에 시달리면서도 결코 기개를 잃지 않았다.

김구는 일생 동안 세 번 투옥되었는데 그때마다 말할 수 없는 모진 고문을 수도 없이 당했다. 고문을 받다 정신을 잃는 것은 보통이었다. 그로 인해 김구의 몸은 만신창이가 되었다. 그러나 김구는 그 어느 누구 앞에서도 대담함을 잃지 않았다. 고문의 고통이 클수록 그의 대담성은 날로 더해만 갔다.

김구는 임시정부 요인으로 조국의 독립을 위해 수없이 모진 고난의 세월을 보내는 동안에도 결코 흔들리는 법이 없었다. 그리고 광복 후 귀국해 신탁통치에 의해 남북이 갈라서는 것을 막기 위해, 반대와 죽음을 무릅쓰고 북한을 방문한 것은 김구의 민족애와 대담성을 잘 알게 한다. 이에 대한 이야기이다.

그 가운데에서도 가장 반대가 심한 사람은 임시정부환국환영위원회 간부이자 한국독립당 옹진지구 책임자였던 도인권 목사였다. 도 목사는 '105인 사건'으로 서대문형무소에서 백범 선생과 옥살이를 하고, 초기 임시정부에서도 함께 활동한 사람이었다. 고향도 같은 황해도이고, 나이 또한 백범 선생보다 한두 살 아래여서 선생을 '형님, 형님' 하며 따랐다. 도 목사는 백범 선생이 무사 귀환할 리 없다고 굳게 믿고 아예 경교장에서 침식을 하며 북행 중단을 호소했다. 그럼에도 백범 선생의 뜻이 꺾이지 않자 김신 씨에게 북행을 연기라도 시키라며 성화를 부리기도 했다. 상황이 이러하자 김신 씨가 백범 선생에게 북행 연기를 거듭 권고했다.

"내가 '김구 타도'가 무서워서 못 갈 것 같으냐. 쓸데없는 소리…… . 김일성과 얘기할 사람은 나밖에 없어. 미루다니, 하루가 급한데 무슨 말이냐!"

선생이 일갈하자 김신 씨는 "아버님, 소신껏 하십시오"라고 말하고 물러날 수밖에 없었다.

이는 김구의 비서였던 선우진이 밝힌 얘기로 김구가 북한을 방문하려고 하자, 북한에 갔다가는 다시 돌아올 수 없다며 반대한 도인권 목사의 부탁에 따라 아들 김신이 김구에게 건의를 하자 아들인 김신에게 김구가 한 말이다.

지금까지의 이야기에서 보듯 김구의 대담성을 잘 알 수 있을 것이다. 김구는 배가 얼음에 갇혀 위급한 상황에서도 몸을 날려 배를 안전하게 포구에 닿게 했고, 치하포 사건 후 잡힐 것을 뻔히 알면서도 포고문을 쓴 것과 안악군수에게 알리라고 말했던 것, 그리고 피신하라는 부모님의 말을 듣고도 피하지 않고 당당하게 자신을 드러내 보인 것은 그의 대담성을 잘 알게 한다. 김구가 평생을 시련과 고난 속에서도 굴복하지 않고 자신이 원하는 일에 최선을 다할 수 있었던 것은 바로 그의 대담성, 즉 담대함에 있다.

명목장담明目張膽이란 말이 있다. 이는 중국 당나라의 건국부터 멸망까지 기록한 기전체의 역사책인《당서唐書》〈위사겸전〉에 나오는 말로 '눈을 크게 뜨고, 담력으로 아무것도 두려워하지 않고 용기를 내어 행한다'라는 뜻이다. 이 말은 김구를 두고 있는 말인 듯해, 마음에 새겨 삶의 지표로 삼아도 좋을 것이다.

김구의 일화를 통해 왜 두려움을 가져서는 안 되는지에 대해 잘 알았을 것이다. 두려움은 충분히 할 수 있는 일도 못하게 만드는 부정적인 마인드이다. 하지만 두려워하지 않으면 할 수 없는 일도 능히 하게 만든다. 그런 까닭에 무엇을 하든 자신이 이뤄내고 싶은 일이 있다면 그 어떤 극한 상황에서도 두려워하지 말고 죽을 듯이 최선을 다하라. 그러면 반드시 자신이 원하는 것을 이루게 될 것이다.

FRIEDRICH NIETZSCHE

동요動搖를 경계해야 하는 이유

마음의 동요에 현혹되어
중요한 것이 무엇인지
잘못 판단하지 않도록 주의해야 한다.

니체 어록 47

동요動搖란 말이 있다. 이는 '생각이나 처지가 흔들림'을 뜻하는 말로, 무슨 일에 있어 심적으로 갈등하고 흔들리는 것을 의미한다. 무슨 일에 있어 심적으로 흔들리게 되는 이유는 첫째는 두려움이 따르기 때문이고, 둘째는 갈등으로 인한 심리 상태 때문이며, 셋째는 자신감이 없어서이며, 넷째는 자기 주관이 결여되어서이다. 그런 까닭에 동요에 휩싸이다 보면 사리 분별력이 떨어지게 되고, 자신감을 상실하게 되는 우를 범하게 된다. 또한 마음의 동요를 일으키다 보면 자기 주관이 약화되고, 주체성이 결여되어 남의 말에 잘 휩쓸리게 된다. 그러다 보니 자신과는 상관없는 일에 잘 빠지게 되고, 따라 하게 됨으로써 자신의 가치성을 상실하게 된다. 이런 부류의 사람들은 남이 시장에 가니까 덩달아 자신도 가는 사람들이다.

이렇듯 마음의 동요를 일으키는 것은 주체성이 결여되고, 자기 중심이 굳지 못해서이다. 그런 까닭에 마음의 흔들림에 빠지게 되고, 주체성도 없이 남이 하는 대로 따라가기에 급급하다. 특히, 남이 하는 대로 따라가는 것은 더더욱 문제가 된다. 그것은 자기의 생각이 아니라 남의 생각을 따르는 일이므로 자기다움을 잃는 까닭이다. 이에 대한 말로 부화뇌동附和雷同이란 말이 있다. '우레 소리에 맞춰 함께 하다'라는 뜻으로 자신의 주관 없이 남이 하는 대로 따라서 행동하는 것을 의미한다.

"너의 용모를 바르게 하고 말씀을 들을 때에는 반드시 공손히 해야 한다. 다른 사람의 주장을 마치 자신의 것인 양 말하지 말고, 다른 사람의 말을 듣고 자기의 생각 없이 무조건 따라 하지 말아야 한다. 반드시 옛것을 본받되 선왕의 일을 본받아야 할 것이다."

《예기禮記》〈곡예편曲藝篇〉에 나오는 말로 자기다움을 가져야 함을 강조하고 있다.

"군자는 화합하지만 부화뇌동하지 않고, 소인은 부화뇌동하지만 화합하지 않는다."

《논어論語》의 〈자로편子路篇〉에 나오는 말로 이를 좀 더 풀이해 말하면 '군자는 의를 숭상하고 남을 자신처럼 생각해 화합하지만, 소인은 이익을 따지는 사람이므로 이해관계가 맞는 사람끼리 행동해 사람들과 화합하지 못한다'라는 뜻이다.

부화뇌동에서 본래 뇌동雷同은 '우레'가 울리면 만물도 이에 따라 울린다는 뜻을 말함인데, 다른 사람의 말에 대해 옳고 그름을 판단하지 않고, 부화附和하는 것을 일컫는 말로 부화는 뇌동에 첨가된 말이다.

이 이야기에서 보듯 마음의 동요를 일으키는 것은 마음이 단단하지 못해서이고, 그렇기 때문에 주체성 없이 남이 하자는 대로 따라가게 되는 것이다. 이상에서 본 바와 같이 마음의 동요는 스스로를 약화시키고 자기다움을 잃게 하는 매우 부정적인 마인드이다. 그런 까닭에 마음의 근육을 탄탄하게 길러 중심을 반듯하게 하고 강하게 강화시켜야 한다. 마음이 동요되지 않아야 함에 대해 니체는 다음과 같이 말했다.

"마음의 동요에 현혹되어 중요한 것이 무엇인지 잘못 판단하지 않도록 주의해야 한다."

그렇다. 자신이 마음의 동요를 잘 일으킨다면 마음의 근육을 탄탄하게 길러 잘못 판단함으로써 마음의 동요에 휩쓸리지 않게 하라. 그것이야말로 진정으로 자신을 위하는 일이자, 자신을 잘되게 하는 일인 것이다.

모든 약속은 지키라고 있는 것이다

사람을 기다리게 한다는 것은
아무것도 사용하지 않고
그 사람을 인간적으로
나쁘게 만드는 부도덕한 일이다.

니체 어록 48

사람들은 저마다 살아가면서 많은 약속을 한다. 그 대상도 가족, 친구, 직장 동료, 친지, 이웃 등 아주 다양하다. 약속이 중요한 것은 서로 간의 믿음의 표현이기 때문이다. 그런 까닭에 약속은 반드시 지켜야 한다. 그런데 약속을 지키지 않는다면 그것은 믿음을 깨뜨리는 일로 스스로를 부정적인 사람으로 만드는 무책임한 일이다. 그런 까닭에 약속을 잘 지키지 않는 사람은 주변 사람들로부터 외면당하기 십상이다.

무신불립無信不立이란 고사성어가 있다. 《논어論語》〈안연편顔淵篇〉에 나오는 말로 '믿음이 없으면 설 수 없다'는 뜻으로 세상을 살아가는 데 있어 믿음이 매우 중요하다는 것을 말한다. 이처럼 약속과 믿음은 불가분의 관계에 있다. 그래서 한번 한 약속은 반드시 지켜야 한다. 다음은 약속에 대한 아주 감동적인 이야기이다.

러시아의 국민 작가이자 사상가인 레프 톨스토이는 귀중한 서류를 친구에게 전해주기 위해 말을 타고 가고 있었다. 그때 톨스토이가 가지고 있는 백합꽃이 수놓인 가방을 보고 어떤 소녀가 자기 어머니에게 그런 가방을 사달라고 졸랐다. 그러자 아이 어머니가 아이를 달래며 말했다.

"엄마도 그렇게 하고 싶어. 그러나 저렇게 생긴 가방은 너무 귀해서 어디에 가도 살 수가 없단다."

그러나 소녀는 막무가내로 계속 떼를 썼다. 그 광경을 보고 톨스토이가 소녀 곁으로 갔다.

"얘야, 조금만 기다려 주겠니? 아저씨가 지금 아주 중요한 일로 친구를 만나러 가는데, 그 친구에게 이 가방 속의 서류를 전해주고 나서 오는 길에 너에게 꼭 주마."

"정말요? 아저씨?"

"그래. 아저씨가 모레 돌아오니까 그때 꼭 주기로 약속하마."

톨스토이는 우는 소녀의 눈물을 닦아주며 말했다. 그러고는 말을 몰아 달려갔다. 그 가방은 톨스토이가 할아버지로부터 물려받은 유물인데 가보와 같은 물건이었다. 톨스토이는 일단 한 말에는 책임을 지고 약속을 지켜야 한다고 생각했다.

볼일을 마친 톨스토이는 소녀와의 약속을 지키기 위해 가방을 들고 소녀와 만났던 곳으로 갔다. 톨스토이는 소녀의 집 대문을 두드렸다. 잠시 후 문을 열고 나온 소녀의 어머니가 톨스토이를 보자 눈물을 흘리며 울기 시작했다. 당황한 톨스토이가 물었다.

"아니, 왜 그러십니까?"

소녀의 어머니는 흐느끼다가 한참 만에야 눈물을 거두었다.

"자, 따님에게 이 가방을 전해주십시오. 약속을 지키기 위해 먼 길을 달려왔습니다."

톨스토이가 가방을 내밀자 소녀의 어머니는 또다시 흐느끼며 떨리는 목소리로 말했다.

"선생님, 이젠 가방이 소용없게 되었습니다."

"아니, 그게 무슨 말씀이십니까?"

"우리 애가 그저께 선생님과 헤어진 후 갑자기 열이 오르며 앓더니 그만 죽고 말았습니다. 눈을 감을 때까지 선생님을 만나 가방을 받겠다며 밖으로 나가려고 했었는데……."

톨스토이는 너무 놀라서 할 말을 잊었다.

"오늘 아침에 저 산에 묻었어요."

이렇게 말을 하고 나서 소녀의 어머니는 다시 얼굴을 감쌌다.

"너무 슬픈 일을 당하셨군요. 비록 따님은 가고 없지만 따님에게 가방을 주기로 한 약속은 지켜야 하겠습니다. 자, 눈물을 거두고 따님의 무덤으로 저를 데려다주십시오."

톨스토이는 소녀의 어머니를 따라 무덤으로 갔다. 그리고 가지고 온 가방을 무덤 앞에 놓았다. 톨스토이는 고개를 숙이고 소녀의 영혼이 편안히 잠들기를 빌었다.

이 이야기에서 톨스토이의 포근하고 넉넉한 인간미를 느낄 수 있다. 한 소녀와 우연히 한 약속을 지키기 위해 할아버지가 물려 준 가보와 같은 가방을 전해주려고 볼일을 마치자마자 달려갔던 톨스토이. 소녀는 안타깝게 죽고 없었지만 그는 자신이 한 약속을 지키기 위해 소녀의 무덤 앞에 가방을 놓아두었다는 사실을 기억해야 한다. 톨스토이가 많은 러시아 국민들로부터 존경받았던 것은 그의 훌륭한 작품에도 있지만 그보다는 인간을 사랑하고, 따뜻한 삶을 실천했기 때문이다.

"아무리 보잘것없는 것이라 하더라도 한번 약속한 일은 상대방이 감탄할 정도로 정확하게 지켜야 한다. 신용과 체면도 중요하지만 약속을 어기면 서로의 믿음이 약해진다. 그러므로 약속은 꼭 지켜야 한다."

이는 강철왕 앤드류 카네기가 한 말로, 약속을 하면 반드시 지켜야 한다는 것을 잘 알게 한다. 니체 또한 약속의 중요성에 대해 다음과 같이 말했다.

"사람을 기다리게 한다는 것은 아무것도 사용하지 않고 그 사람을 인간적으로 나쁘게 만드는 부도덕한 일이다."

니체의 말처럼 약속을 지키지 않는 것은 부도덕한 일이다. 부도덕한 사람이 되지 않으려면 자신이 한 약속은 지켜야 한다. 그것이 인간의 도리이자 예의인 것이다.

그렇다. 약속은 아무리 하찮은 것이라도 또 그 대상이 누구라 할지라도 반드시 지켜야 한다. 그것은 상대방을 위해서가 아니라 자신을 위해서다. 그런 까닭에 약속은 꼭 지켜야 한다는 것을 잊지 말아야겠다.

FRIEDRICH NIETZSCHE

사랑에 대한 니체의 생각 한 조각

사랑한다는 것은 자신과는 완전히
정반대의 삶을 사는 사람을 그 상태 그대로,
자신과는 반대의 감성을 가진 사람을
그 감성 그대로 기뻐하는 것이다.

니체 어록 49

───────────◆───────────

  사랑이란 인간이 추구하는 가장 이상적인 목적이며 가장 실
체적인 것이다. 그런 까닭에 인간은 사랑을 통해서만 더욱 행
복할 수 있고 인간답게 살아가게 된다. 사랑은 매일 먹는 밥과
같이 인간에겐 영혼의 양식과도 같다 하겠다.

  사랑의 유형은 크게 세 가지로 분류할 수 있다. 첫째는 아가
페Agape이다. 이는 종교적인 무조건적 사랑을 뜻하는 것으로,
인간에 대한 신의 사랑이나 자기를 희생함으로써 실현되는, 인
간의 신과 이웃에 대한 사랑을 이른다. 특히, 아가페적인 사랑
은 자식에 대한 조건 없는 어머니의 사랑을 의미할 때 쓰인다.

둘째는 에로스Eros이다. 이는 이성 간의 육체적인 사랑을 의미한다. 셋째는 필리아Philia이다. 이는 친구 간의 사랑을 뜻하는 것으로 '우정'을 의미한다. 세 가지 사랑의 유형에서 보듯 사랑은 저마다 의미하는 바가 다르지만, 본질에 있어서는 인간이 추구하는 바가 같다 하겠다. 니체는 사랑에 대해 다음과 같이 말했다.

"사랑한다는 것은 자신과는 완전히 정반대의 삶을 사는 사람을 그 상태 그대로, 자신과는 반대의 감성을 가진 사람을 그 감성 그대로 기뻐하는 것이다."

니체의 말에서도 알 수 있듯 니체는 사랑이란 자신과 정반대되는 삶을 사는 사람을 그 상태 그대로, 자신과 반대되는 감성을 가진 사람을 그 상태 그대로 기뻐하는 것이라고 정의했다.

이는 무엇을 의미하는가. 그러니까 자신이 사랑한다면 사랑하는 사람의 삶이 어떠하든, 감성이 다르건 그 자체를 사랑해야 한다는 것이다. 다시 말해 사랑에 조건을 달지 않는 사랑, 사랑한다면 사랑하는 것 오직 그 자체만으로 사랑해야 한다는 말이다. 물론 이런 사랑을 한다는 것은 사람에 따라 현저히 차이가 나게 마련이다. 어떤 사람은 사랑하는 이의 조건을 보지 않고 오직 사랑 자체로만 사랑을 한다. 하지만 어떤 사람은 사랑하는 이의 조건을 따져가며 사랑을 하려고 한다.

이 두 가지 관점에서 볼 때 사랑은 사랑하는 이의 조건을 따져서는 안 된다. 오직 사랑하는 마음 그 자체로만 사랑해야 한다. 그랬을 때 진정한 사랑은 이루어지는 것이다. 사랑의 속성에 대해 프랑스 소설가 귀스타브 플로베르Gustave Flaubert는 다음과 같이 말했다.

"사랑은 봄에 피는 꽃과 같다. 온갖 것에 희망을 품게 하고 향기로운 향내를 풍기게 한다. 때문에 사랑은 향기조차 없는 메마른 폐허나 오막살이집일지라도 희망을 품게 하고 향기로운 향기를 풍기게 하는 것이다."

귀스타브 플로베르의 말에서 보듯 사랑은 사람들에게 희망을 주고, 향기로운 향기, 즉 삶의 행복과 살아가는 데 필요한 용기와 힘을 주는 소중한 존재라는 것을 알 수 있다.

"사랑을 베푼다는 것은 이 세상을 꽃밭으로 만드는 위대한 열쇠이다."

이는 영국의 소설가 로버트 스티븐슨이 한 말로 사랑이 세상, 즉 인간의 삶에 미치는 영향이 얼마나 지대한지를 잘 알게 한다. 생각해보라. 세상을 꽃밭으로 만드는 위대한 열쇠라니 이 얼마나 멋지고 긍정적인 말인가. 그런 까닭에 사랑은 위대한 것이다.

"한 방울의 사랑은 금화가 가득 찬 주머니보다 가치가 있다."

이는 보델슈빙크가 한 말로, 사랑이 지닌 가치가 얼마나 귀하고 막대한지를 잘 알게 한다. 사랑의 가치는 그 어떤 것으로도 비견할 수 없다. 오직 진실한 사랑만이 있을 뿐이다. 이상에서 보듯 사랑은 표현만 다를 뿐 사랑이 지닌 가치와 힘, 그리고 사랑이 인간에게 미치는 영향이 얼마나 긍정적으로 작용하는지를 잘 알게 한다.

그렇다. 그런 까닭에 사랑하는 사람을 사랑할 때나, 가족을 사랑할 때나, 친구를 사랑할 때나 진심을 다해야 한다. 그랬을 때 행복은 더 커지고, 삶은 희망으로 가득 차게 될 것이다. 다음은 나의 〈사랑만이 구원救援이다〉라는 시詩이다. 이 시를 감상하며 사랑의 참의미를 되새겨보라.

돈이 이 세상의 중심을 차지한 지 이미 오래다
정치든 학문이든 예술이든 사랑이든
모든 것은 돈을 향해 엎드려 경배를 한다
돈을 위해서라면 부모 형제도 친구도 스승도
우정도 사랑도 의리도 신념도 다 팔아넘긴다
돈이 온누리를 지배하는 이 시대에
사랑은 마른 참나무 껍질 같이 무력無力하고
씹다 버린 껍처럼 무익無益하다
도시의 밤거리는 맑은 눈을 어지럽히고
쏟아져 나오는 소리란 소리는 돈을 향해 달려가고
사람의 마음을 들뜨게 하는 연예인의 멋스런 광고는

숨겨진 사람들의 물질의 본능을 자극한다

남보다 더 크고 넓고 우뚝한 궁전을 꿈꾸고

화려한 조명을 받으며 우아한 이브닝드레스를 꿈꾼다

그러나 사랑이 떠나버린 도시의 거리는 온기가 없다

다만 화려함으로 그 허무의 온기를 포장할 뿐

사랑을 씹다 뱉어버린 껌처럼 여기지 마라

사랑을 화투판 흑싸리 껍데기처럼 경멸하지 마라

그래도 비틀거리며 이 길을 갈 수 있는 건

한 줄기 빛처럼 남아 있는 사랑 때문이다

사랑을 향해 무릎을 꿇고 눈을 감고 기도하라

사랑만이 우리의 유일한 희망이며 구원인 것을

FRIEDRICH NIETZSCHE

본질을 꿰뚫어 보는 눈을 길러야 하는 까닭

무엇이 인간에게
의미와 가치가 있는 근본인가?
본질을 꿰뚫어 보는
눈을 가지는 것이 매우 중요하다.

니체 어록 50

인간은 근본적으로 존재적 가치와 의미를 지닌 채 세상으로 온다. 이는 인간이 우주 만물의 으뜸이라는 것으로도 충분히 증명된다고 하겠다. 가만히 생각해보라. 우주에는 삼라만상森羅萬象, 즉 우주에 있는 온갖 사물과 현상 중에 으뜸이라니 이 얼마나 감사 무궁한 일인가. 그런데 인간 본질의 의미를 망각한 채 함부로 언행을 일삼는다면 그것은 금수와 무엇이 다를 것인가.

인간이 인간답게 살기 위해서는 삶의 본질을 정확히 꿰뚫어 보는 눈을 가져야 한다. 이를 좀 더 부연해서 말한다면 '인간은 무엇으로 사는가?'라는 문제로부터 '어떻게 살아야 하는가?'라는 문제에 대해 진지한 성찰이 있어야 한다. 도가의 창시자인 노자老子는 인간이 인간으로서 지녀야 할 삶의 본질에 대해 다음과 같이 말했다.

신 언 불 미 미 언 불 신 선 자 불 변 변 자 불 선
信言不美 美言不信 善者不辯 辯者不善

지 자 불 박 박 자 부 지 성 인 부 적
知者不博 博者不知 聖人不積

기 이 위 인 기 유 유 기 이 여 인 기 유 다 천 지 도
旣以爲人 己愈有 旣以與人 己愈多 天之道

이 이 불 해 성 인 지 도 위 이 부 쟁
利而不害 聖人之道 爲而不爭

이는《도덕경》81장 전문全文으로 '믿음직스러운 말은 아름답지 않고, 아름다운 말은 믿음이 없다. 선한 사람은 말을 잘하지 못하고, 말을 잘하는 사람은 선하지 않다. 지혜로운 사람은 박식하지 않고, 박식한 사람은 지혜롭지 못하다. 성인은 쌓아두지 않으며, 사람들을 위해 뭐든지 함으로써 자신이 더욱 많이 가지게 되고, 사람들을 위해 모두를 주었지만 그럴수록 자신이 더욱 많아지게 된다. 하늘의 도는 이롭게만 할 뿐 해를 끼치지 않고, 성인의 도는 일을 하면서도 싸우지 않는다'라는 뜻으로,

노자가 왜 진실되게 살아야 하는지를 잘 설명해준다. 한 마디로 함축해서 말하면 '진실은 아름답게 꾸미지 않는다'는 것이다. 그렇다면 진실은 아름답게 꾸미지 않는다는 것은 무슨 의미인가.

대개의 사람들은 자신을 드러내기 위해 과대 과장을 하기도 하고, 아닌 것을 그런 것처럼 꾸미기도 한다. 이러는 과정에서 사실과 다르게 포장을 하고, 위선적으로 상대를 현혹시키기도 한다. 이는 진실을 외면하고 거짓을 진실로 위장하는 부도덕한 일이다. 그런 까닭에 진실은 꾸미지 않고 있는 그대로를 보여주어야 하는 것이다.

이는 무위자연無爲自然, 즉 '인위를 가하지 않는 자연 그대로 상태'를 뜻하는 말로, 노자의 주요 사상에 기인하는 바에 그 근본이 있다고 하겠다.

유가의 창시자인 공자孔子는 인仁과 예禮를 강조했고, 또한 정명正名 정신과 덕치德治 사상을 제시했다. 인은 인간 됨의 본질을 이루는 사랑의 정신이자, 사회적 존재로서 완성된 인격체의 인간다움을 뜻한다. 그래서 공자는 '덕이 있는 사람은 외롭지 않고 반드시 이웃이 있다'고 강조했다. 이를 덕불고 필유린德不孤 必有隣이라 하는 바《논어論語》〈이인편里仁篇〉에 나온다.

또한《논어》의 〈학이편學而篇〉과 〈자한편子罕篇〉에서 이르기를

'과즉물탄개過則勿憚改', 즉 '잘못을 하면 고치기를 꺼리지 말라' 했으며 또한 〈자장편子張篇〉에서 이르기를 '소인지과야필문小人之過也必文', 즉 '덕이 없는 자는 잘못을 저지르면 그것을 고칠 생각은 하지 않고 꾸며서 둘러대려고 한다'고 말했다. 이렇듯 공자孔子가 잘못한 것에 대해 바로잡아야 한다고 강조한 것은 '인仁'을 사람의 근본으로 삼았기 때문이다.

'인'은 공자孔子의 사상과 철학의 본질이며 목적이다. 그가 유난히 '인'을 강조한 것은 인간답게 사는 길은 잘못을 하지 않고, 도덕과 예로 말미암아 서로에게 '덕이 있는 삶'을 추구하려는 데 있다고 보았던 것이다. 그런 까닭에 공자孔子는 가르침을 중요하게 생각했고 평생을 가르침에 전념했다.

예禮는 인을 실현하는 데 필요한 외면적인 사회 규범을 뜻한다. 그런 까닭에 예는 인간이 지녀야 하는 근본인 것이다. 정명은 개개인이 자신의 신분과 지위에 알맞은 역할을 수행하는 것을 뜻하고, 덕치(德治)는 통치자의 덕성과 예의에 의한 교화를 추구하는 정치를 뜻한다.

특히, 공자가 인仁과 예禮를 강조한 것은 춘추전국 시대의 사회적 갈등과 혼란을 개인의 도덕적 타락 때문이라고 여겼기 때문이다. 그런 까닭에 개개인이 도덕적인 마음을 회복하고 사회의 제도와 규범을 확립해 사회적 안정을 이루어야 한다고 주장했던 것이다. 이를 좀 더 부연한다면 인과 예는 사람으로서 반드시 갖춰야 할 삶의 근본이라고 할 수 있다. 니체는 본질을 꿰뚫어 보는 눈을 지녀야 한다고 주장하며 다음과 같이 말했다.

"무엇이 인간에게 의미와 가치가 있는 근본인가? 본질을 꿰뚫어 보는 눈을 가지는 것이 매우 중요하다."

니체의 말에서 보듯 인간에게 있어 삶의 의미와 가치의 근본은 무엇인지 아는 것이 중요하다는 걸 알 수 있다. 그리고 본질을 꿰뚫어 보는 눈을 가질 때 인간에게 의미와 가치가 있는 근본을 알 수 있다는 걸 알 수 있다. 다시 말해 인간은 삶의 본질을 파악하고 그것을 통해 인간답게 살아야 한다는 것을 의미한다고 하겠다.

일찍이 소크라테스Socrates가 '너 자신을 알라'고 한 것은 삶의 본질을 꿰뚫는 눈을 가짐으로써 자신의 존재에 대해 바로 알고 행하는 것이야말로 인간다운 삶이라는 것을 뜻한다고 하겠다. 노자, 공자, 소크라테스가 주장하는 사상은 내용과 표현에서 큰 차이를 보이지만, 결국은 인간다운 삶을 사는 것, 살아야 하는 것에 대한 가르침이라고 할 수 있다.

그렇다. 인간답게 살기 위해서는 삶의 본질을 볼 수 있는 눈을 가져야 한다. 그래야 인간으로서 인간답게 살아갈 수 있다. 그런 까닭에 사색을 통한 성찰의 시간을 갖도록 해야 한다는 것을 잊지 말아야겠다.

6

CHAPTER

가장 먼저
자신을 사랑하라

Friedrich Nietzsche

지혜의 보고寶庫, 고전을 탐독하라

막다른 길에 서 있다고 느낄 때
읽는 고전은 지성의 고양에 특효약이다.
고전은 자양분으로 충만해 있다.

니체 어록 51

───────────◆───────────

고전古典의 사전적 의미는 '오랫동안 많은 사람에게 널리 읽히고, 모범이 될 만한 문학이나 예술 작품'을 일러 말한다. 그런 까닭에 고전은 소멸되지 않고 계속해서 이어져 오고 있고, 앞으로도 계속 이어질 것이다. 고전에서는 '향기'가 난다는 말이 있는데, 여기서 향기란 '지혜'를 의미한다. 고전을 접하다 보면 수천 년이 지났는데도 여전히, 그 향기는 예나 지금이나 변함이 없다. 고전은 세월이 지날수록 빛을 발하기 때문이다.

왜 그럴까. 인간이란 그 본질이 같기 때문이다. 수천 년 전의 인간이나 현시대를 살아가는 인간이나 좋아하는 것과 싫어하

275

CHAPTER 6 가장 먼저 자신을 사랑하라

는 것, 옳은 것과 그른 것, 참된 것과 거짓된 것 등에 대한 가치 기준이 같기 때문이다. 그래서 고전은 예나 지금이나 사람들에게 큰 영향을 주는 것이다. 다만 삶의 방식이 다를 뿐이다. 삶의 방식은 시대마다 트렌드의 영향을 받는 까닭이다.

고전을 많이 읽는다는 것은 지혜를 맘껏 섭취하는 것과 같다. 그래서 고전을 많이 읽게 되면, 혜안이 밝아진다. 고전을 많이 읽어야 하는 이유가 여기에 있는 것이다. 고문진보古文眞寶라는 말이 있다. 오래된 글, 즉 오래된 책은 보물과도 같다는 말이다. 그러니까 고전을 고문진보라고 해도 전혀 손색이 없다. 다시 말해 고전은 그만큼 읽을 가치가 있다는 것이다. 니체는 고전을 많이 읽어야 한다고 설파했다. 이에 대한 그의 말을 보자.

"막다른 길에 서 있다고 느낄 때 읽는 고전은 지성의 고양에 특효약이다. 고전은 자양분으로 충만해 있다."

니체의 말에서 알 수 있듯 고전을 많이 읽어야 하는 것은 지성의 특효약, 즉 지성을 기르는 데 절대적으로 도움이 되는 까닭이다. 왜 그럴까. 니체의 관점에서 볼 때 고전은 자양분으로 충만해 있기 때문이다. 이를 좀 더 부연한다면 고전은 지혜로 가득 차 있기 때문이라는 것이다. 니체가 말하는 자양분이란 '지혜'를 의미한다고 하겠다. 여기서 동서양의 대표적인 고전을 알아보는 것도 고전을 이해하는 데 큰 도움이 될 것이다.

먼저 동양 고전에는 노자의《도덕경道德經》, 공자의《논어論語》,

맹자의 《맹자孟子》, 장자의 《장자莊子》, 묵자의 《묵자墨子》, 사마천의 《사기史記》, 증선지의 《십팔사략十八史略》, 홍자성의 《채근담採根譚》, 한비의 《한비자韓非子》, 손무의 《손자병법孫子兵法》, 사마광의 《자치통감資治通鑑》, 《설원設苑》, 《역경易經》, 《시경詩經》, 《예기禮記》, 《효경孝敬》, 《열자列子》, 《근사록近思錄》, 《관자管子》 등이 있다.

서양 고전에는 아리스토텔레스의 《정치학》, 마르쿠스 아우렐리우스의 《명상록》, 마키아벨리의 《군주론》, 장 자크 루소의 《사회계약론》, 존 스튜어트 밀의 《자유론》, 데이비드 리스먼의 《고독한 군중》, 몽테스키외의 《법의 정신》, 알렉시 드 토크빌의 《미국의 민주주의》, 블레즈 파스칼의 《팡세》, 임마누엘 칸트의 《순수이성비판》, 키에르케고르의 《죽음에 이르는 병》, 프리드리히 니체의 《차라투스트라는 이렇게 말했다》, 마르틴 하이데거의 《존재와 시간》, 장 폴 사르트르의 《존재와 무》, 마르틴 루터의 《그리스도교도의 자유에 대해》, 장 자크 루소의 《에밀》, 율리우스 카이사르의 《갈리아 전기》, 헨리 데이비드 소로의 《월든》, 랄프 왈도 에머슨의 《자연》, 쇼펜하우어의 《의지와 표상으로서의 세계》, 존 번연의 《천로역정》, 아우구스티누스의 《고백론》, 단테의 《신곡》, 괴테의 《파우스트》, 찰스 디킨스의 《두 도시 이야기》 등을 꼽을 수 있다. 이 밖에도 많은 동서양의 고전이 있다.

이상에서 본 바와 같이 고전은 오랜 세월을 지나오는 동안에 많은 사람들에게 영감을 주고, 지혜를 주고, 삶을 성찰하는 데 있어 자양분이 되었다. 그런 까닭에 시대를 초월해 언제나 변함없이 사랑받는 것이다.

그렇다. 지혜를 기르고 인생을 가치 있고 의미 있게 살고 싶다면 고전을 탐독耽讀하라. 고전은 당신에게 인생의 길이 되어 줄 것이다.

FRIEDRICH   NIETZSCHE

현명함은 어떻게 길러지는가

공부하고 책을 읽는 것만으로는 현명해질 수 없다.
여러 가지 다양한 체험을 함으로써
사람은 현명해진다.

니체 어록 52

인생을 잘 살아가기 위해서는 현명해야 한다. 현명한 사람은 같은 어려움을 만나도 슬기롭게 풀어가지만 우둔한 사람은 갈팡질팡하며 어쩔 줄을 모른다. 그러기 때문에 현명함이 필요한 것이다. 현명해지기 위해서는 어떻게 해야 할까.

첫째는 배워야 한다. 배움이란 캄캄한 어둠을 밝히는 빛과 같아 모르는 것을 알게 함으로써 인생을 지혜롭게 살아가게 한다. 그런데 문제는 배움은 단순히 배움으로 끝나서는 안 된다는 것이다. 그것은 마치 수박의 겉을 핥는 거와 같다. 수박의 맛을 보기 위해서는 수박을 잘라 먹어야 한다.

배움 또한 이와 같아 배운 것은 자기 것으로 완전히 만들어야 한다. 그래야 필요할 때 유용하게 써먹을 수 있다. 공자孔子는 다음과 같이 말했다.

학 이 불 사 즉 망   사 이 불 학 즉 태
學而不思則罔 思而不學則殆

이는 《논어論語》 〈위정편爲政篇〉에 나오는 공자孔子가 한 말로, '배우고 생각하지 않으면 잊어버리고, 생각만 하고 배우지 않으면 위태롭다'는 뜻이다. 이를 좀 더 부연한다면, 배우고 익힌 것을 활용하기 위해서는 공자의 말대로 배운 것을 내 것으로 만들어야 한다. 그러기 위해서는 배운 것을 완전히 습득할 수 있게 반복적으로 학습해야 한다. 그래야 완전한 내 것이 될 수 있다. 공자와 같은 배움의 이치를 담은 말을 보자.

"교육은 사실을 배우는 것이 아니라 생각하는 마음의 훈련이다."

이는 20세기 최고의 물리학자인 알버트 아인슈타인Albert Einstein이 한 말로, 배움의 의미가 무엇인지 잘 알게 한다. 그런데 여기서 한 가지 오해가 있을 것 같아 하는 말인데, 교육은 배우는 것이 아니라는 그의 말은 생각하고 익히는 것을 나타내기 위한 하나의 장치인 것이다. 그러니까 생각하는 마음의 훈련이라는 것은 곧 배운 것을 생각하고 익혀 내 것으로 만드는 것을 의미한다고 하겠다. 즉, 마음의 훈련을 통해 마음이 견고해지듯 생각하고 익힘으로써 마음을 무장하면 그것은 곧 현명함이 되고 지혜가 된다는 것을 의미한다고 하겠다.

배움이란 단지 일정한 기간 동안 배우는 것으로 끝나는 것이 아니다. 그러기 때문에 배움은 평생을 하는 것이다. 왜 그럴까. 배움은 아는 것으로 만족하는 것이 아니라 배운 것을 통해 지혜를 터득하고 현명한 사람이 되기 위한 것이기 때문이다. 이에 대해 마하트마 간디Mahatma Gandhi는 다음과 같이 말했다.

"내일 죽을 것처럼 살아라. 영원히 살 것처럼 배워라."

진정한 배움이란 마하트마 간디의 말처럼 영원히 살 것처럼 배우는 것이다. 앞에서도 말했듯이 현명하게 살기 위해서는 배움을 멈추지 말아야 하기 때문이다.

둘째는 다양한 체험을 통해 지혜를 길러야 한다. 살다 보면 많은 경험을 하게 되는데 이때 체험을 통해 많은 것을 생각하고 터득하게 된다. 이 깨달음을 통해 지혜를 기르게 되고, 그로 인해 현명해지는 것이다. 경험의 소중함에 대한 몇 가지의 말을 보자.

"경험은 만물의 스승이다."

이는 로마의 절대 권력자(장군)인 줄리어스 시저Julius Caesar가 한 말로, '경험은 가장 위대한 스승이다'라는 말과 일맥상통하다고 하겠다.

"진정한 여행은 새로운 풍경을 보는 것이 아니라, 새로운 눈을 갖는 것에 있다."

이는《잃어버린 시간을 찾아서》로 유명한 프랑스의 소설가 마르셀 프루스트 Marcel Proust가 한 말로, 경험은 보는 것으로 끝나는 것이 아닌 새로운 눈, 즉 새로운 생각을 기르는 데 있다는 것을 의미한다. 그러니까 경험은 지혜를 기르는 아주 중요한 수단이라는 것을 알 수 있다. 니체 또한 배움에 대해 이렇게 말했다.

"공부하고 책을 읽는 것만으로는 현명해질 수 없다. 여러 가지 다양한 체험을 함으로써 사람은 현명해진다."

그렇다. 배움은 공부하고 책을 읽는 것으로 끝나서는 안 된다. 배운 것을 생각하고 익히고 여러 가지 체험을 통해 현명해지기 위해 하는 것이다. 그런 까닭에 배움은 평생을 하는 것이다. 진실로 자신을 사랑한다면, 그래서 진실로 현명한 삶을 살고 싶다면 배워라. 그리고 배운 것을 생각하고, 체험하고, 익힘으로써 완전히 내 것으로 만들어야 함을 잊지 말아야겠다.

사고思考를 갖춘 사람이 되는
세 가지 필수 조건

제대로 생각하는 사람이 되고 싶다면
최소한 다음의 세 가지 조건이 필요하다.
사람과 교제할 것, 책을 읽을 것, 정열을 가질 것,
이들 중 어느 하나라도 결여된다면
제대로 된 사고를 할 수 없다.

니체 어록 53

사고思考란 무엇인가. 사고란 '생각하고 궁리하는 것'을 말한다. 그러니까 생각을 함으로써 사물의 이치를 깊이 연구하는 것을 말한다고 하겠다. 그렇다면 왜 사고력을 길러야 하는가. 사고력은 인간을 논리적이게 하고 살아가는 데 있어 길잡이가 되며, 삶의 방향을 결정지을 때 나침반이 되어주기 때문이다. 그런 까닭에 사고력이 뛰어나면 남보다 지혜로운 선택을 할 수 있고, 그로 인해 자신이 바라는 최선의 삶을 살아가는 데 큰 도움이 된다. 이렇듯 사고력은 인간이 살아가는 데 있어 반드시 갖춰야 할 필수 요소라고 할 수 있다. 사고력을 기르기 위해서는 어떻게 해야 할까.

첫째는 독서이다. 다양한 책 읽기는 힘들이지 않고 책을 쓴 저자의 소중한 생각, 즉 지식을 자신의 것으로 만들 수 있는 최선의 방법이다. 그런 까닭에 17세기 프랑스의 철학자이자 수학자로, 근세철학의 아버지라 불리는 르네 데카르트는 독서에 대해 다음과 같이 발했다.

"좋은 책을 읽는 것은 과거의 가장 뛰어난 사람들과 대화를 나누는 것과 같다."

데카르트의 말은 독서의 유용성에 대한 참으로 직절한 표현이라고 할 수 있다. 그만큼 독서가 인간에게 중요하다는 것을 의미한다고 하겠다. 또한 독서를 많이 한다는 것은 다양한 사고력을 기를 수 있는 최선의 방법인 까닭이다.

둘째는 글쓰기이다. 글쓰기는 자신의 생각을 짜임새 있는 문장으로 펼쳐놓는 작업이다. 다시 말해 자신이 보고, 듣고, 느끼고, 생각한 것을 문장의 구성 방식에 따라 쓰는 것을 말한다. 글쓰기는 낱말과 낱말이 모여 하나의 문장이 되고, 문장과 문장이 모여 한 문단이 되고, 문단과 문단이 모여 한 편의 글로 완성되는 작업이다. 그러니까 글쓰기는 일정한 형식에 따라 쓰되 자신의 생각을 자유롭게 펼쳐 논리적으로 확실하게 보여주면 글쓰기는 제 역할을 다하게 되는 것이다.

글쓰기가 사고력을 기르는 데 있어 매우 유효한 것은 누에고치에서 실을 뽑아내듯 사유思惟함으로써 깨우친 것을 한 편의 글로 완성시키는 데 있다. 이러한 글쓰기 과정을 통해 사고력이 길러지고 더불어 논리성 또한 길러지기 때문이다. 사고력을 기르고 좋은 글을 쓰고 싶다면 꾸준히 글쓰기를 함으로써 습관화해야 한다.

셋째는 사색思索하는 것이다. 사색이란 '어떤 것에 대해 깊이 생각하고 이치를 따지는 것'을 말한다. 그러니까 사물이나 생활하는 가운데에서 보고 들은 것을 통해 깊이 생각함으로써 새로운 생각을 발견하는 것, 또는 그 과정을 총체적으로 일러 하는 말이다. 그런 까닭에 사색력이 좋으면 사고력이 좋아지는 것은 당연지사이다. 사색력을 기르기 위해서는 소소한 것으로부터 시작하라. 어떤 사물에 대해 곰곰이 생각함으로써 새로운 생각을 끌어내는 일을 반복하다 보면 나중에는 깊이 있는 문제도 충분히 자기 나름대로의 생각으로 이끌어 낼 수 있게 된다. 니체는 제대로 생각하는 사람, 즉 사고思考하는 사람이 되는 것에 대해 다음과 같이 말했다.

"제대로 생각하는 사람이 되고 싶다면 최소한 다음의 세 가지 조건이 필요하다. 사람과 교제할 것, 책을 읽을 것, 정열을 가질 것, 이들 중 어느 하나라도 결여된다면 제대로 된 사고를 할 수 없다."

니체는 사고력을 지닌 사람이 되기 위해서 갖춰야 할 조건을 사람과의 교제, 독서, 열정 등 세 가지로 제시했다. 그렇다면 그가 제시한 것과 사고력은 무슨 연관성이 있을까.

첫째, 사람과의 교제는 사람과의 만남을 통해 대화함으로써 서로의 생각을 배울 수 있기 때문이며 둘째, 독서는 다양한 지식을 습득함으로서 생각을 기를 수 있기 때문이며 셋째, 정열은 어떤 것에 열정을 바침으로써 그 과정에서 새로운 생각을 터득할 수 있기 때문이다.

니체의 관점에서 볼 때 사고력을 갖춘 사람이야말로, 세상을 살아가는 데 있어 매우 효율적인 사람이라는 걸 알게 한다. 왜냐하면 사고력이 뛰어나면 그 어떤 일에도 이성적으로 생각함으로써 감정적으로 치우쳐 잘못되는 일로부터 자신을 지켜낼 수 있기 때문이다.

그렇다. 배부른 돼지보다는 비록 주머니가 가벼워도 사고력이 뛰어난 사람이 되어야 한다. 그것이야말로 제대로 된 사람, 즉 품격 있는 사람으로 살아가는 데 있어 도움이 되는 까닭이다.

말 없는 자연의 스승, 나무에게 배워라

우리는 소나무와
전나무의 태도를 배울 필요가 있다.

니체 어록 54

이 세상에 존재하는 모든 생물체 중 가장 헌신과 희생의 대명사라고 할 수 있는 것이 나무이다. 봄이면 잎을 피우고 꽃을 피워 자연을 푸르게 가꾸고, 여름이면 그늘을 만들어 사람들과 동물들에게 쉼터가 되어주고, 가을엔 탐스럽고 맛있는 과일을 내어주고, 겨울엔 비록 빈 나무 가지만 있어도 산과 들이 쓸쓸하지 않다. 나무는 자연의 대표적인 주체이지만 자신을 드러내기보다는 배경이 되어주는 것에 익숙하다.

쉘 실버스타인Shel Silverstein의 《아낌없이 주는 나무》는 이러한 나무를 소재로 해 깊은 울림과 감동을 준다. 이 동화에서 보듯 나무는 소년을 위해 자신의 모든 것을 아낌없이 내어주고도 마냥 행복해하기 때문이다.

　나는 나무가 참 좋다. 푸른 잎을 달고 서 있는 나무는 푸릇푸릇 빛나서 좋고, 붉은 단풍잎을 매달고 있는 나무는 아름다워서 좋다. 봄, 여름, 가을 나무는 다 좋지만 텅 빈 마른 나뭇가지를 매달고 선 겨울나무를 특히 좋아한다. 겨울나무를 보면 모든 탐욕을 다 내려놓은 성자처럼 보인다.

　그렇다. 나무는 성자와 같은 존재다. 자신의 사랑을 온몸으로 보여주는 성자, 아낌없이 제 모든 것을 다 내어주는 성자인 것이다. 우리는 나무의 사랑을 배워야 한다. 나무는 온전한 사랑으로 살아가는 방법을 인간에게 가르쳐 주는 스승이다. 니체 역시 나무를 인간이 배워야 하는 대상으로 생각한다. 그의 말을 보자.

　"우리는 소나무와 전나무의 태도를 배울 필요가 있다."

　니체는 소나무와 전나무에게 배워야 한다고 했지만, 이는 어디까지나 상징적인 것일 뿐 '나무' 자체로 보는 것이 타당하다 하겠다. 아무튼 나무는 인간이 배워야 할 대상이며, 위대한 자연의 스승인 것이다. 다음은 미국의 시인 엘프레드 J. 킬머의 〈나무〉라는 시이다.

나무처럼 아름다운 시를

정녕 볼 수 없으리.

대지의 감미로운 젖이 흐르는 가슴에

주린 입술을 대고 서 있는 나무.

온종일 하나님을 우러러보며

잎이 우거진 팔을 들어 기도하는 나무.

여름이면 머리칼 속에

울새의 보금자리를 지니는 나무.

그 가슴 위로는 눈이 내리고

비와 정답게 사는 나무.

시는 나처럼 어리석은 자가 짓지만

나무는 오직 하나님이 만드신다.

엘프레드 J. 킬머가 이런 시를 쓸 수 있었던 것은 그 역시 나무의 위대함을 깨우쳤기에 '나무처럼 아름다운 시를 정녕 볼 수 없으리'라고 조용히 말한다. 그리고 덧붙인다. 시는 나처럼 어리석은 자가 짓지만 나무는 오직 하나님이 만드신다고. 놀라운 성찰의 시가 아닐 수 없다. 우리는 나무 같은 인생을 살아야한다. 물론 쉽지는 않다. 하지만 그럼에도 그렇게 살도록 노력해야 한다. 그렇게 산다는 것은 인간이기에 인간만이 할 수 있는 일인 까닭이다.

그렇다. 나무 같은 삶을 살아야 한다. 나무처럼 살 수 있다면 그것이야말로 최선의 삶이라고 할 수 있는 까닭이다.

FRIEDRICH NIETZSCHE

모든 좋은 것은 시간과 공을 들여야 한다

모든 좋은 것은
멀리 돌아가는 길을 통해
목적에 다다른다.

니체 어록 55

어떤 일을 함에 있어 좋은 성과를 내기 위해서는 그만한 시간과 노력을 들여야 한다. 단기간에 좋은 성과를 내기도 하지만, 이는 어쩌다 있는 일일 뿐 시간을 들이고 공을 들여야 한다. 이에 대해 니체는 다음과 같이 말했다.

"모든 좋은 것은 멀리 돌아가는 길을 통해 목적에 다다른다."

니체의 말에서 모든 좋은 것은 멀리 돌아가는 길을 통해 목적에 이른다고 했는데, 여기서 멀리 돌아간다는 것은 시간과 공을 들여야 함을 의미한다. 그러니까 좋은 결과는 그냥 이루어지는 것이 아니라, 그만한 시간을 들이고 공을 들여야 하는 것이다.

이를 뜻하는 말로 마부작침磨斧作針이라는 사자성어가 있다. 이는《신당서新唐書》〈문예전文藝傳〉에 나오는 말로 '도끼를 갈아 바늘을 만든다'는 뜻으로, 아무리 어려운 일이라도 끊임없이 노력하면 반드시 이룰 수 있음을 의미한다. 이를 좀 더 부연한다면 그 어떤 일이라도 좋은 결과를 얻길 바란다면 시간을 들이고 공을 들이고 열정을 쏟으라는 말이다.

그런데 이런 의지도 없이 좋은 결과를 기대한다면 그것은 화중지병畵中之餠과 같다. 세상의 이치는 조금도 헛됨이 없는 것이다. 도끼를 갈아 바늘을 만드는 시간과 공이 있어야 하는 것은 지극히 당연한 일이다. 마부작침의 유래에 대해 살펴본다면 왜 시간을 들이고 공을 들여야 좋은 결과를 내는지 깊이 깨닫게 될 것이다.

중국 당唐나라 때 시인으로 두보杜甫와 함께 중국 역사상 최고의 시인으로 추앙받은 이백李白. 이백이 집을 떠나 상의象宜산에 들어가 글공부에 전념하던 시절이었다. 문재에 뛰어난 그도 매일 똑같은 일을 반복하는 것이 때로는 지겹고 고리타분했다. 참다못한 그는 집에 돌아가기 위해 산을 내려가기로 결심했다. 집에 간다는 생각에 그의 마음은 들떠 있었다. 그가 시냇가에 이르렀을 때였다. 그는 바위에 도끼를 갈고 있는 한 노파와 만났다. 그 모습이 하도 이상해 이백은 가던 길을 멈추고 무슨 일로 도끼를 바위에 가느냐고 물었다.

"할머니, 무엇을 하시기에 도끼를 바위에 가시는 겁니까?"

"바늘을 만들려고 한다."

노파는 바늘을 만들기 위해서라고 말했다. 의아한 생각에 어떻게 도끼가 바늘이 될 수 있느냐고 재차 물었다.

"바늘을요? 그렇게 해서 언제 바늘을 만들 수 있어요?"

노파는 빙그레 웃으며 말했다.

"그 이유는 간단하단다. 도끼를 갈 때 힘들다고 중간에 포기하지 않으면 되지."

중간에 포기만 하지 않으면 만들 수 있다는 노파의 말에 이백의 가슴은 뜨끔거렸다. 꼭 자신을 두고 하는 말 같았기 때문이다. 순간 열심히 공부를 해야겠다고 생각을 굳힌 이백은 자신에게 깨달음을 준 노파에게 절을 올리고 산으로 되돌아갔다.

이후 그는 이전과는 다른 자세로 학문에 정진한 끝에 최고의 시인이 되었다. 이백이 자신의 뜻을 이룰 수 있었던 것은 시간을 들이고 공을 들여 최선을 다했기 때문이다.

이백의 이야기에서 보듯 그가 당나라 최고의 시인이 된 것처럼 자신이 뜻하는 바를 이뤄 좋은 결과를 내기 위해서는 시간을 들이고 공을 들여 최선의 노력을 다해야 한다.

그렇다. 그 어떤 것도 그냥 되는 것은 없다. 더욱이 누구나 부러워하고 바라는 것들은 시간을 들이고 공을 들여 최선을 다해야 한다는 것을 마음에 새겨 실행에 옮겨야겠다.

말에도 향기가 있다

우리가 쓰는 말에도
각자의 독특한 향기가 배어 있다.
그렇기에 자신의 말에 더욱 민감해져야 한다.
좋은 향기를 풍기는지 혹은 악취를 풍기는지
유심히 음미할 필요가 있다.

니체 어록 56

니체는 말의 중요성에 대해 다음과 같이 말했다.

"우리가 쓰는 말에도 각자의 독특한 향기가 배어 있다. 그렇기에 자신의 말에 더욱 민감해져야 한다. 좋은 향기를 풍기는지 혹은 악취를 풍기는지 유심히 음미할 필요가 있다."

니체의 말에서 보듯 말에는 향기가 되는 말이 있고, 악취가 되는 말이 있다. 향기가 되는 말은 상대방의 기분을 좋게 한다. 꿈을 주는 말, 용기를 주는 말, 칭찬의 말, 격려해주는 말, 사랑을 품게 하는 말 이런 말들은 모두 향기를 품고 있어 사람들을 행복하게 한다.

그러나 기분을 상하게 하는 말, 의지를 꺾는 말, 비난의 말은 모두 악취를 품고 있어 사람들을 불쾌하게 만든다. 그런 까닭에 같은 말도 듣기 좋게 하는 센스를 지녀야 한다. 왜 그럴까. '한마디의 말이 천 냥 빚을 갚는다'는 속담처럼 잘한 한마디의 말은 인생을 바꿀 만큼 힘이 세기 때문이다. 다음은 말 한마디로 자신의 꿈을 이룬 감동적인 이야기이다.

미국의 젊은 목사 프랭크 갠솔러스의 가슴은 뜨거운 열망의 꿈으로 가득 차 있었다. 그는 지금과는 전혀 다른 대학을 설립하는 계획을 갖고 있었다. 하지만 그의 주머니엔 아무것도 없었다. 그런 그가 그처럼 원대한 꿈을 갖는다는 것은 어찌 보면 무모한 일처럼 보여질 수도 있다. 하지만 큰 꿈을 이룬 사람들 가운데는 갠솔러스처럼 아무것도 가진 게 없는 사람들이 많았다.

"하나님, 저는 아무것도 가진 게 없습니다. 그러나 저에겐 꿈에 대한 강한 확신이 있습니다. 첫째는 나의 생명이 되시고, 나의 모든 것을 주관하시는 하나님이 계십니다. 둘째는 나는 불가능을 믿지 않습니다. 나에게는 가능성만 있습니다. 셋째는 내가 이루고자 하는 꿈은 내 개인을 위한 것이 아닌, 이 나라의 젊은이들을 위한 것입니다. 내가 세운 대학에서 그들을 가르침으로써 이 나라의 동량이 되게 하고 싶습니다. 넷째는 미래를 더욱 아름답고 보람 있는 시대로 만들기 위해서입니다. 하나님, 내가 이 일을 하기 위해서는 100만 달러가 필요합니다. 나의 꿈을 이루게 도와주십시오."

갠솔러스는 날마다 이렇게 기도하며 자신의 꿈을 이룰 수 있는 기회를 찾고 구하고 두드렸다. 그러던 어느 날 갠솔러스는 아이디어를 떠올렸다. '100만 달러가 나에게 있다면 하고 싶은 일'이라는 제목으로 이번 일요일에 설교를 하기로 계획을 세웠다. 그리고 그 계획을 신문에 실었다. 갠솔러스는 신문에 실린 자신의 기사를 보고, 기쁨의 미소를 지으며 이렇게 말했다.

"내 꿈은 반드시 이뤄질 것이다. 나는 내 꿈을 믿는다."

그의 가슴은 뜨거운 열망으로 가득 차올랐다. 일요일 아침 갠솔러스는 희망으로 가득 찬 모습으로 설교를 하기 위해 단상으로 올라갔다. 그는 사람들을 죽 둘러보았다. 많은 사람들이 호기심 가득한 눈으로 자신을 바라보고 있다는 것에 큰 만족감을 느끼자 더욱 힘이 샘솟았다. 갠솔러스는 힘차게 설교를 하기 시작했다. 다음은 그가 한 설교의 요지이다.

"나에게는 꿈이 있습니다. 그 꿈은 대학을 세우는 것입니다. 그래서 젊은이들에게 꿈을 심어주고, 그들이 이 나라를 위해 동량이 되게 하는 것입니다. 그런데 나에게는 가진 게 아무것도 없습니다. 오직, 꿈을 이룰 수 있다는 강한 확신과 찬란한 미래가 불타고 있습니다. 나는 바로 이 순간, 꿈이 이루어질 것을 확신합니다. 오늘 이 시간 나와 함께 해주신 여러분들에게 늘 행복과 기쁨이 함께 하기를 축복합니다."

갠솔러스의 설교는 열정으로 가득 넘쳤다. 그의 설교를 듣는 사람들의 얼굴은 만족감에서 오는 충만함으로 환하게 빛났다.

"목사님 설교는 참 감동적이었습니다."

사람들마다 다가와 이렇게 말했지만, 후원을 하겠다는 사람은 없었다.

'오늘 내 설교가 실패로 끝나는 걸까. 아니야, 그럴 순 없어. 난 오늘 내 꿈을 이룰 수 있다고 확신해.'

갠솔러스는 이렇게 생각하며 두 주먹을 불끈 쥐었다. 그런데 바로 그때 그의 앞으로 어떤 남자가 다가왔다.

"목사님, 설교가 너무도 감동적이었습니다."

"그렇게 생각하셨다니, 저 또한 마음이 흐뭇합니다."

갠솔러스는 남자의 말에 기분 좋은 표정을 지으며 웃었다. 그리고 혹시 이 사람이 꿈을 이루게 할 '꿈의 천사'가 아닐까, 생각했다.

"목사님, 저는 필립 아머라고 합니다. 내일 아침 제 사무실로 오십시오. 제가 100만 달러를 후원하겠습니다."

남자는 명함을 주며 말했다. 그는 육류 포장회사인 '아머 앤 컴퍼니'의 창업주였다.

"그 말씀, 정말입니까?"

갠솔러스는 너무도 놀란 나머지 이렇게 말했다.

"네, 그렇습니다."

필립 아머는 빙그레 웃으며 말했다.

"감사합니다. 아주 요긴하고 희망적으로 쓰일 것입니다."

갠솔러스는 이렇게 말하며 기쁨의 미소를 지었다. 갠솔러스는 필립 아머로부터 후원받은 돈으로 자신이 꿈꾸던 대학을 설립했다. 그 대학은 미국에서도 명문 중에 명문으로 손꼽히는 일리노이 공과대학의 전신이다.

꿈으로 가득 찬 말은 감동을 준다. 긍정의 에너지가 살아 넘치기 때문이다.

"나는 바로 이 순간, 꿈이 이루어질 것을 확신합니다. 오늘 이 시간 나와 함께 해주신 여러분들에게 늘 행복과 기쁨이 함께하기를 축복합니다."

갠솔러스가 설교 중에 했던 이 말을 보라. 얼마나 힘이 넘치고 생생한 울림을 주는가를. 필립 아머가 감동을 받은 것은 바로 이 말 때문이었다. 필립 아머는 이 말을 듣는 순간, '내가 그 돈을 기부할 것이다'라는 생각을 하게 된 것이다.

아무리 멋지게 포장을 한다고 해도 진정성이 없는 말은 감동을 주지 못한다. 그 말은 소리 나지 않는 꽹과리와도 같기 때문이다. 만일 당신이 누군가의 마음을 움직이고 싶다면, 꿈으로 가득 찬 당신의 말로 그를 감동시켜라. 그가 감동하는 순간 당신은 원하는 것을 얻게 될 것이다.

이 이야기에서 보듯 꿈을 주는 말은 사람들을 감동시키는 힘이 세다. 그런 까닭에 한마디 말도 상대방이 기분 좋게 하도록 해야 한다. 그것은 곧 자신을 행복하게 하기 때문이다. 다음은 나의 〈말의 꽃〉이라는 시이다. 이 시를 음미하면서 말의 중요성에 대해 생각해보라. 그러면 한마디의 말도 신중하게 잘 해야겠다는 생각이 들 것이다.

1
말에도 꽃이 있어요

감사합니다
고맙습니다
미안합니다
괜찮습니다

상대방을 따뜻하게 배려하는 말,
참 좋은 말의 꽃이지요

2
말에도 꽃이 있어요

힘들 때 용기를 주는 말
자신감이 없을 때 격려해주는 말
슬프고 외로울 때 위로해주는 말
기분을 좋게 하는 칭찬의 말
꿈의 씨앗을 키우는 희망을 주는 말

상대방에게 믿음을 주는 말
참 좋은 말의 꽃이지요

3
말에도 꽃이 있어요

사랑합니다
행복합니다
응원합니다
기도합니다

상대방을 기쁘게 하는 말
참 좋은 말의 꽃이지요

안이하게 산다는 것은 자신을 잃는 것이다

너는 안이하게 살고자 하는가?
그렇다면 항상 군중 속에 머물러 있으라.
그리고 군중에 섞여 너 자신을 잃어버려라.

니체 어록 57

자신의 존재 가치를 높이고자 노력하는 사람이 있는가 하면, 그냥 되는대로 살아가려는 사람이 있다. 문제는 자신의 존재 가치를 높이려고 노력하는 사람에 비해 그냥 되는대로 살아가려는 사람들이 월등히 많다. 그러다 보니 자신의 꿈을 이루고 사는 사람보다는 그렇지 않은 사람이 많다.

자신의 존재 가치를 높이고자 하는 사람들의 특징은 첫째, 꿈에 대한 확신이 강하다. 그런 까닭에 꿈을 이루기 위해 노력을 아끼지 않는다. 둘째, 매사에 긍정의 에너지가 넘친다. 긍정의 에너지가 넘친다는 것은 그만큼 의지와 열정이 가득하다는 것을 뜻한다. 셋째, 실패를 두려워하지 않는다. 그러기 때문에 실패를 해도 오뚝이처럼 일어나 다시 시작한다. 넷째, 자존감이 강하다. 그런 까닭에 자신이 잘되는 것은 자신을 사랑하는 거라고 믿는다. 그래서 한시도 게을리하는 법이 없다. 다섯째, 사람들과의 소통 능력이 뛰어나다. 이는 무엇을 말하는가. 소통 능력이 좋아야 도움이 필요할 때 사람들로부터 도움을 받을 수 있다. 인적 자산이 풍부하다는 것은 무형의 자산이 많다는 것을 의미한다.

되는대로 살아가는 사람들의 특징은 첫째, 꿈에 대한 확신이 없다. 그러다 보니 되는대로 살아가는 것을 자신의 운명이라고 믿는다. 둘째, 매사를 부정적으로 보는 경향이 많다. 그래서 충분히 할 수 있는 것도 놓치고 만다. 셋째, 실패에 대한 두려움이 크다. 그런 까닭에 무슨 일을 하다 실패를 하면 다시 해볼 생각을 하지 않으려고 한다. 넷째, 자존감이 약하거나 없다. 그런 까닭에 자기에 대한 애착이 약하다. 다섯째, 사람들과의 소통 능력이 부족하다. 그러다 보니 사람들과 잘 어울리려고 하지 않는다. 이는 무엇을 의미하는가. 인적 자산이 빈약하다 보니 도움이 필요할 때 도움을 청할 사람이 없다는 것을 의미한다고 하겠다.

이렇듯 자신의 존재 가치를 높이려고 노력하는 사람들은 자신에게 철저하지만, 그렇지 않은 사람들은 자신에게 철저하지 못할 뿐만 아니라 매사를 안일하게 생각한다. 니체는 이에 대해 다음과 같이 말했다.

"너는 안이하게 살고자 하는가? 그렇다면 항상 군중 속에 머물러 있으라. 그리고 군중에 섞여 너 자신을 잃어버려라."

니체의 말에서 보듯 안이하게 사는 것은 자신의 존재를 잃어버리는 행위라는 것을 알 수 있다. 이는 무엇을 의미하는가. 앞에서도 말했듯이 자신의 존재 가치를 위해 노력하지 않는 것은 스스로를 무시하는 행위인 것이다. 있어도 없는 것 같은 존재가 된다는 것은 비감한 일이다.

그렇다면 문제는 간단하다. 자신의 존재 가치를 높이기 위해 노력하라. 그만한 노력을 들이지 않고 어떻게 자기다운 삶을 살 수 있겠는가. 자신의 존재 가치를 높이고 자기다운 삶을 사는 것에 대해 미국의 자기계발 동기부여가인 노만 빈센트 필 박사는 다음과 같이 말했다.

"자신을 믿어라. 당신의 능력을 믿어라. 자신의 능력에 대한 겸손하지만, 합리적인 자신감 없이는 성공하거나 행복할 수 없다."

필 박사의 말에서 보듯 자신을 믿는다는 것 그리고 자신의 능력을 믿는다는 것은 자신의 존재 가치를 높이는 최선의 방법이다. 생각해보라. 자신을 믿고 자신의 능력을 믿으면 그 어떤 일도 해낼 수 있다는 의지와 힘이 발동하게 된다. 그런 까닭에 자신의 인생을 가치 있게 살았던 사람들이나 살고 있는 사람들은 하나같이 자신을 믿고 자신의 능력을 믿었다는 공통점을 갖고 있다.

그렇다. 하나뿐인 인생을 되는대로 산다는 것은 스스로에 대한 예의가 아니다. 자신을 믿고 자신의 능력을 믿고 노력을 쏟아부어라. 그것이야말로 자신의 존재 가치를 높이고 행복하게 사는 최선의 법칙인 것이다.

무궁한 자연의 생명력

자연은
무엇도 가지려 하지 않는다.
그럼에도
자연은 반드시 목적을 달성한다.

니체 어록 58

───────────◆───────────

자연은 손을 대지 않아도 언제나 변함없이 같은 모습을 한다. 자연은 자생력이 있어 스스로 치유하고 회복함으로써 본래를 모습을 하는 까닭이다. 그러나 사람이 손을 대면 자연은 치유와 회복 능력을 발휘하지 못한 채 소멸하는 예가 종종 있다. 인위적인 것은 자연과는 맞지 않기 때문이다. 자연은 자연 그대로 두어야 자연으로서의 가치를 지닌다. 그런 까닭에 함부로 자연에 손을 대는 것을 삼가야 한다. 이에 대해 니체는 다음과 같이 말했다.

"자연은 무엇도 가지려 하지 않는다. 그럼에도 자연은 반드시 목적을 달성한다."

니체의 말은 표현만 다를 뿐 노자_{老子}의 주요 사상인 무위자연_{無爲自然}과 그 맥을 같이 한다. 무위자연이란 인위를 가하지 않은 순수한 자연을 뜻한다.

천 장 지 구　천 지 소 이 능 장 차 구 자
天長地久 天地所以能長且久者

이 기 불 자 생　고 능 장 생　시 이 성 인 후 기 신 이 신 선
以其不自生 故能長生 是以聖人後其身而身先

외 기 신 이 신 존　비 이 기 무 사 사　고 능 성 기 사
外其身而身存 非以其無私邪 故能成其私

이는 노자의 《도덕경_{道德經}》 제7장에 나오는 말로 '하늘은 높고 땅은 끝이 없다. 하늘이 높고 땅이 끝이 없는 까닭은 스스로를 드러내려고 굳이 애쓰지 않기 때문이다. 그러기에 오래 갈 수 있는 것이다. 성인은 몸을 뒤에 두기에 앞설 수 있고, 몸을 버림으로써 몸을 보존한다. 사사로운 마음을 앞세우지 않기에 능히 자신을 이룰 수 있다'는 뜻이다. 여기서 노자가 말하는 주된 의미는 니체가 말하는 '자연은 무엇을 가지려고도 하지 않는데, 반드시 목적을 달성한다'는 말과 의미하는 바가 같다고 하겠다.

왜 그럴까. 하늘이 높고 땅이 끝이 없는 까닭은 스스로를 드

러내려고 굳이 애쓰지 않기 때문이다. 그러기에 오래 갈 수 있는 것이며, 성인은 몸을 뒤에 두기에 앞설 수 있고, 몸을 버림으로써 몸을 보존하는 것이며, 사사로운 마음을 앞세우지 않기에 능히 자신을 이룰 수 있는 까닭이다.

그런데 하늘과 땅이 자신을 드러내려고 하면 오래 갈 수 없고, 성인이 몸을 앞에 두려고 한다고 하면 몸을 보존할 수 없고, 사사로운 마음을 앞세우려고 한다면 자신을 이루지 못하게 된다. 자연의 이치도 이와 같음이니 니체의 말대로 자연은 무엇을 가지려고도 하지 않기 때문에 언제나 제 본성대로 때가 되면 꽃을 피우고 열매를 맺으며 세상을 아름답게 보존하는 것이다. 또한 물은 늘 제 길로 흘러가고 모든 자연은 자기를 앞세우지 않기에 서로서로 조화를 이루는 것이다. 이는 곧 니체가 말하는 반드시 목적을 달성하는 것이라고 할 수 있다. 말이 좀 어려울 수 있겠으나, 곰곰이 생각하면 누구나 이해가 가고도 남는다.

이렇듯 자연이 사람과 다른 것은 무슨 일이든 억지로 하지 않고 순리를 따른다는 것이다. 그런 까닭에 자연은 언제나 변함없이 제 모습 그대로 제 본분을 다함으로써 사람들에게도 동물들에게도 유익을 주는 것이다. 그러나 사람은 무슨 일이든 인위를 가해 억지로 하기에 잘못되는 일이 많다. 다시 말해 순리를 따르기 않고 거스르기 때문이다. 그런 까닭에 뜻하는 바를 이루고 싶다면 또 인생을 행복하게 살고 싶다면 무슨 일에 있어서든 억지로 하지 말고 순리에 따라 처신해야 한다.

그렇다. 자신이 원하는 인생을 살고 싶다면 자연의 가르침에 따르라. 자연의 가르침이야말로 가장 훌륭한 덕성德性인 것이다.

FRIEDRICH NIETZSCHE

가장 먼저 자신을 사랑하라

그 무엇보다
가장 먼저 자신을 사랑하라.

니체 어록 59

━━━━━━━━━◆━━━━━━━━━

"최근에 나는 한참 동안 숲속을 산책하고 방금 돌아온 친구에게 무엇을 보았냐고 물어본 적이 있다. 그녀는 '별로 특별한 게 없었어' 하고 말했다. 한 시간 동안이나 숲속을 산책하면서 아무것도 주목할 만한 것이 없다니 그럴 수가 있을까. 나는 스스로에게 물어보았다. 아무것도 볼 수가 없는 나는 단지 감촉을 통해서도 나를 흥미롭게 해주는 수많은 것을 발견한다. 나는 잎사귀 하나에서도 정교한 대칭미를 느낀다. 은빛 자작나무의 부드러운 표피를 사랑스러운 듯 어루만지기도 하고 소나무의 거칠고 울퉁불퉁한 나무껍질을 더듬어 보기도 한다. 때때로 이러한 모든 것들을 보고 싶은 열망에 내 가슴은 터질 것만 같다. 단지 감촉을 통해서도 이처럼 많은 기쁨을 얻을 수 있는데 볼 수만 있다면 얼마나 더 많은 아름다움을 발견할 수 있을까. 내일이면 눈이 멀지도 모른다는 생각으로 당신의 눈을 사용하라. 내일이면 귀가 멀게 될 사람처럼 음악을 감상하고, 새들의 노랫소리를 듣고, 오케스트라의 멋진 하모니를 음미하라. 내일이면 다시는 냄새도 맛도 느끼지 못하는 사람처럼 꽃들의 향기를 맡아보고, 온갖 음식을 한 스푼 두 스푼 맛보도록 하라."

이는 교육자이자 사회주의 운동가이며 작가인 헬렌 켈러가 한 말로, 긍정적으로 생각하고 긍정적으로 행동하는 것이 얼마나 중요한지를 잘 알게 한다. 절대 긍정, 그렇다. 단어 하나하나에는 절대 긍정의 에너지가 역동적으로 넘쳐흐른다.

헬렌 켈러는 정상적으로 태어났지만 심한 열병으로 시력과 청력을 잃고 말도 할 수 없었다. 삼중고는 그녀를 고통스럽게 했지만 그녀의 운명이 바뀌기 시작한 것은 앤 설리번을 가정교사로 맞고 나서이다. 설리번이 헬렌 켈러에게 가장 먼저 가르친 것은 '자신을 사랑하는 법'이었다. 헬렌 켈러는 이루 말할 수 없는 고통으로 성격이 매우 예민했기 때문이다.

"헬렌 켈러, 사람은 자신을 사랑할 수 있어야 해. 그래야 남도 사랑할 수 있고, 자신이 원하는 것을 해낼 수 있단다. 왠지 아니? 자신을 사랑하면 자신이 행복해지기 때문이란다. 사람은 행복하면 긍정의 에너지가 솟아오르거든. 그래서 무슨 일도 잘 해야겠다는 자신감이 생기고 남도 사랑하게 되는 거란다. 그러니 너 자신부터 사랑하도록 노력하렴. 그럼 너 자신을 사랑하게 될 거야."

설리번은 자신을 사랑하라며 혼신을 다해 헬렌 켈러를 가르쳤다. 그러자 짜증을 부리던 날카로운 헬렌 켈러의 성격은 점점 부드러워지더니 마침내 자신을 사랑하게 되었다. 그러자 모든 것이 변하기 시작했다. 그동안 자신의 울타리 안에 갇혀 있던 헬렌 켈러는 주변 사람들을 사랑의 눈으로 바라보기 시작했다. 나아가 자신이 무엇을 해야 할지에 대해 생각하게 되었다. 그리고 의미 있는 인생을 살아야겠다고 굳게 결심했다.

결심을 굳힌 헬렌 켈러는 설리번으로부터 철저하게 교육을 받았다. 하루가 다르게 실력이 늘었다. 실력을 쌓은 헬렌 켈러는 펄킨스 시각장애학교에 입학해 공부를 마친 후 케임브리지 학교를 나와 레드클리프대학교에 입학해 좋은 성적으로 졸업했다.

학교를 졸업한 헬렌 켈러는 사회운동을 시작했다. 그녀는 사회운동을 통해 장애인들의 권익과 여성들의 참정권을 주장하고 자유와 평화를 위해 노력했다. 그러자 그녀의 이름은 널리 알려지기 시작했다. 많은 사람들은 삼중고를 안고도 사회 발전을 위해 최선을 다하는 그녀에게 따뜻한 격려로 응원해 주었다.

장애의 몸을 갖고도 사회주의 운동가로, 교육자로, 작가로 열정적인 삶을 살았던 헬렌 켈러는 많은 사람들에게 귀감이 되는 성공적인 인생을 살았던 불굴의 여성이다. 그녀는 공을 인정받아 프랑스 레지옹도뇌르 훈장을 수훈했으며, 자유의 메달을 받았다. 주요 저서로《사흘만 볼 수 있다면》,《나의 스승 설리번》외 다수가 있다.

최악의 환경에서도 절망하지 않고 자신의 인생을 희망의 꽃으로 승화시킨 헬렌 켈러의 역동적인 삶은 전 세계인들에게 귀감이 되기에 조금도 부족함이 없다. 만일 그녀가 자신의 처지를 불행으로만 받아들였다면 그녀의 인생은 더 이상 없었을 것이다.

"태양을 바라보고 살아라. 그대의 그림자를 못 보리라. 고개를 숙이지 마라. 머리를 언제나 높이 두라. 세상을 똑바로 정면으로 바라보라. 나는 눈과 귀와 혀를 빼앗겼지만 내 영혼은 잃지 않았기에 그 모든 것을 가진 것이나 마찬가지이다. 고통의 뒷맛이 없으면 진정한 쾌락도 거의 없다. 불구자라 할지라도 노력하면 된다. 아름다움은 내부의 생명으로부터 나오는 빛이다. 그대가 정말 불행할 때 세상에서 그대가 해야 할 일이 있다는 것을 믿어라. 그대가 다른 사람의 고통을 덜어줄 수 있는 한 삶은 헛되지 않으리라. 세상에서 가장 아름답고 소중한 것은 보이거나 만져지지 않는다. 단지 가슴으로 느낄 수 있다."

이 또한 헬렌 켈러가 한 말로 그녀의 절대 긍정의 철학을 잘 알게 한다. 특히 '그대가 정말 불행할 때 세상에서 그대가 해야 할 일이 있다는 것을 믿으라'는 말은 그녀이기에 할 수 있는 말로 깊은 울림을 준다.

헬렌 켈러의 무궁무진한 긍정의 에너지는 자신을 사랑하게 되면서 샘물처럼 솟아올랐다는 사실에 주목할 필요가 있다. 자신을 사랑하면 자신이 소중한 사람이라고 여기게 됨으로써 의미 있는 삶을 살려고 노력하게 된다. 그런 까닭에 자신을 사랑한다는 것은 매우 중요하다. 이에 대해 니체는 다음과 같이 말했다.

"그 무엇보다 가장 먼저 자신을 사랑하라."

니체의 말에서 보듯 자신을 사랑한다는 것이 왜 중요한지를 생각하고 느껴보라. 그러면 자신 나름대로 자신을 사랑해야 하는 가치성에 대해 자각하게 될 것이다.

그렇다. 헬렌 켈러가 자신을 사랑함으로써 삼중고의 고난을 이겨내고 자신을 축복된 인생으로 만들었듯이 어떤 역경이 따르더라도 자신을 사랑함으로써 고난을 이겨내라. 자신을 사랑한다는 것은 스스로를 위한 자신이 자신에게 주는 최선의 상급賞給임을 잊지 말아야겠다.

다른 이들이 두려워할 만큼 용감하라

용감해야 한다.
다른 이들이
두려워할 만큼 용감해야 한다.

니체 어록 60

용감하다는 말은 '용기가 있으며 씩씩하고 기운차다'는 뜻으로, 용맹스럽다는 의미를 담고 있다. 용감한 사람은 그 어떤 적敵을 만나도 두려워하지 않는다. 그런 까닭에 용감성을 지닌다는 것은 그 어떤 일도 두려워하지 않고 해낼 수 있다는 믿음을 준다.

이순신 장군은 세계에서 유래를 찾을 수 없을 만큼 용장이며, 덕장이며, 지장이다. 한마디로 말해 그 어떤 수식으로도 부족한 최고의 멀티 플레이어라고 할 수 있다. 나폴레옹은 세계 4대 영웅의 한 사람으로 꼽을 만큼 용맹스럽다. 고대 로마 시저로 불리는 율리우스 카이사르, 알렉산더 대왕, 칭기즈칸 역시 세계 4대 영웅으로 일컬음을 받는다. 웰링턴 장군, 넬슨 장군 역시 세계적인 용맹스러움의 대명사라고 할 만하다. 이중 넬슨에 대한 이야기이다.

영국의 명장 넬슨^{Nelson} 제독은 어린 시절 가난한 집안 형편과 어머니가 세상을 떠나고 나자 해군 대령인 외삼촌에 의해 해군에 입대했다. 처음 얼마 동안은 북극 탐사의 어려움을 겪었으며 첫 번째 전투를 치르던 중 말라리아에 걸려 고통을 겪었다. 하지만 18세에 대위 시험에 합격하고 적극적인 마인드로 대망의 꿈을 품고 최선을 다해 주어진 임무를 해나갔다. 약관의 20세에 함장이 되었지만 시련을 겪기도 했다.

그 후 스페인 함대를 물리치고 소장으로 승진했으며 백작 작위를 받았다. 그러나 전쟁으로 한쪽 팔을 잃었다. 하지만 그는 더 강해졌고, 하는 전쟁마다 승리로 이끌었으며 특히 트라팔가르 해전에서 나폴레옹 군대를 격파해 이름을 크게 떨쳤다. 그가 훌륭한 제독으로 존경받는 것은 부하 지휘관들에게 독창적인 전술을 가르쳤고, 부하들을 인격적으로 대해준 그의 높은 품격 때문이었다. 넬슨은 최악의 조건에서도 자신을 극복한 끝에 영국의 위대한 영웅이 되었다.

넬슨 제독은 어린 시절부터 불우한 환경 속에서도 의기意氣가 드높았다. 그런 까닭에 최악의 상황에서도 자신에게 지지 않았다. 진정으로 용감하기 위해서는 자신을 이겨야 한다. 그렇지 않으면 절대 진정으로 용감한 사람이 될 수 없다. 이에 대해 고대 그리스의 위대한 철학자이자 아카데미를 설립한 플라톤 Platon은 이렇게 말했다.

"자기 자신을 이기는 것은 승리 중에서도 최대의 것이다."

플라톤의 말에서 보듯 자신을 이기는 것이야말로 진정한 승리라는 알 수 있다. 그만큼 자신을 이긴다는 것이 힘들기 때문이다. 그렇다면 자신을 이기기 위해서 어떻게 해야 할까.

첫째, 견인불발堅忍不拔, 즉 참고 견디어 흔들리지 않아야 하고 둘째, 강의목눌剛毅木訥, 즉 의지가 굳어 무슨 일에도 굴하지 않아야 하고 셋째, 대담부적大膽不適, 즉 대담해 두려워하지 않고 적을 두지 않아야 하고 넷째, 백절불요百折不撓, 즉 의지가 굳어 무슨 일에도 굴하지 않아야 한다.

이 네 가지를 마음에 새겨 실천하면 자기 자신을 이길 수 있는 힘을 기를 수 있다. 자신을 이기는 것, 그것은 모두를 이기는 것이다.

그렇다. 자기를 이기는 자만이 모두를 이길 수 있는 진정으로 용감한 자이다. 용감해야 함에 대해 니체는 다음과 같이 말했던 것이다.

"용감해야 한다. 다른 이들이 두려워할 만큼 용감해야 한다."

니체의 말에서 알 수 있듯 왜 인간은 용감해야 하는지 생각하게 된다. 결국 그것은 자신을 위해서이다. 그런 까닭에 자신을 이길 수 있도록 노력하라. 자신을 이긴 자만이 자신이 원하는 바를 이루는 진정으로 용감한 사람인 까닭이다.

프리드리히 니체 프로필

　프리드리히 니체Friedrich Wilhelm Nietzsche, 1844~1900는 19세기 독일의 철학자이자 시인이다. 니체는 개신교 목사의 아들로 태어났다. 일찍 아버지를 여읜 그는 어머니와 함께 외가에서 지내며 피아노, 작곡, 글쓰기 등 다방면에서 뛰어나 어려서부터 주변 사람들에게 인정을 받을 정도였다. 더욱이 그는 14세 때 자서전을 쓸 준비를 했다고 한다. 고등학교에 들어가서도 음악과 독일어, 작문에 발군의 실력을 보였다.

　고등학교를 졸업한 그는 본대학에 입학해 신학과에 적을 두었다. 그러나 기독교에 회의를 느끼고 중퇴한 후 라이프치히 대학으로 옮겨 그는 심혈을 기울여 공부했다. 니체는 쇼펜하우어의《의지와 표상으로서의 세계》를 읽고 쇼펜하우어 철학에 심취했다. 그리고 이는 그가 철학을 연구하는 데 결정적인 계기가 되었다. 그는 24살 때 리츨 교수의 추천으로 박사 학위도 없이 스위스 바젤대학 교수로 초빙되었다. 그리고 25세 때 라이프치히대학 교수회의 결의에 따라 철학 박사 학위를 받았다. 그는 강의를 하며 지내다 27세 때 병으로 인해 휴가를 얻고 쉬던 중《비극의 탄생》을 썼는데, 이 책은 학계로부터 크게 반감을 샀을 뿐만 아니라 학생들로부터도 외면받았다.

그 후 니체는 건강상으로도 그렇고, 대학교수에 회의를 느껴 교수직을 사임했다. 그리고 10여 일 만에《차라투스트라는 이렇게 말했다》의 1부, 2부, 3부를 완성했다. 하지만 이 책은 1년 동안 60부만 팔렸다. 4부는 출판사를 구하지 못해 자비로 40부만 출판했다. 그는 이 중 7부를 친구에게 증정했다. 그는 자신의 천재성을 사람들로부터 인정받지 못해 늘 외로워했으며, 자기 책을 보다 울기도 했다.

니체는 십여 년 동안 긴 방랑 생활을 하면서도 꾸준히 집필 활동을 했다. 그는 키에르케고르와 더불어 실존주의의 선구자적인 역할을 했으며, 자유주의, 힘의 논리 등의 마키아벨리즘, 권위주의, 반대주의 등에 대해 강력히 비판한 것으로 유명하다. 또한 니체는 기독교와의 대립을 통해 모든 기존의 가치를 거부했다. 그리고 이제까지의 모든 가치 기준이었던 신에 대해 그 죽음을 선고하고 새로운 개념으로써 초인사상을 피력했다.

니체는 정신착란을 일으켜 헛소리를 하는 등 정상적인 생활을 하지 못하다 어느 순간 혼수상태에 빠졌으며 죽음으로써 12

년 동안의 고통으로부터 벗어날 수 있었다. 대표적인 작품으로 《차라투스트라는 이렇게 말했다》,《인간적인 너무나 인간적인》외 다수가 있다.

프리드리히 니체 어록

이 책에 담긴 니체 어록은《차라투스트라는 이렇게 말했다》,《인간적인 너무나 인간적인》등 그의 저서와 그가 남긴 말 중에 추려서 정리했다. 여기서 그의 대표 저서인《차라투스트라는 이렇게 말했다》를 살펴보는 것만으로도 니체의 삶과 사상과 철학을 이해하는 데 큰 도움이 될 것이다.

니체는《차라투스트라는 이렇게 말했다》에서 초인사상, 권력에의 의지, 영원회귀사상 등을 통해 자신의 주장을 펼친다. 그리고 '신은 죽었다'라고 말한다. 나아가 '인간은 초극되어야 할 무엇이다'라고 말하며, 인간의 허무주의를 극복하고 새롭게 인간성을 회복시킬 수 있다고 주장한다.

이를 좀 더 구체적으로 말하면 니체는 현대문명의 니힐리즘(허무주의)과 퇴폐주의를 비판한다. 그리고 끝없이 반복되는 이런 삶의 순환을 긍정적으로 받아들임으로써 허무주의를 이겨내는 힘을 갖게 된다는 것이다. 이는 무엇을 말하는가.《차라투스트라는 이렇게 말했다》의 기본 사상인 '영원회귀의 논리'인 것이다.

이처럼 니체는 현대의 허무주의에서 도피하지 말고 있는 그대로 받아들이라고 했다. 허무주의를 이겨내는 힘은 곧 '권력에의 의지'인 것이다. 이는 곧 초인사상의 근본적인 의의인 것이다. 즉, 인간 각자는 현 상태를 초극하면서 바람직한 자신을 실현시켜 가는 것이 중요하다는 것이다. 《차라투스트라는 이렇게 말했다》는 허무주의 초극을 모색하고, 새로운 인간성을 지향한다는 데 그 의미가 크다고 하겠다.

《차라투스트라는 이렇게 말했다》에서 보듯 그의 저서들에서 가려 뽑은 니체의 어록엔 자기 자신, 삶, 마음가짐, 친구, 세상, 인간, 사랑에 대해 다양하고 구체적인 문장으로 정리했음을 밝힌다. 그래서일까. 니체 어록은 그 어떤 지침서보다도 객관적이고 현실성이 잘 나타나 있어 읽고 실천하는 데 큰 도움을 준다고 하겠다.